D1099062

Les Éditions du Boréal
4447, rue Saint-Denis
Montréal (Québec) H2J 2L2
www.editionsboreal.qc.ca

FÉVRIER

Open, nouvelles, Boréal, 2004.

Les Chambres nuptiales, nouvelles, Boréal, 2005.

Alligator, roman, Boréal, 2006.

Février, roman, Boréal, 2010 ; coll. « Boréal compact », 2013.

Lisa Moore

FÉVRIER

roman

traduit de l'anglais (Canada)
par Dominique Fortier

Boréal

© Lisa Moore 2009
© Les Éditions du Boréal 2010 pour l'édition en langue française au Canada
© Les Éditions Plon 2010 pour l'édition en langue française pour tout pays
    à l'exception du Canada
© Les Éditions du Boréal 2013 pour la présente édition
Dépôt légal : 2ᵉ trimestre 2013
Bibliothèque et Archives nationales du Québec

Diffusion au Canada : Dimedia

L'édition originale de cet ouvrage a été publiée en 2009
par House of Anansi Press sous le titre *February*.

Catalogage avant publication de Bibliothèque et Archives nationales du Québec
et Bibliothèque et Archives Canada

Moore, Lisa Lynne, 1964-

    [February. Français]

    Février

    (Boréal compact ; 252)
    Traduction de : February.

    ISBN 978-2-7646-2243-8

    I. Fortier, Dominique, 1972-   . II. Titre. III. Titre : February. Français.

PS8576.O614F4214   2013   C813'.54   C2013-940232-2
PS9576.O614F4214   2013

À mes parents, Elizabeth et Leo Moore

Petit matin

Lever ou coucher du soleil, novembre 2008

Helen regarde l'homme qui pose la lame du patin contre la meule. Il y a un cône d'acier inoxydable pour contenir la gerbe d'étincelles orange. Un profond grincement passe du grave au strident et elle songe : Johnny rentre à la maison.

L'aiguisoir fait vibrer le comptoir sous ses doigts ; la veille, John a téléphoné de l'aéroport de Singapour. Le rugissement d'un avion qui atterrit en bruit de fond. Elle s'est relevée sur un coude pour attraper le combiné.

Son petit-fils Timmy est debout devant la machine distributrice, fasciné. Un message écrit au stylo sur un morceau de carton promet un aiguisage de patins gratuit à qui obtiendra un bonbon casse-gueule noir.

J'ai un vingt-cinq cents quelque part là-dedans, dit Helen en ouvrant la fermeture éclair de son porte-monnaie orné de perles. Elle est la mère d'un fils et de trois filles, elle a deux petits-enfants.

Mes filles étaient obéissantes, songe-t-elle en fouillant pour trouver la pièce. Elle se rappelle une claque, cinglante et sonore ; elle avait giflé Cathy une fois, le rouge affluant dans l'empreinte blanche de sa main — il y avait des années de cela, une vie entière. Helen exigeait des filles qu'elles cèdent, qu'elles fassent ce qu'elle disait, mais Johnny était ingouvernable.

Un garçon, un garçon tout comme Cal, voilà à quoi elle avait pensé en découvrant qu'elle était enceinte de Johnny. L'infirmière ne lui avait pas révélé le sexe du fœtus la première fois, mais elle savait que c'était un garçon. Elle avait rendez-vous à cinq heures du matin pour l'échographie et elle s'y était rendue à vélo. Lime Street couverte d'un précoce gel d'octobre. Il y avait encore des étoiles au ciel. Ses mains froides sur les poignées. Elle avait dû descendre du vélo pour gravir Carter's Hill.

Quelle farouche intensité dans les désirs de Johnny quand il était enfant. Il voulait ce chiot qu'il avait trouvé derrière le supermarché, assis sur un bout de carton. Elle avait parlé des frais, des puces et de l'exercice dont un chien a besoin. Mais Johnny voulait le chien.

La meule vrombit au contact de la lame, Helen sort une poignée de monnaie et laisse Timmy prendre une pièce de vingt-cinq cents. Sa mère sera furieuse. Timmy ne mange pas ses légumes, ne se nourrit que de macaroni au fromage. Elles ont des règlements, les filles d'Helen ont toutes de stricts règlements. Le sort du monde tient à un bonbon casse-gueule. Quand on dit non, c'est non.

Tous les profits, lit Helen, iront à l'Association canadienne pour la santé mentale. Elle regarde le garçonnet glisser la pièce dans la fente, tourner la poignée qui résiste et les casse-gueule dégringoler en s'entrechoquant derrière la vitre. Timmy soulève la petite porte avec le doigt. Noir. Un casse-gueule noir roule dans sa main. Il se retourne pour le montrer à Helen. Sa peau pâle, constellée de taches de son, lumineuse. La veine bleue sur sa tempe. Cheveux orange. Le portrait tout craché de sa mère. C'est la joie, les cils incolores, les yeux verts pailletés de noisette. La meule sur la lame du deuxième patin. L'odeur du métal chauffé. Et l'éventail d'étincelles orange. Timmy brandit le casse-gueule noir et l'homme stoppe la machine, lève ses lunettes de sécurité et les pose sur son front.

Un gratis, annonce-t-il. Il fronce les sourcils en passant un pouce le long de la lame.

Johnny a téléphoné la nuit dernière pour dire que le soleil se levait sur Singapour. Se levait ou se couchait, il ne savait pas.

Je ne sais pas quel jour on est, a-t-il dit. Il arrivait de Tasmanie et il avait dormi dans l'avion, perdu la notion du temps. Son téléphone portable coupait sans cesse, ou bien sa voix se faisait lointaine. Il l'avait réveillée. Une sonnerie dans la nuit, ça flanque une peur bleue à Helen.

On est peut-être lundi, a-t-il dit. Ou on est peut-être dimanche. Une grosse boule rouge suspendue au-dessus des palmiers au bout d'une piste d'atterrissage.

As-tu déjà essayé de démêler ce que tu es de ce qu'il faudrait que tu deviennes ? a-t-il demandé. Il a prononcé ces paroles à voix basse et Helen s'est redressée. Parfois sa voix était parfaitement claire.

Johnny était capable de philosopher de grandiose façon en tombant sur un coucher de soleil ; voilà tout. Il n'y a peut-être rien qui cloche, a-t-elle songé. Il a trente-cinq ans. Il se trouve quelque part à Singapour.

Elle se rappela : un jour à la plage quand il avait sept ans, son torse bronzé, ses tibias recouverts d'une croûte de sable. Des garçons plus vieux l'avaient fouetté avec des rubans d'algues, le chassant vers le large au milieu des vagues. Elle avait levé les yeux de son livre. Une seconde, Helen était plongée dans un roman, la seconde suivante, elle avançait à grandes enjambées, de l'eau jusqu'aux genoux, en criant à pleins poumons. Les garçons ne l'entendaient pas à cause du vent.

Voyous ! criait-elle. Petits voyous. Vous devriez avoir honte. Et puis elle les avait rejoints et ils s'étaient figés sur place.

C'est lui qui a commencé, M'dame.

Regardez-vous, l'âge que vous avez. Regardez-vous un peu. Prenez-vous-en à quelqu'un de votre âge. Et les garçons étaient partis, pataugeant dans les vagues, jetant des coups d'œil en arrière, à demi insolents mais effrayés.

Où étaient les filles ce jour-là ? Cal devait lui avoir donné un répit. Une journée à la plage, il y a longtemps, trois décennies ou plus, et maintenant elle distinguait sa commode, son flacon de parfum que transperçait le rayon d'un lampadaire, le liquide brun où brûlait une flamme immobile, les franges du tapis, sa robe de chambre à un crochet, Johnny était un adulte. Elle serrait le combiné. Elle avait cinquante-cinq ans, non, cinquante-six.

Ce qu'il faudrait que tu deviennes, a-t-elle dit.

Johnny était le genre de gars qui n'appelait pas souvent sa mère, mais quand il le faisait il se montrait tour à tour précis et incohérent et, à tous les coups, la ligne était mauvaise. Ou bien il y avait quelque chose qui clochait. Il avait voulu partager le coucher de soleil avec elle, voilà tout, a-t-elle songé. Le soleil était en train de disparaître. Ou bien le soleil se levait. Mais non, il y avait plus qu'un coucher de soleil. Cette fois, il avait quelque chose à dire.

Le propriétaire enfile des protège-lames rouge vif sur les patins et noue les longs lacets pour que Timmy puisse les porter sur son épaule.

Voilà, tu as tout ce qu'il te faut, dit-il. Il donne à Timmy une petite tape derrière l'oreille. Timmy l'esquive timidement. Helen voit le casse-gueule passer d'une joue à l'autre.

Comme ça, vous allez patiner, dit l'homme.

On va faire un tour ou deux, répond Helen.

Les étangs vont être prêts bientôt. On a eu du beau temps.

Ils se tournent tous pour regarder par la fenêtre. La rue est effacée par une bourrasque de vent et de neige.

* * *

La basilique, février 1982

L'*Ocean Ranger* a commencé à sombrer le jour de la Saint-Valentin, en 1982, et à l'aube, le lendemain, la plateforme était engloutie. Tous les hommes qui s'y trouvaient sont morts. Helen avait trente ans en 1982. Cal en avait trente et un.

Il a fallu trois jours avant d'être sûr que les hommes étaient tous morts. Les gens ont espéré pendant trois jours. Pas tout le monde. Pas Helen. Elle savait qu'ils étaient disparus, et ce n'était pas juste, mais elle le savait. Elle aurait aimé avoir ces trois jours. On a dit combien c'était dur, de ne pas savoir. Helen aurait aimé ne pas savoir.

Elle enviait ceux qui savaient que les vents avaient soufflé à quatre-vingt-dix nœuds mais qui étaient tout de même capables de se présenter à la basilique en proie à une sorte d'extase, habités par la foi. Trois confessions se partageaient l'autel au cours de la messe pour l'*Ocean Ranger,* et la ville entière y assistait.

Ils n'avaient pas dit qu'il s'agissait d'une cérémonie à la mémoire des disparus. Helen ne se rappelle pas le nom qu'ils avaient donné à la messe ni même si elle avait un nom, non plus que la manière dont elle s'y était rendue. Ce qu'elle se rappelle, c'est qu'on n'avait pas mentionné que les hommes étaient morts.

En 1982, Helen n'était pas trop portée sur l'église. Mais elle se rappelle s'être sentie attirée vers la basilique. Elle avait besoin d'être en compagnie des autres familles.

Elle ne se souvient pas de s'être habillée pour le service. Elle portait peut-être son jean. Elle sait qu'elle a marché jusqu'à la basilique. Elle se rappelle avoir contourné les bancs de neige. Les chasse-neige avaient gratté les rues. De hauts murs blancs et lisses absorbaient la lumière des lampadaires. Il n'y avait nulle part où marcher. La statue de la Vierge avec de la neige plein les orbites, couvrant une joue et la bouche, comme le foulard d'un voleur. Elle s'en souvient parce que déjà quelque chose se levait en elle : l'injustice d'avoir été volée.

Et quand elle était arrivée au sommet de la colline, on se massait dans les marches de la basilique. Il n'y avait pas de place à l'intérieur pour tout le monde.

Mais Helen s'était frayé un chemin. Elle était censée retrouver sa sœur, mais elle ne se rappelle pas avoir vu Louise. Des gens se pressaient de tous les côtés, l'orgue, les lampions, l'encens. Elle se souvient des lampions et des lys. Une débauche de lys.

La belle-mère d'Helen, Meg, était aussi à l'église, mais Helen ne l'avait pas vue non plus. Meg devait être à l'avant. La mère de Cal voulait sûrement être au premier rang. Meg avait fait un rêve la nuit où la plateforme avait sombré. Elle avait rêvé d'un bébé : Je me suis levée, j'ai regardé par la fenêtre de la cuisine et il y avait un petit bébé dans les branches de l'arbre, enveloppé dans une couverture blanche. J'ai dit à Dave, je lui ai dit : Sors et va chercher ce bébé avant qu'il lui arrive quelque chose.

Tout le monde a rêvé de quelque chose la nuit où la plate-forme a sombré. Tout le monde sans exception sait exactement où il se trouvait cette nuit-là. Une des amies d'Helen donnait une leçon de tennis dans Buckmaster's Circle. Il n'y avait que l'amie d'Helen et un enfant prodige, une vedette du tennis âgée de sept ans, seuls dans le gymnase, et le smash féroce de la balle, et ils n'avaient pas conscience de la tempête qui se déchaînait à l'extérieur. Quand ils sont sortis du gymnase, la voiture était une forme floue ensevelie sous la neige, une guimauve esseulée au milieu du stationnement vide. Toute la ville s'était arrêtée. Une autre amie devait être serveuse pour un souper de la Saint-Valentin dont les couverts avaient été vendus à l'avance. Sur chaque table, une bougie allumée et une rose dans un vase miniature, et il y avait du canard nappé d'une sauce aux bleuets comme plat principal, mais le restaurant a dû fermer ses portes et le propriétaire a invité l'amie d'Helen à partager son repas avant de rentrer chez elle. Après, le propriétaire a fait le tour des tables pour souffler les chandelles.

Certains des hommes sur la plateforme avaient fait leurs adieux avant de partir, voilà qui était drôle. Quelques-uns avaient téléphoné à leur mère. Des hommes qui n'avaient pas l'habitude du téléphone. Nombre de ces hommes n'étaient pas accoutumés à parler de leurs sentiments. Ce n'est pas ainsi qu'ils pensaient. Chose certaine, ils ne disaient pas *merci*. Ni *au revoir,* ni *je t'aime.*

Ils avaient l'habitude d'exprimer ces sentiments sous la forme d'actions. Ils débitaient du bois ou bien pelletaient la neige. Une grosse corde de bois sous la bâche bleue, dehors, près de la remise. Ils apportaient des steaks d'orignal. Ils aménageaient un appartement pour la belle-mère. Ils montaient sur le toit avec un seau de goudron. Ça voulait dire *merci*. Certains d'entre eux étaient si jeunes qu'il ne leur serait jamais venu à l'esprit de dire adieu. Ils étaient incapables d'envisager un avenir si lointain. Mais même quelques-uns de ces jeunes hommes dans la vingtaine ont téléphoné chez eux. Appelé leur petite amie. Dit qu'ils s'en allaient sur la plateforme et qu'ils voulaient juste donner un coup de fil avant de partir.

Plusieurs des hommes qui ont perdu la vie sur l'*Ocean Ranger* avaient pris la peine de faire leurs adieux, et c'était étrange. C'est ce dont on s'est souvenu. C'est ce que tout le monde faisait remarquer des années plus tard. *Il a téléphoné juste avant de partir.*

Le soir de la messe pour l'*Ocean Ranger,* Helen avait monté les marches menant à la basilique en disant : Excusez-moi. Elle se frayait un chemin à coups d'épaule et poussait les gens devant tant elle était déterminée.

Elle ne garde aucun souvenir de Louise et elle n'a vu ni la mère ni le père de Cal où que ce soit dans l'église, mais ils y étaient certainement.

L'orgue avait émis une longue note grave, semblable à une plainte humaine. Elle avait ressenti cette note dans la plante de ses pieds ; la note avait vibré entre ses jambes, dans son os pubien et dans son ventre, liquéfiant ses entrailles, et dans son nez. Elle lui avait fait mal au nez et empli les yeux de larmes. La musique de l'orgue l'avait transpercée.

Elle n'était pas trop portée sur l'église, mais une part d'elle-même espérait sans doute un signe indiquant comment traverser ce qui était à venir. Elle était tétanisée, elle ne croyait en rien, mais elle avait trois enfants et la vague intuition d'être enceinte, même si elle n'avait pas encore sauté ses règles. Ou, si c'était le cas, elle n'avait pas remarqué.

Louise dit : J'étais là. Nous avons parlé de la foule et je t'ai donné un papier-mouchoir. J'avais un mouchoir dans ma manche. Mais Helen ne se souvient pas de Louise.

Les lampions — il devait y en avoir des centaines sur l'autel, chacun dans un petit verre rouge, s'embrouillant quand ses yeux s'emplissaient de larmes. Elle clignait les yeux et les flammes des lampions se transformaient en étoiles bien nettes, ces étoiles lançaient des flèches et ses yeux s'emplissaient à nouveau de larmes et les flammes se fondaient en un mur de lumière déferlante.

C'est une grande église, la basilique, voûtée, fraîche d'habitude, et ce soir-là on ne pouvait pas bouger tant la foule était compacte. Et l'orgue jouait fort. On devait l'entendre jusque dans Water Street.

Les voix étaient tout aussi fortes. Quand les gens s'étaient mis à chanter, les lampions avaient retenu leur souffle avant de flamber de plus belle. Ou bien les portes à l'arrière s'étaient ouvertes sous l'effet du vent et une bourrasque avait monté l'allée et les lampions s'étaient embrasés.

Qui était venu garder les enfants ? Helen ne les avait pas emmenés à l'église. Elle le regrette. Johnny avait neuf ans, Cathy en avait huit et Lulu sept. Bang, bang, bang, l'un tout de suite après l'autre.

Trois petits qui se traînaient par terre dans leurs couches, avait dit sa belle-mère Meg, comme si ç'avait été prémédité. Elle n'aurait pas dû coucher les enfants ce soir-là, elle aurait dû leur faire enfiler leur habit de neige. Elle regrette de ne pas l'avoir fait.

Les enfants auraient dû assister avec elle à cette messe, mais elle ne voyait pas les choses ainsi à l'époque. Elle ne sait plus ce qu'elle avait pensé. Elle avait l'impression de pouvoir les protéger. Ha.

La flamme des lampions suivait la cadence de l'orgue. Un massif de lumière dorée derrière les prêtres — peu importe leur titre exact ; des ministres ; un archevêque, chose certaine —, dans leurs soutanes blanches, les bras levés. On avait commencé à chanter et elle avait dû sortir.

Les voix aiguës et chevrotantes des vieilles dames à l'avant. Ces voix sont distinctes, elles ne se mêlent pas, elles sont justes mais nasillardes, et jamais elles ne se mêlent, ne s'harmonisent, ne se fondent dans les autres ; elles dirigent, voilà ce qu'elles font, ces vieilles dames qui viennent à l'église tous les matins, montant Gower Street, King's Road ou Flavin Street après avoir donné de la nourriture au chat et étendu un linge à vaisselle sur le bol brun clair où lève la pâte à pain. Elles viennent chaussées de bottes en caoutchouc avec des fermetures éclair à l'avant, des bottes enfilées par-dessus des chaussures d'intérieur et qui appartenaient jadis à leurs maris, lesquels sont morts, et les vieilles dames portent des chapeaux de pluie en plastique qu'elles attachent sous le menton, des manteaux en laine à gros boutons, des cheveux permanentés, des perles de rosaire dans leurs poches, qui s'emmêlent aux papiers-mouchoirs roulés en boule. Ces vieilles femmes n'arrivaient pas à croire qu'il leur fallait être témoin de tant de douleur si tard dans leur vie. Ce genre de choses aurait dû être fini pour elles. Elles chantaient, et ce son nasillard, c'était de la résignation. Il faut soixante-dix ou quatre-vingts ans d'entraînement pour maîtriser la résignation, mais les vieilles femmes savent qu'il s'agit d'une habileté essentielle.

Et il y avait des voix masculines, profondes, teintées par l'effort. Ces hommes se demandaient comment ils allaient passer au travers de l'hymne et de la messe, et récupérer la voiture ensuite, et la ramener à l'église pour cueillir la femme et les enfants afin qu'ils n'aient pas à marcher dehors par ce mauvais temps — je vais revenir vous chercher, pas de raison que vous vous fassiez tremper, attendez-moi sous le porche, surveillez bien pour voir quand j'arrive —, et ces hommes songeaient à la circulation, et se demandaient si leurs fils ou leurs frères étaient morts. Savaient qu'ils étaient morts — ils le savaient — mais se demandaient. Ils tenaient les recueils d'hymnes à bout de bras, ces hommes, parce qu'ils étaient presbytes, ils plissaient les yeux et hochaient la tête comme pour marquer leur accord avec les mots qu'ils lisaient, ou simplement heureux d'arriver à les déchiffrer.

Ces hommes qui tenaient leurs recueils d'hymnes avaient le front creusé de rides et leurs femmes étaient debout à leurs côtés. La basilique sentait la laine mouillée, l'hiver, la pierre froide et l'encens, et près de l'autel l'odeur de la cire et le parfum des lys. Ses bancs étaient occupés par des familles entières, des petites filles à couettes ou à nattes, vêtues de robes passées par-dessus le pantalon de leur habit de neige, les joues rouges, bâillant, se balançant d'avant en arrière. Des nourrissons endormis sur les genoux de leur mère.

Voici pourquoi Helen avait quitté l'église au milieu de la messe : il y avait là des personnes pleines d'espoir. Folles d'espoir, et la croyance veut que l'espoir suffise à ramener à la maison les marins disparus. C'est la croyance qui le veut. L'espoir peut ressusciter les morts, à condition qu'il soit assez fort.

Elle était contente de ne pas avoir emmené les enfants. Qui sont ces gens qui emmèneraient des enfants ici, avait-elle songé.

Helen savait, absolument, que Cal était mort et qu'elle aurait de la chance si elle réussissait à recouvrer son corps.

Elle voulait son corps. Elle se souvient de cela. Elle savait qu'il était mort, et elle voulait atrocement son corps. Pas qu'elle eût été capable de l'énoncer en mots à ce moment-là.

Ce qu'elle aurait pu dire à ce moment-là : Elle était dehors.

La meilleure manière de décrire ce qu'elle ressentait : Elle était bannie. Bannie de tous, et d'elle-même.

Dehors, 1982

À cause des enfants, Helen se sentait obligée de faire semblant qu'il n'y avait pas de *dehors*. Ou, s'il y en avait un, qu'elle y avait échappé. Helen voulait que les enfants croient qu'elle était à l'intérieur, avec eux. *Dehors* était une vérité hideuse qu'elle avait l'intention de garder pour elle.

C'était tout un cinéma, ce mensonge quant à la nature du lieu où elle était véritablement : dehors.

Elle faisait semblant en préparant à déjeuner et à souper (même si elle avait souvent recours aux croquettes de poulet et à la pizza) et elle faisait les devoirs des enfants avec eux.

John mordait dans les gommes à effacer du bout de ses crayons, mâchonnait la bague de métal dorée jusqu'à ce qu'Helen y distingue la trace de ses dents, et il n'en restait rien qu'un morceau de caoutchouc mouillé de salive qui tombait de la pointe de sa langue quand elle tendait la main. Il s'était mis à mâchouiller des choses après le naufrage de la plate-forme. Son institutrice disait que John rongeait ses crayons pendant la classe. Il mangeait un crayon par semaine, estimait-elle. Ça n'est sûrement pas bon pour lui, dit-elle à Helen. Il réduisait aussi ses poignets de chemise en lambeaux à force de les mâchonner. Il rentrait à la maison et ses poignets étaient imbibés de salive. Et il mangeait son lunch la bouche ouverte.

L'institutrice disait : Les enfants vont se moquer de lui. Rappelez-lui gentiment, disait-elle. Mastique la bouche fermée. C'est élémentaire. Un jour, je suis entrée à la cafétéria et il était assis tout seul. Grande table.

Helen dit cela à John et, à partir de ce moment, il mastiqua les lèvres serrées, les yeux écarquillés et farouches à cause de l'immense effort fourni pour se montrer poli.

Helen faisait des mathématiques avec John, et elle lui disait : Tes cinq sont à l'envers.

Ils réalisèrent un projet sur les pingouins à l'aide de photographies découpées dans le *National Geographic,* de carton bristol et de Magic Markers. Les pingouins gardent le même partenaire pendant toute leur vie. Ils se laissent glisser sur le ventre le long des falaises de glace. De temps en temps, il y en a un qui se fait manger et l'autre se retrouve tout seul. Voilà les trucs mièvres, sentimentaux, qu'on racontait sur les pingouins. Johnny découpait des photographies avec ses ciseaux à bout rond, les collait sur le carton bristol et avec une règle traçait des lignes inclinées afin d'inscrire les légendes. Sa calligraphie était horrible.

Helen faisait asseoir les enfants ensemble à table pour le repas du soir. Toujours. S'asseoir ensemble à table était la pierre angulaire de son numéro.

Elle ne faisait pas de pâtisserie. Helen glissait des gâteaux achetés à l'épicerie dans leur boîte à lunch et ajoutait des boissons gazeuses. Elle mettait un sandwich au jambon avec de la mayonnaise et du pain blanc Wonder Bread. Les familles des noyés attendaient toutes le règlement, car comment faire pour nourrir quatre enfants et payer le compte d'électricité ?

Après quelque temps, elle avait pris un boulot de barmaid. Meg gardait les enfants et Helen travaillait quand le bar l'appelait, et elle avait découvert qu'elle était incapable de compter la monnaie. Elle regardait la monnaie dans le tiroir-caisse, la monnaie dans sa main ouverte, le billet de cinq dollars dans son autre main, et elle n'avait aucune idée de ce que cela signifiait.

Elle se trompait dans les commandes. Certains clients avaient des ardoises, mais elle ignorait lesquels. Une fois, elle avait refusé de servir un homme et il avait offert de lui faire deux yeux au beurre noir. Après, tu ne te croiras plus si maligne, avait-il dit. Il avait saisi le téléphone, avait appelé le propriétaire, passé le combiné à Helen et le propriétaire avait dit : Tu es là pour servir de la bière. Maintenant, sers la foutue bière.

Elle nettoyait le vomi dans les toilettes, partait à quatre heures du matin et rentrait à pied. Les voitures ralentissaient près d'elle dans Duckworth Street. Des hommes lui demandaient si elle voulait monter. Veux-tu monter ? J'ai quelque chose pour toi.

Une fois, elle avait crié au visage d'un homme et avait fondu en larmes, exigé de savoir : Où est ta femme ? Où est-elle ? Est-ce que tu n'as pas de femme ? La vitre-miroir avait monté en bourdonnant, elle avait vu son propre visage couvert de taches rouges, la morve et les larmes et le halo de ses cheveux dans la lumière du lampadaire, mais elle ne s'était pas reconnue. Elle avait crié comme la voiture s'éloignait sur les chapeaux de roues. L'odeur des pneus et son visage glissant en un éclair dans la vitre.

L'argent du bar avait suffi à payer l'épicerie pour la famille jusqu'à ce qu'un homme fracasse une bouteille de bière sur le coin d'une table et la brandisse au visage de sa petite amie. Le portier avait brisé le dos de l'homme en le jetant à la porte et puis Helen avait démissionné.

Elle appelait les enfants au pied de l'escalier, la main posée sur la rampe : Le souper est prêt.

Johnny était devenu camelot et, les soirs d'hiver, elle le suivait avec les filles, attendant dans la rue pendant qu'il frappait aux portes pour percevoir le paiement. Il avait dix ans, et la cadette, Gabrielle, était dans un porte-bébé sur le dos d'Helen. John était d'avis qu'il lui fallait subvenir aux besoins de la famille. Insolent comme un junkie, un caïd de coin de rue. Elle le regardait sonner aux portes.

Johnny faisait la conversation aux vieillards qui venaient répondre vêtus de robes de chambre, en traînant les pantoufles.

Helen entendait le grincement de leur porte-moustiquaire, voyait que les vieillards cherchaient des yeux un parent dans la rue et l'apercevaient, elle, avec les filles, puis ils invitaient Johnny à entrer.

Entre, mon gars.

Ou bien il y avait les ménagères qui fouillaient dans leur sac à main. À dix ans, Johnny savait remarquer une nouvelle coupe de cheveux, ou encore il disait que le souper sentait bon.

Il leur faisait du charme pour obtenir un pourboire, à dix ans. Il flattait les chiens et restait à bavarder en tendant le journal.

Helen et les filles sillonnaient le voisinage pendant que Johnny recueillait l'argent pour le *Telegram.* En rentrant, elle s'assoyait sur une chaise et Johnny tenait le porte-bébé tandis qu'elle défaisait les courroies, et une fois qu'elle avait dégagé ses épaules elle avait l'impression de flotter. Elle déposait Gabrielle dans le berceau sans lui avoir enlevé son habit de neige. Même le son de la fermeture éclair pouvait réveiller le bébé.

Elle songe à l'odeur du sac du *Telegram* que portait John sur son épaule, l'odeur de gel et d'encre. Les pièces se déversant de son porte-monnaie sur la table de cuisine. Du plat de la main, il frappait les pièces de vingt-cinq cents qui roulaient avant qu'elles n'aillent trop loin. Il voulait acheter des provisions, alors elle le laissait faire. Il achetait des cartons de crème glacée et des biscuits. Il donnait une cuillère à chacune des filles et ils mangeaient à même le carton, sur la table de cuisine. Une fois, John lui avait acheté un steak. Il était très fier de lui.

Helen entrait dans une rage noire quand les enfants ne descendaient pas immédiatement pour le souper — Je sers le souper et je m'attends à ce que vous veniez quand je vous appelle, merde, et je m'attends à ce que vous veniez immédiatement.

Les filles sautaient sur leur chaise. Riant, jacassant l'une par-dessus l'autre, tendant la main pour attraper le ketchup.

Gabrielle avait appris à monter l'escalier en se dandinant, sa couche boursouflant la grenouillère d'un jaune délavé. *Surveillez-la pour qu'elle ne tombe pas. Est-ce que vous surveillez le bébé ?*

Johnny se levait quand Gabrielle se réveillait au milieu de la nuit et il lui apportait une bouteille de lait. Il avait peur du noir, mais il descendait l'escalier jusqu'à la cuisine, Helen entendait le réfrigérateur puis elle entendait John remonter les marches le plus vite qu'il le pouvait. Il donnait le biberon à Gabrielle et grimpait dans le lit d'Helen, posait ses pieds froids contre ses tibias. Il avait toujours mal au ventre. Frotte-moi le ventre, disait-il. C'était le stress. Un petit enfant en proie au stress. Personne n'utilisait le mot *stress* à cette époque. Douleurs de croissance, qu'ils disaient.

Les coudes, disait Helen au souper. Pas sur ta manche. Sers-toi de ta serviette de table. Essaies-tu de casser les pattes de ta chaise ? Combien de fois faudra-t-il que je te le répète ? Te balance pas sur ta chaise. Ne lance pas le ballon sur les murs.

Elle exigeait que la télé reste éteinte pendant le souper. Elle avait une certaine idée de ce qu'était une famille, et elle était décidée à faire une famille d'eux. Éteins cette télé, disait-elle. Si seulement elle avait eu vingt-cinq cents chaque fois qu'elle avait dit : Ferme la porte, on ne chauffe pas la rue.

John oubliait de se servir de sa fourchette. Sers-toi de ta fourchette. Sers-toi de ta fichue. Je vais te le couper. Veux-tu que maman le coupe ? John détestait rester assis à table. Est-ce que je peux m'en aller ? Non, tu ne peux pas. J'ai fini. Tu n'as pas fini tant que tout le monde n'a pas fini ; on est une famille. Gabrielle a fini. Lulu a fini. Est-ce que je peux m'en aller maintenant ? Vas-y, alors. Vas-y. Vas-y si tu veux t'en aller. Allez, fiche le camp. Pour l'amour de Dieu. Jésus, Marie, Joseph.

Et John détalait, tournait le coin, traversait le corridor et sortait en trombe. Ferme la porte. Ferme la fichue.

Ou bien John engloutissait son repas puis faisait rebondir

un ballon de basket contre le mur. Ce ballon laisse des traces sur la peinture. Qu'est-ce que j'ai dit au sujet de ce ballon ? Regarde le mur ! Regarde la trace sur le. Qu'est-ce que j'ai dit ?

Debout à côté de la table, à lancer le ballon. Ils étaient mieux de filer doux, disait Helen à ses enfants.

Ne me réponds pas, jeune fille, si tu as deux sous de jugeote. Je vais te chauffer les fesses, disait-elle.

John était ce genre de gamin : Il fallait dire *Arrête de lancer ce ballon.* Le claquement du ballon produisait un écho et le luminaire au-dessus de la table de cuisine vibrait. C'était un luminaire doté d'une fausse chandelle électrique entourée de quatre plaques de verre fumé, suspendu à une chaîne couleur bronze qui s'enroulait autour du fil électrique. Il pendait du plafond et, quand John faisait rebondir le ballon de basket, de petits rectangles de lumière vacillaient sur la nappe. Un garçon de dix, onze ans.

Des oreilles de lapin, lui disait sa sœur Lulu. Tu fais une boucle, puis tu fais l'autre boucle, tu passes cette boucle sous la deuxième boucle et tu tires fort. Mais John était incapable de lacer ses souliers.

Les filles dessinaient sur le trottoir avec des craies de couleur — des fleurs et des jeux de marelle. Cathy nouait des élastiques pour former une longue bande, nouait une extrémité autour d'une borne-fontaine et passait l'autre autour des genoux de Lulu, puis elle sautait sur l'élastique et le maintenait sous sa chaussure. Ou bien les filles jouaient avec un Lemon Twist. Un mois d'octobre, la famille avait dû endurer le grincement du violon de Lulu pendant une demi-heure tous les jours après le souper. Lulu faisait preuve d'une redoutable détermination, son menton plissé contre la petite coupe en plastique, des grincements si stridents qu'Helen les sentait bourdonner dans ses dents.

L'été, ils achetaient des crèmes glacées et s'assoyaient près de la fontaine devant le Colonial Building. Au crépuscule, des éventails d'écume jaillissaient du fond du bassin. Des voiles de bruine dérivaient sur la brise, couvrant leurs cheveux d'un filet de perles minuscules. Une femme ne devrait jamais se retrouver seule à prendre soin de quatre enfants, songeait Helen à ce moment-là, le bébé avec une piqûre de guêpe qui lui avait fait enfler un œil jusqu'à le fermer, comme celui d'un boxeur. La musique, à peine audible, montant du centre-ville, et l'odeur des barbecues, et des enfants qui passaient en glissant sur leur planche à roulettes — un vendredi après-midi, à l'heure du souper, après une journée au parc.

Elle avait John qui lançait le ballon de basket contre le mur et Gabrielle dans une chaise haute qui renversait son bol. Cathy et Lulu étaient capables de rester assises tranquilles pendant le souper. Les filles savaient utiliser une serviette de table. John s'essuyait le visage sur sa manche.

Par *dehors,* Helen voulait dire qu'il y avait un mur transparent, une séparation entre elle et le monde. Elle avait beau crier de toutes ses forces — *Arrête avec le maudit ballon*—, personne ne l'entendait.

Après le naufrage de l'*Ocean Ranger,* le règlement s'est fait longtemps attendre. Les gens veulent toujours savoir combien les familles ont obtenu, et Helen est de cette école : Pas de vos foutus oignons.

Les gens curieux de connaître les détails du règlement ont l'air de penser qu'on peut attribuer un montant à une vie. Une jambe, ça vaut quoi ? Un bras ? Un torse ? Et si vous perdez le mari au complet ? Quelle somme recevez-vous à titre de compensation ? Ils croient qu'un mari se réduit à une somme. Helen est tentée de dire à ces gens qu'un mari mort n'équivaut pas à un montant d'argent. Les gens qui posent des questions au sujet de l'argent ignorent comment on se sent, dehors. Ils sont encore à l'intérieur. Ou bien ils n'ont jamais été amoureux. Helen considère ces gens avec intérêt.

Ce qu'elle aimerait leur dire, c'est qu'elle et ses quatre

enfants ont attendu longtemps le règlement. On a créé un fonds de charité destiné aux familles, oui, et on était animé des meilleures intentions, on se montrait généreux, mais la charité n'a pas duré longtemps. Elle ne dit cela à personne. Mais l'argent n'a pas duré longtemps.

On ferait mieux de ne pas la lancer sur le sujet. Sa sœur était débarquée avec des provisions, voilà ce qu'elle dirait. Plus d'une fois, et Louise n'en avait pas de trop pour elle-même. Elle débarquait simplement, entreprenait de décharger la voiture et elle ne voulait pas entendre le mot merci. Des provisions pour la semaine.

Louise ne voulait pas entendre le mot merci. Cela se réglait en silence, entre les deux sœurs, le rangement de ces provisions dans les armoires. Louise venait juste de commencer à travailler comme infirmière, elle ne gagnait pas beaucoup d'argent, et elle avait deux enfants à elle.

C'est comme ça, disait Louise. Pas de quoi en faire un plat.

Merci, Louise, disait Helen.

Fais-moi plaisir et ferme-la.

Helen pliait la lessive. Apparier des chaussettes était un numéro qui ressemblait à s'y méprendre à apparier des chaussettes. Elle avait tout à fait l'air d'être dans le monde, absorbée par la modeste tâche de *Voilà une chaussette, maintenant, où la deuxième peut-elle bien être ?* Et quand elle avait fini, il y avait devant elle une vraie pile de chaussettes.

Elle laissait la radio allumée tout le temps. Ou bien elle l'éteignait.

Celle-là, au moins, on peut lui couper le sifflet, disait-elle. Et elle fermait la radio d'un geste sec.

Plus le temps passait, plus Helen était convaincante. Il y avait l'odeur des croquettes de poulet ; il y avait des miettes sous le grille-pain. Elle préparait les lunchs, faisait remplir le réservoir par la compagnie de mazout et elle assistait aux concerts de Noël des enfants. Elle toucha le fond lorsque les tuyaux gelèrent. Dans la cave au sol en terre, avec son plafond bas et ses murs de pierre humides, passant les tuyaux au chalumeau. Le crachotement rauque tandis que la flamme fusait, d'un bleu étrange, et le chuintement. Ça lui flanquait une frousse horrible. Elle n'avait pas de quoi payer un plombier.

Louise n'a pas raté un seul des concerts de Noël auxquels participaient les enfants d'Helen. Maris et femmes s'assoient ensemble aux concerts de Noël, aussi Louise y assistait-elle avec Helen. Il y avait un programme qui durait trois heures, et il y avait des costumes, et des flocons de neige couleur d'argent suspendus aux poutres du plafond, et le piano exubérant, insistant, et les gestes théâtraux du professeur de musique avec sa baguette, dirigeant la chorale d'élèves de la maternelle, survoltés, sérieux comme des papes, *et maintenant, et maintenant,* et les enfants prononçaient les syllabes. Louise mourait d'envie de fumer une cigarette. Louise s'était endormie. Louise avait pleuré quand Lulu avait joué son solo au violon.

Mais les filles avaient vite gagné en perspicacité, et elles étaient devenues plus difficiles à berner. Alors Helen avait pris un deuxième boulot, elle avait recommencé à coudre, et elle s'était mise au yoga. Personne ne demandait : As-tu pensé à rencontrer quelqu'un d'autre ? Pendant longtemps, personne n'osait.

* * *

John aime à lui téléphoner, novembre 2008

Helen porte un masque sur les yeux quand elle dort. Le téléphone : Singapour. Elle a pensé pendant une minute que c'était en Thaïlande, mais ce n'était pas en Thaïlande. Singapour était en Chine. Ou à Hong Kong ? C'était une escale. John était en route vers New York. Il a parlé du soleil. On vient juste de se poser, a-t-il dit. Pour faire le plein.

Je prends un petit espresso, a dit Johnny.

Le téléphone avait sonné et ç'aurait pu être Louise qui faisait une crise cardiaque, ou Dieu sait quoi. Helen a soulevé le masque et constaté à quel point les deux types d'obscurité étaient différents. Elle était prête à croire que le monde était constitué d'atomes bourdonnant et s'entrechoquant et que, si elle l'avait voulu, elle aurait pu passer la main au travers de la commode, floue et immatérielle, et frotter ses bas nylon entre ses doigts, les frotter jusqu'à les faire disparaître comme de la buée sur un miroir.

Son cardigan noir suspendu à la porte de la garde-robe. Toujours il y a cette terreur quand le téléphone sonne pendant la nuit : Est-ce que quelqu'un est mal en point ? L'angine de Louise lui a causé quelques frayeurs. Une ambulance, l'hiver dernier. Helen a peur du téléphone.

Son cardigan avait l'air d'une présence, d'un fantôme. Elle était vieille, après tout, et oui, les années avaient passé. Le lit qui volait au-dessus d'un précipice, une sirène qui retentissait sur l'eau et on aurait dit que son corps tombait plus lentement que le lit et elle sentait le lit s'abattre avec un *plouch,* et puis elle frappait le lit et commençait à sombrer, mais ce n'était que le téléphone, pas une sirène. Réponds au téléphone. Je ne suis certainement pas vieille, a-t-elle songé en attrapant le combiné avant de rater l'appel.

Ce n'était que le téléphone ; ce n'était que son cardigan.

Où es-tu, John ? a-t-elle demandé.

Maman, tu me cries dans l'oreille. John pouvait s'exprimer d'une voix neutre quand il voulait se moquer d'elle. Il pouvait prendre un ton cassant. Elle ne criait pas. Mais elle s'efforcerait de parler plus doucement.

Je suis à l'aéroport de Singapour, à attendre qu'on me serve un espresso, a-t-il dit.

Helen a entendu un tiroir-caisse se refermer avec un bruit sec. John a parcouru le monde pour son travail. La Tasmanie n'est que le plus récent voyage. Des rendez-vous à Melbourne et puis des vacances d'aventures en Tasmanie. Un forfait pour férus de grand air. Tant qu'à faire toute cette distance, tu veux prendre quelques jours, voir l'endroit, lui avait-il expliqué.

Et maintenant, tu es en route vers la maison ? a demandé Helen.

*   *   *

Un bébé s'en vient, novembre 2008

Il y a deux jours, je donnais des arachides à un wallaby, dit John à sa mère. Maintenant, je suis à l'aéroport de Singapour.

Il avait mis la main dans sa poche pour payer l'espresso, en avait sorti un emballage de bonbon et s'était demandé comment il s'était retrouvé là. Un emballage violet, orné d'une illustration de princesse de bande dessinée tendant la main — sur sa main se trouvait une bague énorme qu'elle donnait à baiser à quelqu'un —, et John avait pensé au wallaby qui allaitait son bébé. La mère wallaby semblait à la fois paisible et dangereuse tandis que le bébé farfouillait à la recherche de ses tétines. La mère se balançait de gauche à droite pendant que le petit tétait. Des taches de lumière mouvantes tombaient à travers la forêt pluviale jusque sur le sol compact et les rochers.

Une petite Japonaise se tenait près de lui, huit ou neuf ans, peut-être, vêtue d'une robe-soleil jaune. Ses parents étaient un peu plus bas sur le sentier. John pouvait entendre leurs voix à travers les feuilles. La petite fille avait étendu le bras pour flatter le bébé wallaby et la mère avait craché, retroussant ses babines pour révéler des gencives marbrées et des dents jaunes. John avait posé une main sur l'épaule de l'enfant. Sur le sol, des ombres clignotaient comme l'extrémité déchiquetée d'un film dans un vieux projecteur ; il y avait eu une bourrasque très haut dans les arbres, lumière frissonnante.

Il avait fait reculer la petite fille de quelques pas, les yeux fixés sur les wallabys. Les animaux n'étaient pas plus gros que des chiens de taille moyenne et ils semblaient aussi inoffensifs que des ours en peluche quand ils bondissaient sur le sentier. Mais ils n'étaient pas mignons ; ils étaient sauvages — peut-être enragés, pour ce qu'il en savait.

John était sûr que la mère wallaby allait sauter à la gorge de la petite fille. De grands yeux ourlés de cils épais, féminins. John avait regardé la mère wallaby dans les yeux, mais s'il y avait de l'intelligence chez l'animal — quelque faculté avec laquelle négocier —, John ne l'avait pas vue. Les yeux étaient d'ambre, pailletés de lumière et d'ombre, de brun, de rouille, de doré, et dépourvus de tout ce qui n'était pas un muet instinct. La mère avait frémi. La queue musculeuse avait frappé un arbuste. Puis le bébé avait éternué. *At-choum*. Il avait frotté ses deux pattes sur son museau, yeux fermés, avait secoué la tête, libération clownesque de gouttelettes d'eau, de morve et de lait maternel qui les avait tous surpris, désamorçant la situation, et les deux wallabys avaient bondi dans les broussailles où ils avaient disparu. La petite fille avait fait rouler son épaule pour se dégager de la poigne de John. Puis elle s'était éloignée en montant le sentier au pas de course, ses cheveux raides et noirs oscillant de gauche à droite.

Il fallait marcher cinq heures pour atteindre Wineglass Bay, et comme il était blanc, le sable de cette plage, quand on le contemplait du belvédère. Et c'est à ce moment que le téléphone de John avait sonné.

Il y avait un petit groupe de touristes sur la plateforme du belvédère. Le *shlac-shlac* sibilant des appareils photo, le crescendo des vagues loin, plus bas. L'ascension avait été dure, et une étrange solennité avait gagné le groupe. Ils sentaient monter l'émerveillement, et l'inévitable plongeon de l'émerveillement vers l'irritation. Que possédaient-ils, dans leur vie de tous les jours, qui puisse se mesurer à l'austère virginité de cette plage ? Ils avaient vu des pancartes, sur la plage, demandant de ne pas ramasser les coquillages.

John avait l'impression que les parents de la petite Japonaise se querellaient. Ils s'étaient à peine dit un mot après avoir atteint le sommet, et quand ils se parlaient leurs paroles étaient gutturales et sèches, crachées en direction de leurs souliers. La mère rabattit sur ses yeux une paire de lunettes de soleil à la monture rouge et croisa fermement les bras sur la poitrine.

Les quinze autres touristes se regardèrent quand le téléphone de John sonna, bourdonnement technologique qui évoquait des services logistiques, des métros et des rues encombrées, et annulait le froissement surnaturel des palmes entremêlées. John frappa sur ses poches comme s'il était en feu.

Il se dit que c'était sa mère, mais ce n'était pas sa mère.

C'était une femme avec qui il avait couché des mois plus tôt. Une femme qu'il connaissait à peine.

C'est Jane Downey, dit la femme.

John essaya de se souvenir de son visage, mais en vain. Il y avait un soupçon d'eucalyptus dans la chaleur sucrée. L'odeur lui rappelait le Vicks Vaporub, l'indigo profond du bocal en verre. Le *ploc* quand le couvercle de métal était dévissé et les effluves qui s'en exhalaient, venant dissiper le brouillard d'une somnolence à la fois morose et enivrante. Sa mère lui en avait appliqué sur la lèvre supérieure et lui en avait badigeonné la poitrine. Quelqu'un lui avait dit d'en étendre sur la plante de ses pieds. C'était lorsqu'il avait onze ans et qu'une fièvre lui avait fait manquer trois jours d'école. Il avait raté un examen de mathématiques à cette occasion. La dysgraphie — c'est ainsi que les spécialistes appelleraient, plus tard, le trouble dont il était affligé — faisait qu'il voyait les chiffres et les lettres à l'envers et parfois sens dessus dessous. John avait surmonté cette difficulté, l'avait compensée, s'en était tiré en jouant la comédie. Il arrivait toujours à trouver la réponse en prenant le chemin le plus long. Il s'était inscrit en génie à l'université, par provocation. De son léger handicap, il avait conçu l'iné-branlable certitude que les choses ne sont pas toujours telles qu'il y paraît.

Tu vas bien ? demanda Jane Downey. John parla de la plage et de l'ascension. Il parla d'une tyrolienne dont il avait fait l'essai quelques jours plus tôt — un long câble tendu au-dessus de la canopée de la forêt pluviale, il avait enfilé un casque protecteur et il avait eu l'impression de voler.

C'est tellement rapide, dit-il. Une fois qu'on saute en bas de la falaise, pas moyen de reculer. Chacune de ses paroles semblait traduite d'une langue en voie d'extinction. Pourquoi avait-il dit qu'il n'y avait pas moyen de reculer ? Plus il s'efforçait de donner un tour léger à la conversation, puis celle-ci s'alourdissait.

Il fallait que je vienne à Melbourne pour le travail, dit-il à Jane Downey, et j'ai pris une semaine de plus. Un ferry jusqu'en Tasmanie. Je me suis dit : Je suis là, je vais visiter un peu, non ?

Absolument, dit-elle. La Tasmanie. Wow.

Ça a été une année formidable, dit-il. Puis : Je pensais que tu allais être ma mère. Il se retourna en prononçant ses mots, s'attendant à demi à voir Jane Downey apparaître derrière lui et lui taper sur l'épaule. Il s'éloigna de la grappe de touristes sur la plateforme, mais la petite Japonaise lui emboîta le pas. Peut-être avait-elle perçu l'inflexion geignarde qui avait gagné sa voix. Comme tout le monde, il avait une voix pour le téléphone, mais il ne parlait pas avec sa voix de téléphone. On aurait dit qu'il se sentait coupable.

Il s'était retenu de raconter à Jane le sentiment d'accomplissement qu'on éprouve en dominant une peur. Il ne lui décrivit pas la manière dont les câbles de la tyrolienne avaient sifflé et ployé sous son poids pendant le plongeon. Il y avait une caméra vidéo, lui raconta-t-il plutôt, logée dans le casque protecteur, et il avait acheté un DVD de sa descente.

Ils me l'ont vendu à prix d'or, dit-il.

Je voudrais bien voir ça, dit-elle. Son enthousiasme sonnait faux.

John était incapable de se rappeler quoi que ce soit de faux au cours de cette semaine qu'il avait passée avec Jane en Islande six ou sept mois plus tôt. Il avait le pressentiment qu'elle allait lui dire quelque chose de vrai et d'inéluctable. Il ne voulait pas l'entendre.

John se souvenait que Jane Downey avait une peau parfaite, claire, constellée de taches de son, illuminée par l'honnêteté. Il devait y avoir quelque vertu intérieure, avait-il songé quand il avait fait sa connaissance, responsable de la beauté intacte qu'il voyait sur son visage. Il avait feuilleté des dépliants promettant un week-end coquin à Reykjavik, des blondes en bikini batifolant dans le Lagon bleu. Jane n'était pas islandaise. Elle était originaire de Canmore, en Alberta.

John se trouvait en Écosse pour affaires et un ami avait suggéré la Finlande. Il n'y avait passé que quelques jours ; la Finlande était trop austère pour lui. Les Finlandais étaient soit d'une sobriété abrutissante, soit ivres morts, avait-il décrété. Mais, depuis la Finlande, un court vol suffisait pour gagner l'Islande, et il avait songé : Pourquoi pas ? Il aimait bien les îles. Il avait entendu dire qu'on pouvait croiser Björk dans la rue.

Quelque chose d'ancien, une honnêteté foncière dont Jane Downey n'avait sans doute même pas conscience et qu'elle ne pouvait contrôler — voilà ce qu'il avait vu sur son visage. Une fille de l'Alberta qui rédigeait une thèse de doctorat en anthropologie. Elle était en Islande pour assister à un colloque et ils s'étaient rencontrés dans un bar.

La petite Japonaise sur la plateforme en Tasmanie avait plongé la main dans la poche de sa robe et en avait sorti un sachet de cellophane qu'elle avait déchiré à l'aide de ses dents. Elle avait laissé le sachet voleter jusqu'au sol et, même si John n'en gardait aucun souvenir, il devait s'être penché pour le ramasser.

Ce n'est pas bien de semer des détritus, devait-il avoir

songé. Il devait avoir mis en marche la calculatrice de moralité, amorcé la tâche subconsciente consistant à additionner les bonnes et les mauvaises actions qu'il avait commises récemment, au cas où il lui aurait fallu se défendre. Le ton faux de Jane Downey provoquait chez lui un vertige semblable à celui qu'il avait éprouvé en sautant de la falaise quelques jours plus tôt pour plonger comme une sorte d'oiseau à lourde tête au-dessus des forêts pluviales tasmaniennes. Il n'avait pas joui de la descente sur le moment. C'était une chose — avait-il compris dès que ses pieds avaient quitté la falaise — qu'il lui fallait traverser. Mais tout de suite après — les jambes en coton, une coulée de bave séchée sur son menton, car il avait respiré par la bouche et crié à tue-tête au-dessus des arbres —, il avait éprouvé un fastueuse bouffée de solitude, le sentiment qu'il serait toujours heureux en sa propre compagnie.

Et maintenant, tandis qu'il glissait la main dans sa poche à l'aéroport de Singapour pour payer son espresso, ses doigts rencontraient l'emballage de friandise violet.

À l'intérieur du sachet se trouvait une bague en plastique sur laquelle était montée une énorme pierre précieuse en bonbon. La petite fille avait enfilé la bague et sucé la pierre, taillée en facettes et rouge comme un rubis, et le colorant avait taché ses lèvres. Le soleil de Tasmanie avait fait palpiter la pierre-bonbon qui, dans la lumière crue, était apparue à John comme une émotion : le sourd éclat rouge tour à tour s'éteignant et flamboyant, semblable à un élan d'amour ou de peur.

John était relativement sûr que, lorsque Jane Downey et lui s'étaient dit au revoir à l'aéroport de Heathrow plus de sept mois plus tôt, c'était avec la ferme entente qu'il n'y aurait pas de coups de téléphone. Il avait tenté de glisser une allusion à cette entente dans sa conversation téléphonique avec elle. Une référence subtile — rien de cru ni d'insensible — au fait qu'elle devrait peut-être se demander ce qu'elle foutait à l'appeler de la sorte sans crier gare.

Et maintenant il marchait à grandes enjambées dans l'aéroport de Singapour, et il voulait désespérément avoir les conseils de sa mère. Il avait composé le numéro sans se demander quelle heure il était chez elle. Il se rendit compte qu'il désirait être absous. John voulait que sa mère soit indignée pour lui, vindicative. Il voulait qu'elle saute à la gorge du monde.

Le soleil de Singapour flambait à travers le mur de verre du terminal. Il faisait frais dans l'aéroport, mais une brume de chaleur s'élevait du tarmac, et les avions qui roulaient lentement vers l'édifice semblaient vaciller. John apporta l'emballage de bonbon jusqu'à une poubelle et le jeta, mais, sous l'effet de quelque résine sucrée ou de l'électricité statique, l'emballage lui colla aux doigts. Il secoua la main au-dessus de la poubelle et l'emballage resta accroché au poignet de sa chemise, glissa jusqu'à la jambe de son pantalon et finit par se fixer à la semelle de sa chaussure. Il marcha, le papier toujours collé à sa chaussure, vers l'immense surface de verre qui donnait sur la piste d'atterrissage. Le lever ou le coucher du soleil — il ignorait lequel des deux — et les ténèbres qui se dissolvaient plus haut. La fille derrière le comptoir du café l'appelait — Monsieur, Monsieur — parce qu'il avait encore à la main une tasse et une soucoupe, mais il l'ignora.

Sa mère était à la fois sonnée et alarmée.

Ce qui arrive, dit John, c'est que je pense que j'ai mis une fille enceinte. Puis il sentit l'emballage de bonbon sous sa chaussure. Il posa son autre pied sur le papier et la tasse tremblota sur la soucoupe, puis il leva le premier pied et regarda autour de lui afin de voir qui l'observait. L'emballage se détacha, puis resta collé à son autre chaussure.

John, dit sa mère.

Elle dit qu'elle va avoir un bébé, dit-il.

Qui ça? demanda sa mère.

Une femme, dit John. Que j'ai baisée.

Avec qui tu as couché, reprit sa mère. Elle dormait à moitié.

Avec qui j'ai couché, dit John. Il se pencha, détacha l'emballage de bonbon de sa chaussure et l'examina attentivement. La princesse sur l'illustration arborait un sourire démesuré, menaçant, et le texte imprimé dessous était en japonais. Il glissa le papier d'emballage dans une bouche d'aération sous la fenêtre. L'emballage vibra violemment, fut aspiré et demeura prisonnier d'une sorte de mécanisme saccadé à l'intérieur. Il émettait un bourdonnement grave et malsain au plus profond des rouages.

Mon Dieu, fit sa mère.

Le choc dans la voix de sa mère le fit frissonner de la tête aux pieds. Il pouvait la voir assise dans son lit. Ce masque ridicule qu'elle portait, relevé sur son front, ses cheveux aplatis comme une crêpe d'un côté de son crâne. Dehors, sur la piste d'atterrissage, des hommes vêtus de combinaisons blanches se dirigeaient vers l'avion d'un pas nonchalant. L'un d'eux portait une baguette fluorescente orange, il se tourna vers John et l'agita lentement d'avant en arrière. À qui adressait-il ses signaux ? On aurait dit un avertissement dans un rêve : *Écarte-toi du chemin.* L'avion avançait vers l'homme à la baguette, ses ailes blanches teintées de rose par la lumière du soleil. La baguette orange sifflait dans la chaleur humide, d'avant en arrière, puis l'homme courba la tête et disparut au petit trot.

Qu'est-ce que tu lui as dit, John ? demanda sa mère. Il n'avait jamais vu de soleil aussi rouge. La pollution tropicale le rendait plus rouge encore. Le soleil répandait sa beauté par à-coups. On aurait dit que les palmiers au bout de la piste d'atterrissage frottaient le ciel.

John avait dit à Jane Downey : Pourquoi tu ne t'es pas fait avorter ?

C'était la première chose qu'il avait dite. Est-ce que ça faisait de lui un salaud ? Il l'avait dit tout en sachant qu'il était trop tard pour un avortement. Il l'avait dit tout en sachant que c'était inutile.

Et Jane Downey lui avait raccroché au nez. Il n'y avait plus que la plateforme, les rocs immenses, la robe jaune pâle de la petite Japonaise et la bague de bonbon rouge qui accrochait la lumière.

C'était troublant : une femme si loin qui portait son enfant dans son sein. John l'avait crue, bien sûr. Il savait que le monde pouvait être ainsi : Il est possible qu'une étrangère t'oblige à rendre des comptes, dévaste ta vie.

Le soleil de Singapour vrillait son crâne et il était en proie à une perplexité absolue. Ébahi par le caractère profondément injuste de l'affaire. Il était victime d'une injustice, et peut-être lui-même s'était-il montré injuste, mais sa mère pourrait l'absoudre. Tout ce qui l'entourait — le mobilier en chrome et en vinyle noir, le tapis argent, la tasse à espresso blanche — se teignait de rouge, le rouge de la honte.

Sur la plateforme surplombant Wineglass Bay, John avait détourné les yeux de la petite fille quand Jane Downey lui avait annoncé qu'elle était enceinte, et il avait vu que les parents de la fillette étaient en train de se peloter. L'homme avait glissé la main sous la blouse de sa femme, la blouse se plissait au-dessus du poignet de l'homme, le creux du dos de la femme. Ses cheveux d'un noir d'encre coupés au carré arrivaient juste sous ses omoplates. John distinguait la petite culotte de la femme sous son pantalon blanc ajusté. L'élastique de sa culotte, d'un rose criard, dépassait de la taille basse de son pantalon, sciant la chair de ses fesses et créant une rainure voluptueuse sur sa hanche nue. Les parents ne se querellaient pas. Ils mouraient d'envie de se toucher. L'air sur la plateforme arrivait de l'Antarctique, c'était l'air le plus pur et le plus propre du monde. Il donnait à tout une allure trop nette. John était resté saisi. Puis il avait lâché dans le téléphone : Pourquoi tu ne t'es pas fait avorter ?

Il voulait que sa mère dise que la grossesse était sans doute le fruit d'une arnaque. D'autant qu'il s'était montré généreux de rires, de bonne humeur et même d'argent ; il avait acheté à Jane un collier coûteux au terme de longues palabres avec l'artisan qui l'avait façonné. Des éclats de lave volcanique durcie. Un cadeau de largage, s'était-il avoué sur la plateforme en Tasmanie. Le collier était une façon de dire qu'il se souviendrait longtemps de cette semaine. Ou qu'il voulait que Jane s'en souvienne.

Il y avait eu une entente tacite, scellée par le collier, selon laquelle ni l'un ni l'autre ne garderait d'une semaine extrêmement agréable, voire profondément mémorable, passée à baiser, à bouffer et à boire des vins merveilleux, à dévaler des glaciers en motoneige, à s'enduire le visage d'argile blanche, plongés dans des sources thermales d'un bleu surnaturel, et à danser au son d'une musique de samba *live* en Islande — que ni l'un ni l'autre ne garderait de cette semaine autre chose que de bons souvenirs.

Il y avait certainement eu une entente selon laquelle il n'y aurait pas de bébé, ni quoi que ce soit qui se rapproche un tant soit peu d'un bébé.

Mais Jane était enceinte de six mois. Quelle foutue idée c'était, de le lui apprendre en l'appelant sur un téléphone portable ? La petite Japonaise avait sorti sa bague en bonbon de sa bouche avec un *pop* audible. Jane Downey avait raccroché et, comme un imbécile, John avait répété : Allo, allo, en regardant le minuscule instrument dans sa main, avant de le plaquer de nouveau sur son oreille.

Tout le monde sait que les wallabys sont herbivores, avait dit la petite fille. Et puis : C'est quoi, se faire avorter ? John avait présumé qu'elle ne parlait pas anglais.

Le soleil rouge de Singapour lança un coup de poing qui atteignit John à l'œil. Pourquoi sa mère ne disait-elle pas que Jane Downey était inférieure de quelque manière, un succube, une sorcière. Ou bien une femme indépendante et magnifique — il se rappelait son visage exactement : criblé de taches de rousseur, un large sourire, espiègle — qui s'en tirerait très bien toute seule.

John voulait que sa mère puise au plus profond de la connaissance enfouie dans les phéromones, les cellules et le sang de cette chose floue, grisante, qui constituait à ses yeux l'essence de la féminité, et qu'elle lui annonce : John, tu ne dois rien à cette femme.

Un bébé, dit sa mère.

* * *

Aube à Saint John's, novembre 2008

Helen repoussa les couvertures, prit son cardigan pendu au crochet et l'enfila par-dessus sa robe de nuit. Elle descendit au rez-de-chaussée et alluma le tube fluorescent tout en écoutant John au téléphone. La cuisine émergea de l'obscurité en papillotant.

Elle écoutait John respirer. Même quand il appelait d'un téléphone portable, à l'autre bout du monde, il leur arrivait de laisser de longs silences s'installer entre eux. Elle allait garder son petit-fils, Timmy, ce jour-là, et en début d'après-midi ils iraient chez Complete Rentals pour y louer une agrafeuse, après quoi ils iraient faire aiguiser les patins. Elle attendait un menuisier le lendemain. Une côtelette de porc laissée à dégeler sur le comptoir.

Mais John avait mis une fille enceinte. Il y aurait un enfant.

Deux mois après le naufrage de l'*Ocean Ranger,* la belle-mère d'Helen lui avait dit qu'elle avait encore fait ce rêve où elle découvrait un bébé dans un arbre. C'était le rêve qu'avait eu Meg quand la plateforme avait sombré.

Je pense que tu es enceinte, lui avait dit Meg. Et Helen avait compris que sa belle-mère avait raison. Elle avait vomi tous les matins depuis que Cal était mort.

C'était une magnifique petite fille dans les branches de cet arbre, avait dit Meg. Tout emmaillotée de blanc, et il neigeait, et j'ai dit à Dave : Sors, va la chercher, et c'est ce qu'il a fait.

Helen éteignit le luminaire et s'assit dans l'alcôve de la cuisine, un genou appuyé contre la vitre froide. Il avait neigé. Les branches noires, les fils téléphoniques, tous les toits et les lattes des clôtures étaient bordés de blanc.

Mon Dieu, Johnny, dit-elle. Te souviens-tu quand Gabrielle est née ?

Gabrielle était arrivée à la fin septembre. Helen avait perdu ses eaux sur le trottoir devant l'école Bishop Feild, où elle était allée chercher les enfants. Le liquide avait coulé dans ses bas nylon, formant une plaque froide et rêche. Cathy et Lulu avec leurs sacs à dos ornés de poupées Bout de Chou et leurs chaussures en cuir verni ; John avec un sabre laser Star Wars qui luisait d'un éclat bleu. Il courait devant elles et s'arrêtait brusquement, traçant de grands cercles à l'aide de l'épée qu'il tenait à deux mains, repoussant un ennemi invisible.

Ne traverse pas sans nous, jeune homme, avait crié Helen. Ne descends pas de ce trottoir, Johnny. Helen avait marché à petits pas dans Bond Street, s'arrêtant lorsqu'elle avait de légères contractions. Le ciel était plein de nuages d'or au-dessus des collines de South Side. Il avait plu toute la journée et le temps s'était éclairci juste avant qu'elle ne sorte chercher les enfants. Chaque trou d'eau réfléchissait un pan de nuage et un soleil blanc et brillant de la taille d'un vingt-cinq cents. Tandis qu'Helen marchait entre les flaques, les vingt-cinq cents blancs y glissaient sur toute la longueur jusqu'à ce que la circulation provoque un frisson, brisant le reflet en anneaux concentriques de sorte que, l'espace d'un instant, l'eau retrouvait sa transparence et elle pouvait voir la boue, les mégots de cigarettes et les feuilles brunes sous la surface.

Helen avait appelé Meg pour qu'elle vienne s'occuper des enfants. Puis elle avait préparé une assiette de craquelins au beurre d'arachide et à la confiture. Les ombres des érables dans la cour frémissaient sur la porte des armoires, le plancher et la table. Elle était restée immobile, le couteau à beurre dressé dans son poing, son ventre énorme se crispant durement. Ce qui était étrange, c'est que la douleur était tout entière dans ses cuisses. Helen sentait les contractions surtout dans ses jambes, et elles étaient paralysantes. Elle s'était assise précautionneusement sur une chaise à côté de John.

Il la regardait intensément. Depuis la mort de Caleb, Johnny était vigilant. Il avait été envoyé au bureau du directeur à quelques reprises. L'école avait téléphoné. Johnny était vigilant, et son verre de lait était immobile, juste devant ses lèvres. Il ne bougeait pas.

Ça y est, lui avait-elle dit. Helen ne lui parlait pas à lui, mais en prononçant ces mots elle le regardait dans les yeux. Ils étaient seuls tous les deux dans la cuisine. Quelle chose à dire à un enfant. Ça y est.

Puis John avait délicatement posé le verre de lait. Comme il avait l'air sérieux. Un garçon de dix ans.

Il avait passé sa manche sur sa bouche. Helen était assise devant lui, le couteau à beurre à la main, rafraîchie par une légère transpiration.

Quelqu'un avait passé devant la maison avec une radio-cassette portative et le vacarme avait rempli le couloir et résonné sourdement dans la cuisine. Une bouffée de vacarme qui monte et qui disparaît.

C'est un après-midi qui lui revient. Pas l'accouchement lui-même ; ce fut trop rapide. Qu'y a-t-il à se rappeler ? Le couteau à beurre dans sa main. Le temps. La rue qui luisait après la pluie lorsqu'elle avait raccompagné ses enfants de l'école. Johnny qui la regardait, terrifié au point qu'il en avait du mal à respirer. Les ombres.

Je ne peux pas, avait-elle dit. Pourquoi avait-elle dit cela ? Elle se souvient de l'avoir dit.

Je vais y aller avec toi, avait dit John.

Il n'en est pas question. Helen avait récupéré quelque parcelle de sang-froid assez longtemps pour prendre un ton sec et péremptoire. Il fallait éconduire l'enfant.

Le taxi était arrivé, elle avait eu une nouvelle contraction et s'était prudemment assise sur le seuil de la porte, reposant son front sur la rampe. Elle était incapable de se lever, de marcher ou de se rendre à la portière du taxi, alors elle s'était assise avec précaution sur le seuil en bois pour se reposer.

Le chauffeur de taxi ne l'entendait pas de cette oreille. Il avait pris Helen par le bras et l'avait relevée doucement. Ses traits mous, alcooliques, s'étaient chiffonnés dans un coin de son visage, il avait plissé et fermé un œil afin de garder le bout de sa cigarette en l'air.

Vous vous êtes mise dans un bel état, M'dame, avait-il dit. Laissez-moi vous le dire. Pourquoi est-ce que vous m'avez appelé, dit-il. Je fais ma petite affaire, c'est tout. Mon jour de chance, voilà ce que c'est.

Il avait aidé Helen à s'asseoir sur la banquette arrière — elle s'était agrippée des deux mains — et il avait soulevé ses pieds, qu'il avait déposés à l'intérieur de la voiture, car elle était incapable de les bouger seule, après quoi il avait fermé la portière. Il faisait trop chaud dans le taxi où flottaient l'odeur de la fumée bleue de la cigarette au-dessus du volant et le parfum de pin du désodorisant. Helen avait ouvert la portière et vomi sur la chaussée. Le chauffeur était sorti de la voiture d'un bond et avait contourné le taxi en courant pour lui tenir la portière. Puis, en faisant attention à ses chaussures cirées, il s'était penché, avait rassemblé les cheveux dénoués d'Helen et les avait tenus hors de danger, son poing à la base de son cou.

C'est bien, M'dame, avait dit le chauffeur. Crachez tout, ma belle.

Elle l'avait chassé d'un geste de la main et il était resté debout à regarder vers le bas de la rue jusqu'à ce qu'elle s'adosse de nouveau dans le taxi, alors il avait fermé la portière et était retourné, au trot, jusqu'à la sienne, puis il était monté dans la voiture. Il avait incliné le rétroviseur et touché le pin en carton suspendu à un fil pour l'empêcher de tournoyer. Il avait attendu que le pin soit parfaitement immobile avant de le lâcher des doigts. Helen avait vu qu'il était secoué, et qu'il était important à ses yeux de paraître détendu et posé, mais il ferait bien de se dépêcher d'y parvenir parce qu'il leur fallait se mettre en route.

Et puis Johnny avait frappé de la main dans la vitre.

Ne le laissez pas monter, avait dit Helen.

Le chauffeur s'était penché et avait ouvert la portière avant. Monte, mon gars, avait-il dit.

Le bébé s'en vient maintenant, avait dit Helen. Elle avait serré les dents et sifflé : Maintenant, maintenant.

Un filet de fumée s'échappait des narines de l'homme et de la commissure de ses lèvres.

Pas dans mon taxi, ma petite dame, avait dit le chauffeur.

* * *

Trajet en taxi jusqu'à St. Clare's Mercy Hospital, 1982

Mon Dieu, Johnny, dit sa mère. Tu te souviens quand Gabrielle est née ?

John se souvenait du chauffeur de taxi, qui avait le visage le plus gris qu'il ait jamais vu et les yeux bruns les plus pâles. Les yeux s'étaient plissés pour se protéger de la fumée de cigarette, et ces yeux étaient en train de calculer. Il y avait la photo d'école d'une petite fille scotchée sur le tableau de bord. La fillette souriait comme une folle, elle avait perdu ses deux dents de devant. Elle portait une boucle rouge.

Des années plus tard, Johnny était tombé sur le chauffeur de taxi chez Rose and Thistle et il lui avait payé une eau minérale. Pendant un certain temps, sa mère et l'homme avaient échangé des cartes de Noël. Au pub, il avait raconté à John qu'il s'était inscrit aux AA et qu'il était devenu électricien grâce à un programme de retour aux études. Sa fille allait chanter à la soirée micro ouvert. John s'était rendu compte à ce moment-là que l'homme était beaucoup plus jeune qu'il ne l'avait cru en 1982. Ou encore ce chauffeur de taxi était le type de personne qui était capable de se transformer pour survivre. Il était capable d'accomplir ce genre de truc. John avait eu cette pensée au moment de la naissance de Gabrielle : les deux adultes dans le taxi s'étaient transformés. Il avait pensé que sa mère était possédée par le démon, ou quelque chose de plus ordinaire et de pire encore. Et s'il devait y avoir un guide dans le monde des esprits maléfiques, ce pouvait aussi bien être cet homme dont le visage exhalait de la fumée.

Ta ceinture ! avait crié sa mère. Puis elle l'avait crié de nouveau. Le chauffeur et Johnny s'étaient regardés.

Attache ta bon Dieu de ceinture, avait dit le chauffeur.

La mère de John avait vomi dans la voiture et dans l'ascenseur à l'hôpital. Des morceaux de pomme et un liquide mousseux et rose qui sentait mauvais. Elle et John avaient été séparés dès que les portes de l'ascenseur s'étaient ouvertes. Deux infirmières et un fauteuil roulant attendaient. Elles avaient sorti sa mère, qui sanglotait et hoquetait, à bout de souffle, en leur disant que c'était maintenant, c'était en train d'arriver maintenant. Les portes de l'ascenseur s'étaient fermées et il se trouvait toujours à l'intérieur, l'ascenseur avait descendu un long moment, et quand les portes s'étaient rouvertes au rez-de-chaussée, il avait découvert sa tante Louise. Il était sorti de la puanteur et les portes s'étaient refermées derrière lui. Louise avait crié son nom.

Qu'est-ce que tu fais ici, avait demandé tante Louise. Elle lui avait donné une claque sur le bras. Que ça te serve d'avertissement, avait-elle dit. Pas de bêtises.

John avait enfoui le visage dans le manteau en poil de chameau de sa tante et l'avait serrée si fort qu'il sentait ses côtes bouger à chaque respiration. Ça suffit, avait dit Louise. On va monter voir ce qui se passe.

Gabrielle était née dès que sa mère s'était allongée sur le lit d'hôpital, lui a-t-elle raconté plus tard, le bébé avait été lavé et emmailloté et on avait enlevé les draps souillés avant que John et Louise n'entrent dans la chambre. Louise avait rabattu la petite couverture blanche et avait regardé. Elle avait approché son visage du bébé pour sentir le souffle du nourrisson. Louise, les yeux fermés.

Viens voir ta petite sœur, avait dit sa mère.

On vient de faire l'appel de mon vol, dit John à ce moment. Il faut que j'y aille.

Maintenant, écoute, John, dit sa mère. Tu m'écoutes ?

J'écoute, mère, dit-il. Il dit *mère* avec une ironie cassante.

Qu'est-ce que tu lui as répondu ? demanda sa mère.

L'espresso était épais et corsé, plein de minuscules grains veloutés. Il n'aurait pas l'absolution de sa mère. Il la sentait qui prenait le parti d'une femme qu'elle ne connaissait pas, qui prenait le parti de Jane Downey plutôt que celui de son propre fils.

Elle allait l'obliger à prendre ses responsabilités.

En regardant le soleil rouge sur le tarmac à Singapour, John sentait les larmes lui monter aux yeux. Il était épuisé, bien sûr, sous l'effet du décalage horaire, piégé. Mais il était aussi soulagé. Sa mère le forcerait à faire ce qu'il fallait, peu importe quoi. Elle saurait. Ils avaient déjà vécu cela, d'une certaine manière. Ce jour-là, il y avait longtemps, dans la cuisine, elle était possédée. Elle tenait un couteau à beurre et avait la bouche ouverte, ses yeux s'étaient écarquillés et on aurait dit qu'elle n'était plus là. Le soleil frappait le couteau à beurre et un carré de lumière avait tressauté sur la table et volé à travers le plafond. Son âme s'était enfuie et elle était envoûtée.

Et elle l'avait abandonné dans l'ascenseur. C'était impardonnable. Le père de John avait déjà commis l'impossible : son père était mort. Ce qu'il avait pensé, en se dirigeant vers la chambre d'hôpital de sa mère avec sa tante Louise : sa mère devait être morte aussi. Sa tante tenait un bout de papier où était écrit le numéro de la chambre, que la dame à la réception lui avait donné. On y est, avait dit sa tante. Elle avait frappé doucement à la porte, puis elle avait tourné la poignée et glissé la tête à l'intérieur. John s'était faufilé derrière elle. Il y avait un lit au milieu de la pièce, entouré d'un rideau blanc.

Si la mort de sa mère se trouvait derrière ce rideau, John s'était rendu compte qu'il ne serait pas à la hauteur. Il savait qu'il n'était qu'un enfant et qu'il n'aurait pas dû comprendre ce que ça signifiait d'être à la hauteur de quoi que ce soit. La plupart des gens n'avaient pas à affronter cette révélation avant d'avoir quitté l'enfance depuis longtemps ; il savait tout cela. Mais il avait appris trop tôt que l'on pouvait ne pas être à la hauteur de la situation.

Helen, es-tu là, avait demandé Louise. John avait vu une ombre vaciller, s'allonger puis rétrécir tandis que l'infirmière, derrière les plis du mince rideau, se déplaçait devant un ovale de lumière. Puis l'infirmière avait fait glisser le rideau d'un geste à la fois théâtral et pragmatique. Les anneaux de métal sur la tringle de chrome au-dessus du lit faisaient un bruit de ruisseau qui coule. Un délicat tintement annonçant quelque événement d'importance. Elle avait heurté une solide lampe blanche dotée d'un abat-jour en chrome qui s'était incliné, la lumière frappant l'œil de John. Le blanc de la lumière blanche : il avait fermé les yeux pour s'en protéger.

Il avait vu, pendant quelques secondes à peine à l'intérieur de ses paupières fermées, la silhouette de sa mère assise dans le lit, forme évanescente orange vif auréolée de violet. Puis il avait cligné des yeux et l'obscurité avait déferlé depuis la périphérie, et l'infirmière avait éteint la grosse lampe avec un *snap* sonore.

Quelques secondes avaient suffi, et puis le contour flamboyant et immatériel de sa mère avait repris consistance. Sa mère avait été rendue à John. C'était sa mère de tous les jours, en plus hagard et plus heureux.

Viens voir, avait-elle dit. En s'approchant, il s'était heurté contre la table à roulettes cachée juste derrière le rideau plissé. Une bassine contenant le placenta se trouvait sur la table. Une masse solide de sang violacé, et il y avait aussi l'odeur — puissante, minérale, où se mêlaient l'ozone, le poisson et la pourriture.

T'en fais pas avec ça, avait dit l'infirmière en emportant le bol hors de la pièce.

Par ici, avait dit sa mère. Les cheveux noirs humides, les yeux noirs qui clignaient, le menu poignet avec son bracelet d'hôpital. Gabrielle avait été sienne dès ce moment. Elle appartenait à John. Il lui revenait d'aimer et de protéger le petit bébé.

Il était maintenant dans la file de gens attendant d'embarquer dans l'avion. Il aurait dû appeler sa sœur, réfléchit-il, non pas sa mère. N'importe laquelle de ses sœurs aurait été préférable. Mais le mal était fait. Il était fatigué du soleil rouge, et fatigué de sa mère.

Comment va Gabrielle? demanda-t-il.

Elle s'attend à ce que tu lui paies un billet pour qu'elle puisse rentrer à Noël, dit sa mère.

Gabrielle était en Nouvelle-Écosse, où elle étudiait les arts plastiques. Elle avait réalisé pour John une peinture à partir d'un imperméable en vinyle rouge auquel étaient encore fixés des boutons en laiton. C'était laid, il avait dépensé une fortune pour la faire encadrer, et sa sœur s'était mise en colère.

La vitre la tue, avait-elle gémi. Tu veux la rendre convenable. Elle n'est pas censée s'agencer avec ton foutu canapé, avait-elle dit. John avait été mystifié et blessé.

Appelle-moi quand tu arriveras à New York, dit sa mère. On parlera du bébé.

Rénovations

Un coup de vent, novembre 2008

Pourquoi le gamin ne pourrait-il pas manger un bonbon casse-gueule, songe Helen. Puis une bourrasque hurlante souffle et le monde n'est plus que blancheur. La lame du patin touche la meule et les étincelles jaillissent.

Helen est allée chez Complete Rentals plus tôt dans l'après-midi chercher une agrafeuse et soixante cartouches d'agrafes. Dans tout le magasin, de la machinerie était alignée en rangées bien nettes entre lesquelles une femme vêtue d'un pull molletonné gris l'a servie. Une pancarte sur le mur, près d'un véritable boulet de canon attaché à une chaîne et à un cadenas, disait : *Louez un mariage à l'essai.*

Ainsi, ils étaient de petits rigolos, a constaté Helen, dans le commerce de la location.

La fille dans le molletonné gris s'est interrompue pour regarder par la fenêtre. La neige exigeait une pause. Elle se jetait sur la vitre avec violence et le vent faisait cliqueter les gouttières, et la fille a dit : Avez-vous besoin d'un compresseur ?

Helen ne savait pas, pour le compresseur.

Si le gars qui travaille pour vous ne vous a pas parlé d'un compresseur, vous n'avez probablement pas besoin d'un compresseur, a dit la fille. D'habitude, ils le disent, quand ils veulent un compresseur. Est-ce qu'il va poser un plancher ?

Un homme est sorti du bureau à longues enjambées et s'est arrêté lui aussi pour contempler la tempête.

Il y a eu un silence, puis une sirène, au loin.

Il y a un incendie, ou bien quelqu'un a eu un AVC, ou une crise cardiaque, a songé Helen. Il y avait une scène de violence conjugale ou un vol à main armée dans l'ouest de la ville.

La veille au soir, elle avait acheté de l'essence après avoir fait des emplettes de Noël au Village Mall, et le pistolet de distribution était froid entre ses mains. Elle était entrée dans la cabine de verre pour payer, le jeune homme derrière le comptoir était en train de lire *Anna Karénine* et il avait déposé à regret le livre à l'envers sur le comptoir. Ses yeux s'étaient vidés de la grande saga russe tandis qu'il la considérait. Helen et l'odeur de l'essence et une bourrasque glaciale.

La température la plus froide en cinquante ans, avait dit la radio. Ils allaient avoir de la neige. En regardant le commis quitter une nuit glaciale de Russie, pleine de passion, d'âtres profonds et de désir, pour se forcer à revenir dans la nuit froide et solitaire de Saint John's afin de prendre sa carte de débit, Helen avait senti s'éveiller sa fibre maternelle. Le commis avait l'âge de John, supposait-elle, mais il ne lui ressemblait en rien.

Quand il faut un compresseur, d'habitude, ils le disent, a confirmé l'homme chez Complete Rentals.

Il n'a pas parlé de compresseur, a dit Helen.

Est-ce que c'est un bon menuisier ?

Il a l'air bon, a dit Helen. Elle s'est rappelé Barry qui accrochait la griffe métallique du mètre à ruban au bout d'un colombage, marquant celui-ci à l'aide d'un crayon qu'il gardait derrière l'oreille, puis laissant le ruban s'enrouler dans l'étui avec un *snap* sonore.

Alors il a son propre compresseur, a dit la fille.

Après l'aiguisage des patins, Helen conduit son petit-fils en voiture jusqu'à une boutique pour acheter un casque d'occasion. Les enfants n'ont pas le droit de patiner sans casque par les temps qui courent. Au feu rouge elle incline le miroir de manière à voir le visage de Timmy, sa joue enserre le casse-gueule, ronde comme une lune.

Partout de l'eau, février 1982

Helen avait pris quelque part l'idée voulant que l'amour existe, et elle y avait investi pleinement. Elle avait mobilisé tout ce qu'elle était, la plus infime miette d'elle-même, et l'avait offerte à Cal en lui disant : C'est à toi.

Elle avait dit : Voici un cadeau pour toi, mon grand.

Helen n'avait pas prévenu : Fais-y attention, car elle savait que Cal ferait attention. Elle avait vingt ans et l'on pourrait dire qu'elle était une oie blanche. C'est ce qu'elle affirme elle-même : J'étais une oie blanche.

Mais il fallait qu'il en soit ainsi. Elle était incapable de se retenir. Elle n'était pas ce genre de personnes ; il n'y avait pas de retenue possible.

Helen avait pris quelque part l'idée que l'amour, c'était ça : On donnait tout. Ce n'était pas un hasard si Cal connaissait la valeur du don ; c'était la raison même pour laquelle elle le lui avait offert. Elle avait deviné que c'était le genre de gars qui saurait.

Son beau-père, Dave O'Mara, avait identifié le corps de Cal. Il le lui avait dit au téléphone.

Je voulais t'attraper, a-t-il dit. Helen savait que tout espoir était vain. Mais elle s'est sentie défaillir en entendant la voix de Dave O'Mara. Elle a dû se cramponner au plan de travail de la cuisine. Elle ne s'est pas évanouie parce qu'elle avait les enfants à la maison et que l'eau du bain coulait.

Ça m'a retourné à l'envers, a dit son beau-père. Ça, je peux te le dire.

Il y a eu de longs moments au cours de cet appel où ni l'un ni l'autre n'a prononcé une parole. Dave O'Mara ne parlait pas parce qu'il ne savait pas qu'il ne parlait pas. Il voyait devant lui ce qu'il avait vu en regardant son fils mort, et il pensait qu'il racontait tout cela à Helen. Mais il était dans sa cuisine, à fixer le plancher en silence.

Regarder son fils mort, cela avait sans doute été un peu comme regarder un film où rien ne bouge. Ce n'était pas une photographie parce que cela avait une durée. Cela devait être vécu, traversé. Une photographie n'a rien de cela. C'était une histoire où manquait la fin. Elle se poursuivrait à jamais. Et Helen s'efforçait de ne pas perdre connaissance parce que ça aurait flanqué une peur bleue aux enfants, et puis, elle savait déjà. Elle savait la seconde où cette putain de plateforme avait sombré.

Dave a dit : C'était Cal.

Helen a perdu la vision périphérique. Elle voyait un point de la taille d'une pièce de dix cents au milieu d'un champ noir. Elle s'est appliquée à se concentrer sur la surface de la table de cuisine. C'était une table en pin verni qu'ils avaient achetée à une vente de débarras, et dans ce petit cercle elle distinguait le grain du bois et le rond de lumière du luminaire. Grâce à un effort de volonté, elle avait réussi à élargir le cercle de sorte qu'elle pouvait voir le bol contenant des pommes et le côté du réfrigérateur et le linoléum, et puis la fenêtre et le jardin. Son cuir chevelu la picotait, et une goutte de sueur a coulé de la naissance de ses cheveux jusqu'à sa tempe. Son visage était humide de sueur comme si elle avait couru.

Dave a dit : Ils avaient des corps là-bas qui ne portaient que leurs vêtements ordinaires, et quelques hommes qui n'étaient pas tout habillés, comme s'ils venaient juste de quitter leur couchette, et certains avaient les yeux ouverts.

Un homme en particulier, a dit Dave. M'a regardé droit dans les yeux. Enveloppés dans des draps blancs. Dave a dit : Ils avaient l'air vivants, ces hommes. Je m'attendais presque à ce qu'ils bougent.

Je n'en reviens pas, a-t-il dit.

Helen ne pouvait penser à rien d'autre qu'à la peur qu'avait dû éprouver Cal. Il ne savait pas nager. Elle connaissait ce genre de panique. Elle voulait savoir exactement ce qui était arrivé à Cal. Elle voulait cela plus que n'importe quoi d'autre.

Vingt-deux corps seulement, a dit Dave.

Helen était en proie à la panique comme si quelque chose d'atroce allait arriver, mais c'était déjà arrivé. Il était difficile d'assimiler le fait que c'était *déjà arrivé*. Pourquoi était-elle en proie à la panique? On aurait dit qu'elle était scindée en deux. Quelque chose d'atroce allait lui arriver; et puis il y avait l'autre elle, celle qui savait que c'était déjà arrivé. C'était une panique croissante, inutile, et elle ne voulait pas s'évanouir. Mais la vérité la submergeait. Ça n'allait pas arriver; c'était déjà arrivé.

Tu ne veux pas le voir, a dit Dave.

Helen était dans la cuisine, regardant par la fenêtre qui donnait sur le jardin. Elle avait roulé le fil du téléphone en boule dans une main et son autre main avait glissé en couinant sur le comptoir en Arborite. Le robinet gouttait, petits sons métalliques dans l'évier d'acier inoxydable. Elle a poussé le robinet pour que la goutte tombe sur un linge à vaisselle. Elle l'a regardé luire d'humidité et observé l'humidité qui s'accumulait pour former une goutte, restait suspendue au bord de la rondelle filetée, tremblotait, tombait et frappait le linge dans un silence absolu.

Je voulais t'attraper, a dit encore une fois son beau-père. Avant que tu quittes la maison.

Helen avait gardé son nom de jeune fille quand elle avait épousé Cal. Elles n'étaient pas nombreuses à le faire à l'époque. Personne de sa connaissance. Il y avait eu un souper avant le mariage, et Dave O'Mara avait dit: Je ne sais pas ce que tu as contre notre nom.

C'était tout ce qu'il avait à dire sur la question. Il avait levé à demi son verre de vin et l'avait reposé sans boire.

Helen avait gardé son nom de jeune fille et, quand elle avait appris qu'elle était enceinte de Johnny, elle avait décidé de donner son nom à l'enfant. Cal n'avait pas d'objection. L'idée lui plaisait. Il était pour la libération de la femme. Mais son beau-père était venu réparer le robinet de l'évier. Elle ne pouvait plus se servir de l'évier et la vaisselle s'amoncelait. Dave avait réparé le robinet, il s'était séché les mains, il avait plié le linge de cuisine qu'il avait tapoté.

Je vais te demander de faire quelque chose pour moi, avait-il dit. Je veux que le bébé porte le nom de Cal. Notre nom.

Dave s'était retourné, il avait rangé ses outils dans son coffre, avait fermé le couvercle et rabattu les deux loquets d'un petit geste sec. Un genou par terre, il avait posé la main sur sa jambe et s'était donné une impulsion pour se relever. Il avait soulevé le coffre à outils et tout avait glissé d'un côté avec un *clang*, et il avait croisé le regard d'Helen. Vas-tu faire cela pour moi?

C'était la seule chose qu'il lui ait jamais demandée au cours des dix années qu'elle avait été mariée avec Cal. Il l'avait traitée exactement comme sa fille. Il avait réparé sa plomberie, leur avait prêté de l'argent, avait endossé leur hypothèque quand ils avaient fini par trouver une maison et il l'avait conduite au travail. Helen ne savait pas conduire. Elle n'avait pas son permis à l'époque.

Je peux marcher, disait-elle.

Ne bouge pas, disait Dave. Je viens te chercher.

Il arrivait sous la pluie, attendait dehors et donnait un coup de klaxon, ou plus tard il téléphonait pour dire qu'il allait passer prendre les enfants à l'école, ou bien il conduisait Helen au supermarché et il attendait dehors, le journal chiffonné contre le volant, les vitres se couvrant de buée. Ses beaux-parents avaient marché sous la pluie quand ils élevaient une famille, et ils disaient que ce n'était tout simplement pas nécessaire. Dave téléphonait pour dire qu'il s'en venait et Helen entendait Meg en bruit de fond.

Dis-lui d'attendre, Dave, jusqu'à ce que tu arrives. Elle ne peut pas marcher par un temps pareil.

Guette-moi par la fenêtre, disait-il.

Les autos qu'achetaient Dave et Meg avaient toujours une odeur de voiture neuve, et ils voyaient avec vigilance à l'entretien, aux changements d'huile et au changement de pneus en hiver. Ils refusaient de laisser Helen dépenser de l'argent pour des taxis.

Dis-lui de garder son argent, disait Meg.

Reste là, disait Dave. Ils refusaient qu'elle fasse deux pas. Ne traîne pas ces gamins dehors par un temps pareil.

Sa belle-mère avait gardé les enfants pour Helen, offert de faire sa lessive et envoyé des plats préparés à la naissance des bébés, et toutes les semaines elle recevait la famille à souper le dimanche soir.

Dave avait appelé au sujet du corps de Cal et Helen s'était appuyée contre le plan de travail de la cuisine avec le téléphone. Elle regardait par la fenêtre tandis que Dave parlait des corps d'une voix à la fois intime et lointaine. Dave avait appelé pour l'épargner. Il voulait dire à Helen qu'il n'y avait pas de raison qu'elle y aille. Il avait envie de parler.

J'ai pris la main de Cal, a dit Dave. Sa main était là, sous le drap. Portait encore son alliance. Tu vas la vouloir, Helen, et tu vas l'avoir, j'en fais mon affaire. J'ai dit à l'homme qui était là : La femme de mon fils va vouloir cette alliance. J'ai pris la main de Cal et je ne l'ai pas lâchée. Je n'ai pas lâché sa main. Je ne crois pas que tu veuilles le voir, Helen. J'ai dit la même chose à Meg. J'ai dit à sa mère : Je ne crois pas que tu devrais aller là-bas. C'est tout. C'est ce que je lui ai dit. Il n'y a rien d'autre à dire. Certains des corps, j'ai dit. J'ai dit à Meg. Je ne crois pas que tu veuilles voir. C'est un véritable carnage, là-bas. Tout est en ordre, mais il y a tous ces corps. Je lui ai dit au revoir, Helen, a dit Dave. Ça a peut-être l'air idiot.

Il est resté silencieux un moment et Helen n'a pas parlé non plus. Elle pouvait voir par sa fenêtre, par-dessus la clôture de derrière, le carré de lumière d'un jaune profond de la cuisine de sa voisine. La voisine — c'était une sorte d'actrice — était devant l'évier en train de laver la vaisselle. Helen l'a regardée déposer des assiettes sur l'égouttoir. Puis un homme était debout à côté d'elle. L'actrice s'est détournée de l'évier, et elle et l'homme ont parlé. Pas longtemps, quelques mots seulement. La femme a quitté l'évier et suivi l'homme dans le couloir sombre derrière la cuisine. Helen a senti une bouffée de jalousie. Le couple qu'encadrait toute cette lumière jaune, l'assiette blanche dans les mains de la femme tandis qu'elle s'interrompait pour écouter, et l'homme qui s'engageait dans le couloir sombre. Pourquoi Cal ? Pourquoi son mari ? Pourquoi Cal ? Puis Dave a parlé de nouveau.

Je ne pense pas qu'on va réussir à s'en remettre. C'est un coup dur. Meg est là dans la chambre. Elle est allée s'allonger.

Ça n'a pas l'air idiot, a dit Helen. Tenir sa main et lui dire au revoir. Ça n'a pas l'air idiot. Un petit rire nerveux lui a échappé. Elle était tellement en dehors de tout. Elle a émis quelque son vaguement hystérique et s'est couvert la bouche du dos de la main.

La lumière s'est éteinte dans la cuisine des voisins. Le jardin était plongé dans l'obscurité et Helen voyait des flocons de neige. Il neigeait encore.

Dave continuait à parler et ne savait pas qu'il parlait, mais parler exigeait aussi un effort, Helen s'en rendait compte. Dave aspirait l'air à travers ses dents comme quelqu'un qui soulève un objet lourd. Il répétait sans cesse les mêmes choses. Il répétait qu'il avait tenu la main de Cal. De ne pas s'inquiéter au sujet de l'alliance. Elle aurait l'alliance, il en ferait son affaire. Que les lunettes de Cal étaient dans sa poche. Que Cal portait une chemise de flanelle à carreaux. Le combiné était humide de sueur, il faisait noir tôt l'après-midi parce qu'on était en février, et il ferait noir pendant longtemps. Le silence régnait à l'extérieur, sauf pour le vent qui faisait s'entrechoquer les branches des arbres.

Helen n'avait jamais cru que Cal avait survécu, mais la nouvelle de la découverte de son corps lui avait porté un coup. Elle voulait le corps. Elle avait besoin du corps, et elle était incapable de dire pourquoi. Mais la nouvelle avait été horrible.

Certaines personnes avaient continué d'espérer pendant des mois. Elles disaient qu'il devait y avoir une île quelque part au large, et c'est là qu'étaient les survivants. Il n'y avait pas d'île. Tout le monde savait qu'il n'y avait pas d'île. C'était impossible. Les gens connaissaient la côte comme le fond de leur poche. Mais ils croyaient qu'il y avait peut-être une île qu'ils n'avaient jamais remarquée. Ces personnes étaient en état de choc. Des mères continuaient de mettre le couvert devant une chaise vide.

Quelqu'un à bord de l'un des navires de ravitaillement avait vu un canot de sauvetage sombrer en emportant tous ses passagers, attachés à leur siège, vingt hommes ou davantage, leur ceinture de sécurité bien bouclée, sombrant.

Le matin du quinze, la mère de Cal avait téléphoné à la Garde côtière et s'était disputée avec eux.

Elle criait : Vos renseignements sont erronés. La compagnie aurait informé les familles si les hommes étaient morts. Meg avait gardé espoir pendant la journée entière et une bonne partie du lendemain. Au téléphone, avec sa belle-mère, une rage sourde avait grondé, parce que Meg disait qu'il y avait de l'espoir et qu'Helen ne disait rien.

Je sais qu'il est en vie, disait Meg.

Helen n'avait aucun espoir, mais comme tout le monde elle avait besoin du corps de l'être qu'elle avait aimé. Elle avait besoin du corps de Cal.

Elle écoutait son beau-père parler des corps qu'il avait vus, son sac à main était posé sur le plan de travail, elle l'a pris et l'a serré contre sa poitrine comme si elle s'apprêtait à sortir, mais elle est restée debout à écouter. Elle songeait à Meg, allongée dans la chambre. Meg n'avait sûrement pas pris la peine d'ôter ses vêtements. Peut-être pas même ses souliers. Les rideaux seraient tirés.

Helen avait voulu le corps de Cal, mais maintenant qu'on l'avait trouvé, elle en avait peur. Elle avait peur de sa froideur. Dans quelle sorte d'entrepôt était-il ? Il s'agissait sans doute d'un bâtiment réfrigéré. Pour une raison ou pour une autre, elle avait peur que le corps de Cal ne soit très, très froid. Son cœur accéléra comme si elle venait juste de descendre la rue en courant, mais ses pieds adhéraient au plancher de la cuisine.

Elle voulait demander à quelqu'un ce qu'il fallait faire du corps, et c'est à Cal qu'elle voulait le demander. Elle repassait la question avec lui dans sa tête. Pas exactement en l'analysant, mais en lui exposant le problème. Elle aurait voulu raccrocher pour demander quoi faire à Cal.

Tu ne veux pas garder ce souvenir de lui, dit Dave. Elle a entendu un claquement d'eau, un *slap* sonore et déferlant, et a regardé dans le couloir. Elle avait laissé déborder la baignoire et l'eau avait traversé le plafond. Il y avait de l'eau partout. Les enfants sont sortis du salon où ils regardaient la télé et sont restés au bout du couloir à la fixer des yeux, le téléphone à la main. Maman, ont-ils crié. L'eau tombait en cordes épaisses et en minces voiles qui frappaient le linoléum, et Helen a hurlé : Ne restez pas là. Elle a dit à Dave qu'elle devait raccrocher. Elle a monté l'escalier quatre à quatre. Quand elle est redescendue au rez-de-chaussée, le combiné était sur le plan de travail et émettait un fort bourdonnement.

Elle appellerait sa sœur Louise pour lui demander de la conduire jusqu'au corps de Cal, a-t-elle décidé. Elle n'était pas obligée de dire à Dave ou à Meg qu'elle y allait. Elle voulait serrer sa main, elle aussi, si froide soit-elle. Peut-être se contenterait-elle de rester assise à l'extérieur de l'entrepôt. Peut-être n'avait-elle pas besoin de voir le corps. Mais elle avait besoin d'en être proche.

* * *

Le menuisier, octobre 2008

Helen versa le nettoyant sur une éponge et s'attaqua à la baignoire.

Helen avait attendu Barry un mois exactement. C'était encore l'été. Il était entré dans la maison et ils s'étaient présentés, mais ils ne s'étaient pas serré la main.

Comme c'est étrange, a-t-elle songé, qu'ils ne se soient pas serré la main. Barry est entré dans son salon les pouces passés dans les brides de sa ceinture, et il a regardé le plafond. Pendant un moment, il est resté silencieux.

Je vais vous le dire tout net, a-t-il dit. Il a tapé du pied deux fois. Il vous faut un sous-plancher, a-t-il dit. Ses yeux étaient gris.

Pas moyen de faire autrement.

Helen époussetait sous la baignoire à l'aide du Swiffer. C'était une baignoire à pattes. Elle se souciait beaucoup moins de la cuisine, mais elle aimait que la salle de bains soit propre.

C'est un excellent menuisier, et fiable, Barry va bien te plaire. C'était la bru de Louise, Sherry. Sherry avait dit : Il est très bon. La femme de Sean, Sherry : Barry va bien te plaire.

Sherry avait-elle voulu arranger une rencontre ? Helen se figea à cette idée, son bras toujours étendu sous la baignoire. Évidemment, c'est ce qu'elle avait voulu faire. Helen entendait la scie alternative au rez-de-chaussée. La scie mordit, son moteur s'emballa puis s'éteignit. Mais c'est idiot, songea Helen. Elle balançait le Swiffer d'avant en arrière, à grands gestes. Elle entendit Barry marcher jusqu'au pied de l'escalier et elle sentit une bouffée de chaleur.

Je vais aller me chercher un café, cria Barry en direction de la salle de bains. Elle l'imaginait un genou par terre, en train de tirer sur sa botte à bout d'acier. Elle se leva et se vit dans le miroir, elle était rouge vif, une brusque suée brillant sur son front.

O.K., pas de problème, Barry, cria-t-elle.

Sherry s'était imaginé qu'Helen se sentait seule. Elle était submergée par la honte. Le sang affluait à sa tête, résonnait dans ses oreilles. Il n'était pas question qu'on la prenne en pitié.

* * *

Le valentin, février 1982

Il y a quelque chose dans la boîte à lettres, dit Helen. Une enveloppe rouge vif, assez grande pour que le couvercle reste entrouvert de quelques centimètres.

Louise était penchée, les mains sur le volant. Elle portait son chapeau en fourrure de renard, un manteau de suède noir et des gants assortis, et un rouge à lèvres foncé. Elles revenaient du Quai 17, où se trouvaient les corps, et Helen n'était pas entrée pour voir le corps de Cal.

Louise s'était garée dans le terrain de stationnement et elles étaient simplement restées dans la voiture. Helen était incapable d'entrer. Mais elle était contente d'être là. Louise était venue la chercher et n'avait pas dit grand-chose. Elles étaient restées là un certain temps. La radio était allumée et, après un moment, Louise l'avait éteinte. Elle n'était pas pressée. Elle avait enlevé son chapeau, baissé le pare-soleil et lissé ses cheveux, puis elle avait relevé le pare-soleil. Elles n'avaient pas besoin de parler.

Louise avait étendu le bras pour ouvrir le coffre à gants et y fouiller, il y avait un paquet de papiers-mouchoirs dont elle avait déchiré le plastique à l'aide de son ongle, puis elle en avait sorti un, et Helen l'avait pris. Louise avait ouvert son sac à main et sorti une cigarette. Elle avait enfoncé l'allume-cigarette et attendu qu'il chauffe.

Elle avait allumé la cigarette, ses joues s'étaient creusées, elle avait appuyé sur le bouton afin de baisser à peine la vitre, et elle avait soufflé la fumée par l'ouverture. Après un moment, elle avait jeté la cigarette dans le banc de neige.

Clou de cercueil, avait-elle dit. Elles avaient regardé une ambulance s'approcher et se garer, quelqu'un en sortir et entrer dans l'édifice, la porte se refermer derrière lui. Après un très long moment, une femme était sortie, accompagnée d'un homme qui avait passé son bras autour de ses épaules. Il l'avait guidée jusqu'à une Buick, avait ouvert la portière et la femme était montée, et l'homme avait contourné au trot l'avant de l'auto, était monté à son tour, avait fait démarrer la voiture, et ils étaient partis.

Helen avait dit : O.K.

O.K. ?

On s'en va.

Tu n'entres pas, avait dit Louise.

Je ferais mieux de rentrer à la maison, avait dit Helen. Elle s'était mouchée aussi fort qu'elle le pouvait. Bon Dieu, Louise, avait-elle dit.

Je sais, ma chouette, avait dit Louise. T'es ma petite sœur.

Maintenant, elles étaient assises dans la voiture devant la maison d'Helen. Le mari de Louise était vendeur de voitures, et ils avaient toujours conduit des Cadillac parce que les Cadillac étaient imposantes et sécuritaires et que Louise aimait bien les voitures de luxe.

Une camionnette arriva derrière elles. La rue était étroite parce qu'elle n'avait pas été déneigée convenablement, et le camion attendait qu'elles lui libèrent la voie.

Louise regarda la camionnette dans le rétroviseur. Elle plissa les yeux.

Le type klaxonna.

Fais le tour, imbécile, murmura Louise. Puis elle appuya sur le bouton, sa vitre s'abaissa, elle sortit la main et lui fit signe de les contourner. Sa main à l'extérieur de la vitre effectua deux tours lents et elle pointa son index. Le doigt avait l'air sévère et moqueur dans son gant noir. Elle rentra la main dans la voiture. L'air froid s'infiltra, et tous les bruits de la rue. Elle prit deux doigts de ses gants entre ses dents, tira un gant pour l'enlever, puis saisit l'autre gant pour s'en dégager, un doigt à la fois.

Le chauffeur de la camionnette n'essaya pas de les contourner parce qu'il n'avait pas assez de place. Un seul côté de la rue avait été déblayé. Louise ouvrit son sac à main avec un *snap* sonore et trouva de nouveau le paquet de cigarettes sans quitter le rétroviseur des yeux.

Regarde-moi cet imbécile, dit-elle. Un groupe d'adolescents descendaient aussi la colline. Leurs manteaux étaient ouverts, on voyait leur haleine dans l'air, ils avaient les joues rouges et parlaient fort. Une fille maigre, derrière, multipliait les gloussements aigus. Elle courait pour rattraper ses amis et ses bottes claquaient bruyamment sur la chaussée.

Helen savait que l'enveloppe dans la boîte à lettres contenait un valentin de la part de Cal. Il envoyait toujours une carte à la Saint-Valentin. Il aimait à souligner les occasions par une carte. Il aimait que la carte arrive plus ou moins à la date dite.

L'allume-cigarette ressortit, Louise alluma sa cigarette, tourna la tête et souffla la fumée dans la rue. Puis elle inclina le miroir pour regarder le type dans la camionnette.

Il posa la main sur le klaxon. Il fit hurler le klaxon aussi longtemps qu'il le put, puis il le lâcha et appuya encore une fois. Il y avait maintenant d'autres véhicules derrière lui et il ne pouvait pas reculer. Et il ne pouvait pas les contourner. Les ados qui descendaient la colline s'étaient arrêtés et s'étaient doucement percutés les uns les autres, tournant tous la tête pour voir ce qui se passait.

J'imagine que je ferais mieux de rentrer, dit Helen. Mais elle ne bougea pas. Elle avait l'impression d'être incapable de bouger. Ou bien d'avoir *déjà* bougé, d'être sortie de la voiture, d'avoir vécu le reste de sa vie, d'être morte et d'être assise, morte, dans la voiture, un fantôme, ou quelque chose de dénué de musculature et d'os. Une chose qui ne bougerait jamais plus.

Le gars était maintenant descendu de la camionnette, dont il claqua la portière. Furieux, il frappa de la paume de la main le toit de la voiture de Louise, qui fit un *boum* creux. Il se pencha pour regarder Louise dans les yeux, et son visage était tout près. Mais Louise continuait de regarder droit devant elle. Elle prit une bouffée de sa cigarette et souffla la fumée vers le pare-brise. L'homme aurait pu lui embrasser la tempe s'ils avaient été plus proches de quelques centimètres. Ses yeux étaient d'un noisette pâle et il était chauve, il avait un visage blême avec de hautes pommettes et un menton fuyant, et il serrait les lèvres.

Vous bloquez la putain de rue, dit-il.

Le mari de ma sœur était à bord de l'*Ocean Ranger,* dit Louise. On vient d'aller identifier le corps. Mais en fait elle n'est pas entrée.

Louise, dit Helen.

L'homme recula, s'éloignant de la fenêtre.

On reste ici parce qu'on est épuisées, dit Louise.

L'homme jeta un coup d'œil derrière, en direction de sa camionnette.

Je ne fume même pas, lui dit Louise. Elle regardait sa cigarette comme si elle ne savait pas de quoi il s'agissait. Elle la jeta par la fenêtre.

C'est une vilaine habitude, dit-elle.

Je vais vous aider, dit l'homme.

Oh, ça va aller, dit Louise. Helen posa sa main sur celle de Louise. Sa sœur tenait fermement le volant. Louise conduisait toujours un peu penchée vers l'avant, cramponnée au volant. Elle conduisait comme si elle avait besoin que la ceinture de sécurité la retienne d'aller vers une chose qu'elle désirait.

J'y vais, maintenant, Louise, dit Helen.

L'homme fit le tour de la voiture, ouvrit la portière d'Helen et la tint par le coude tandis qu'elle marchait, comme si elle était une vieille dame. Ou comme si elle s'appuyait sur lui. Helen s'appuyait parce qu'elle avait l'impression d'être incapable de marcher. Elle se sentait ivre. Elle mit un long moment à trouver les clefs de la maison dans son sac à main. À la fin, l'homme lui prit le sac des mains, fouilla à la recherche des clefs, ouvrit la porte et y remit les clefs, et il resta là, à tenir son sac. Tout le long de la rue, les voitures reculaient petit à petit, faisaient demi-tour et s'engageaient dans des rues secondaires. Quand la porte fut ouverte, Louise donna deux coups de klaxon et s'en fut.

Helen entra dans la maison, qui était silencieuse. Les enfants étaient allés à l'école ce matin-là. Ils devaient en avoir discuté entre eux parce qu'ils n'avaient pas réveillé Helen. Ils l'avaient laissée dormir. Elle ôta son manteau, le suspendit à la rampe et déposa ses bottes près du radiateur. Le chauffage était fermé dans la cuisine et elle l'alluma à plein régime. Elle brancha la bouilloire, laissa tomber un sachet de thé dans une tasse et but le thé avec le sachet parce qu'elle avait oublié de le retirer. Le couteau à beurre était posé sur la table à côté de l'enveloppe rouge. Il y avait aussi une facture de téléphone et un dépliant quelconque annonçant une pizzeria. Puis elle ouvrit l'enveloppe rouge.

Il y avait une carte ornée d'une photo d'un gros bouquet de roses rouges. Les mots étaient en caractères italiques dorés ornés d'arabesques, et ils disaient *Pour mon épouse en ce jour de la Saint-Valentin.* À l'intérieur se trouvait un poème de carte de vœux qui ne rimait pas sur l'amour. Le poème faisait allusion au sens d'une vie, à la générosité, à la bonté et à tous les beaux moments et, à l'arrière, en caractères minuscules, il était écrit que la carte avait été fabriquée en Chine. Cal avait inscrit *Mon amour* en haut du poème, et il avait signé en bas : *xoxo Cal.*

* * *

Baptême, octobre 1982

Vous voyez votre vie, mais c'est comme si vous étiez derrière une paroi de verre, les étincelles jaillissent et vous ne les sentez pas.

Vous savez que c'est votre vie, parce que tout le monde fait comme si tel était le cas. Ils vous appellent par votre nom. Helen, viens magasiner. Helen, il y a une fête.

Maman, où est le beurre d'arachide.

Il y a des factures. Vous vous réveillez au milieu de la nuit parce que vous entendez de l'eau et il y a une fuite dans le toit de la cuisine. Le plâtre s'est fendu et l'eau tambourine sur les carreaux, de plus en plus vite.

Elle ne voulait pas d'arbre, le premier Noël après la mort de Cal, mais Cathy a exigé un arbre.

Maman, il nous faut un arbre.

Picolez. Ne picolez pas. Prenez du poids. Il y a deux ensembles dans la garde-robe de sa chambre et ils sont tous les deux noirs parce que le noir amincit. Parce que vous n'avez pas remarqué qu'il n'y avait que deux ensembles et vous n'avez pas remarqué de quelle couleur ; quinze kilos et vous n'avez pas remarqué.

Cessez de croire au sens. Hâtez-vous en restant tout à fait immobile. Il n'y a pas de sens. La vélocité imprévue cachée dans l'absence de mouvement ; regardez le temps passer à petits coups. *Tap, tap-tap-tap. Tap, tap-tap-tap* sur les carreaux de la cuisine. Écoutez le temps s'arrêter puis reprendre sa course. Elle a passé plusieurs heures précieuses de sa vie à aider son bébé (lequel ?) à trier des Cheerios sur le plateau de la chaise haute. Vous tombez dans une sorte de sommeil éveillé où le bleu de la chaise haute semble plus bleu. Il fourmille de bleu. Il y a un motif dans la distribution des Cheerios sur le bleu éclatant et dans le temps qui sépare les gouttes tombant du robinet, et puis la grande cuillère s'abat et tous les Cheerios bondissent et se dispersent.

Ne pleurez pas devant les enfants. Pleurez tout le temps. Mangez du pain de viande. Implorez pardon. Implorez d'être ramenée à la nuit de noces, à la naissance des enfants ou à n'importe quel moment ordinaire, à préparer le repas dans la cuisine, ou quand il y a une facture à passer au crible, une chute de neige, du patin sur l'étang. Elle songe à un après-midi où ils sont tous allés faire du patin sur l'étang Hogan. Le vent poussait les enfants et ils glissaient, les bras écartés.

John savait patiner. John était inscrit au hockey. Les yeux de Cathy ressemblent parfaitement à ceux de Cal, un bleu moyen avec des paillettes de bleu pâle et l'iris cerclé de noir, et le blanc de ses yeux est très blanc et elle a ses taches de son — black Irish, disait la mère de Cal, les O'Mara de Heart's Content —, et les arbres étaient couverts de glace et le soleil courait partout, scintillant, flamboyant, et le vent frappait la cime des arbres, en détachant la glace qui volait en éclats et tombait en pluie sur la neige.

Elle et Cal aimaient chauffer à plein régime. De temps en temps ils faisaient un feu. Il régnait toujours une chaleur d'étuve quand Cal était à la maison. Il s'endormait sur le canapé. Le travail par quarts perturbait son sommeil et Helen l'entendait au petit matin brancher la bouilloire. Il lisait au lit et Helen devait s'endormir avec la lumière allumée. Il aspirait bruyamment son thé et cela la mettait hors d'elle. Pourrais-tu arrêter de faire ce bruit?

Les petits voulaient un arbre : À quoi pensez-vous? Levez-vous, tirez votre cul hors du lit. Vous croyez vraiment que vous n'aurez pas d'arbre de Noël?

La compagnie de téléphone croit à votre existence; elle coupe le téléphone. Quel silence de mort quand la ligne est morte. C'est le temps de vous mettre en forme. C'est le temps de vous faire belle. Secouez-vous, pour l'amour du bon Dieu.

Il n'y a rien à l'autre bout. Pas de son du tout. Pas de bourdonnement. Juste le silence. Y a-t-il eu des éclairs ou autre chose ? Le vent a-t-il déraciné un poteau par ici ? Ils coupent le téléphone et Helen était là avec quatre enfants ; c'était un risque pour la sécurité. Et elle n'avait même pas pu téléphoner pour demander ce qui était arrivé ; il lui avait fallu se rendre à Atlantic Place et utiliser une pièce de vingt-cinq cents, pour les entendre dire : Oh oui, cette ligne a été coupée.

Effondrez-vous. Prenez note : vous vous effondrez. Grosse vache. Vous êtes maintenant, mon Dieu, regardez-vous, grosse comme une vache. Vous écoutez mais il n'y a personne à l'autre bout. M'entendez-vous ? Je crie à pleins poumons. Combien de temps croyez-vous que l'argent durera ? Essayez plus fort.

Quelqu'un a dit : Ressaisissez-vous.

Quelqu'un a dit : Vous avez des enfants.

Faites comme si tout cela avait de l'importance. Voyez cette chaussure de sport ? Elle est importante. Voyez ce violon ? Voyez ce rabais sur la côte de bœuf ? L'instructeur de karaté si sérieux. Le professeur d'arts plastiques si sérieux. Des coupons de supermarché. Et c'est comme ça qu'on fabrique un masque en papier mâché. Regarde ma peinture, maman. Le batteur à œufs est important. Où est le batteur à œufs ?

Sentez-vous quelque chose ? Vous avez laissé la casserole sur le feu. Vous avez allumé le feu et vous êtes partie. Un des enfants à mal à l'oreille. Il y a de la fièvre ; il y a de la chaleur.

Laissez-moi vous dire ceci : Il y a des choses qu'on ne surmonte pas. Mais ce qui a de l'importance, c'est un arbre de Noël. Ce qui a de l'importance, c'est qu'il vous faut rire quand on fait une blague. Avoir l'air de vous amuser. Et tu files dans ta chambre, jeune fille. Tu ne peux pas parler à ta mère sur ce ton. Je suis ta mère. Tu veux un putain d'arbre, je vais aller t'en chercher, un putain d'arbre.

Il y a des frais de rebranchement de soixante-quinze dollars. Vous avez reçu trois avis.

Vraiment ?

Absolument ; on n'envoie jamais de techniciens sur le terrain avant d'avoir livré trois avis.

Que disaient les avis ?

Ils disaient : Débrancher.

Où est son mari ? Écoutez attentivement, même dans votre sommeil, au cas, juste au cas, où il enverrait des messages d'outre-tombe. C'est ce qu'Helen attend et ce dont elle se languit. C'est son dû.

Elle dort et parfois elle rêve de lui, et le réveil est déchirant. Personne ne parle dans ces rêves, il n'y a pas de vraies paroles dans ces rêves, mais elle sait ce qu'il veut : il veut qu'elle le suive.

Comme c'est horrible. La mort l'a rendu égoïste.

Oublie les enfants. C'est ce qu'il veut dire. Oublie-toi. Viens avec moi. Tu ne veux pas savoir ce qui s'est passé ?

Et elle *veut* savoir ce qui s'est passé. Elle veut éperdument savoir, mais quelque chose la retient — les enfants, le toit, le téléphone. Y a-t-il un moyen d'y aller et de revenir ? Pourquoi Cal ne peut-il pas revenir ?

Au réveil, elle se sent coupable d'avoir choisi de rester. Quelque chose d'inflexible, qui aime la vie et qui refuse de céder, prend le relais. Elle le trahit de la sorte toutes les nuits de sa vie, et c'est épuisant. Elle le renie, elle l'oublie. Toutes les fois qu'elle lui dit non en rêve, elle l'oublie un peu plus.

Elle se rappelle la fois où il s'était renversé de l'eau bouillante sur le pied et la cloque était grosse comme la paume de sa main, et il laissait sa chaussure de sport délacée, la languette sortie, et il n'avait pas pu marcher pendant une semaine, mais elle ne se rappelle pas si c'est arrivé avant ou après les enfants.

Elle n'oubliera jamais son visage. Elle n'oubliera pas son écharpe de coton verte. Ou la fois où il avait colmaté le canot et que cela sentait le Varathane.

Pour se rappeler sa voix, elle doit penser à Cal qui lui parle au téléphone. Elle était capable de savoir si le téléphone allait sonner. Elle avait une intuition, puis le téléphone sonnait et c'était lui, et ils échangeaient juste quelques mots. Au sujet de l'épicerie, ou est-ce qu'elle voulait appeler une gardienne et sortir. Est-ce qu'elle voulait aller au cinéma ? Helen pense à Cal au téléphone et elle peut entendre sa voix parfaitement. Ou elle peut se rappeler sa voix si elle pense à lui qui chante.

Quand ils étaient dans la voiture, elle lui disait : Chante-moi une chanson, il connaissait Bob Dylan et Johnny Cash et la moindre mélodie que Leonard Cohen ait écrite, et dans tous les cas il imitait le chanteur parce que chanter le gênait, même si ce n'était que pour elle.

Ou bien elle se rappelle la manière dont il lui avait tenu la main à la naissance de John, manquant lui broyer tous les os, et le fait qu'il n'avait pas peur.

Ou bien elle se rappelle les fois où il leur avait fallu pousser la Lada pour que le moteur démarre. Le type qui la leur avait vendue leur avait dit que la voiture n'avait pas de marche arrière. Il allait leur facturer un supplément de vingt-cinq dollars pour la marche arrière. Ils laissaient les deux portières ouvertes, s'arc-boutaient sur la voiture et sentaient comme elle était lourde, et quand elle commençait à rouler, il leur fallait jogger à demi, sauter à bord et tirer sur les portières et puis le moteur démarrait et il y avait un trou dans la tôle du plancher. Elle pouvait voir l'asphalte sous ses pieds.

Elle n'oublie pas comment ils faisaient l'amour. Elle se rappelle l'odeur de Cal. Ce qu'il goûtait. La texture de ses cheveux, ses boucles et les taches de son sur sa poitrine, et s'il avait passé du temps dehors dans le jardin, la ligne de bronzage tracée par les manches de son t-shirt, comme sa peau était crémeuse au-delà de cette ligne. Elle léchait son ventre au-dessus de son jean. Elle léchait la taille de son jean, la boucle de sa ceinture et la ceinture en cuir. Et puis elle défaisait la ceinture, le petit bruit sec de son jean et de la fermeture éclair, et elle posait sa langue sur son slip en coton et puis sa bouche tout entière.

Il la faisait jouir, s'arrêtait et la faisait jouir encore ; ils n'avaient pas de fin, se souvient-elle. Elle n'oublie pas cela. Et elle se rappelle les jambes de Cal enveloppant les siennes, ses pieds enfoncés dans le lit, son visage aux yeux fermés et la couleur qui montait à ses joues.

Elle tend l'oreille pour entendre sa voix, un signe ou un conseil. Mais il n'y a rien. Elle revit la catastrophe toutes les nuits. Elle a lu le rapport de la Commission royale. Elle sait ce qui s'est passé. Mais elle veut être dans la peau de Cal quand la plateforme sombre. Elle veut être là avec lui.

Un après-midi, la première année après la mort de Cal, Helen avait laissé Gabrielle avec sa belle-mère pour faire des courses. Les plus vieux étaient avec Louise. Elle avait pris le bus jusque chez Meg à la fin de la journée, frappé à sa porte, mais il n'y avait pas eu de réponse.

C'était à la mi-octobre, ses seins coulaient, durs comme le roc, et ses mamelons étaient douloureux ; l'un était fendillé et sanguinolent. Il faisait encore chaud si tard dans la saison, elle pouvait sentir l'odeur du barbecue quelque part dans le voisinage, et elle était allée derrière la maison.

Meg avait étendu sa lessive et la pelouse avait été tondue. Les géraniums avaient laissé tomber leurs pétales corail sur la galerie vert foncé. Le silence régnait dans la cour, Helen avait ouvert la porte de derrière et avait parcouru la maison en appelant, puis elle avait cessé d'appeler. Elle entendait de l'eau couler. De l'eau frappant durement un évier profond, et une laveuse était en marche.

Elle avait trouvé Meg avec le bébé dans la salle de lavage. Meg tenait le bébé au-dessus du grand évier, elle l'avait habillé d'une longue robe blanche qui pendait du bras de Meg et l'avait coiffé d'un petit bonnet couvert de perles, elle avait les yeux fermés et elle priait tandis que l'eau coulait. Meg avait prié, pris de l'eau dans sa main et l'avait versée sur le front de Gabrielle, et Helen s'était retirée sur la pointe des pieds, sans être vue, avait traversé le couloir, puis elle avait ouvert la porte de derrière en prenant soin de ne pas faire grincer les ressorts, elle avait descendu la rue en courant, avait tourné le coin et attendu. Elle était revenue dix minutes plus tard, Meg avait remis sa grenouillère à Gabrielle et il n'y avait nulle trace de la robe de baptême. Helen avait déboutonné sa blouse, Gabrielle l'avait vite agrippée tandis que son autre mamelon projetait de minces fils de lait partout sur la table de cuisine.

J'ai un bon ragoût, avait dit Meg. Je vais t'en faire chauffer un bol dans le micro-ondes. Ça va prendre une minute.

Ça ne serait pas de refus, un bol de ragoût, avait dit Helen.

Cette petite fille a été sage comme un ange, avait dit Meg.

Cal avait refusé que les enfants soient baptisés, ce qui avait causé une dispute. Il avait refusé. Meg s'en était trouvée blessée, en colère. Quel mal ça peut faire, avait-elle demandé, mais Cal avait tenu bon.

Gabrielle reniflait et tétait avec énergie, l'autre sein dégouttait, et il y avait sur le mamelon une goutte de sang, rouge vif, qui coulait le long de sa poitrine.

* * *

Mariage, décembre 1972

Helen songe aux mains de Cal sur sa tasse de café : de grosses mains maladroites. Cal était grand, un mètre quatre-vingt-cinq, et il y avait une sorte de grâce dans sa gaucherie. C'étaient les objets, les choses qui se jetaient en travers du chemin de ses mains, de ses bras et de ses genoux, qui étaient entièrement dépourvus de grâce. Cal ne faisait que bouger, il passait, tout simplement, parfaitement détendu, refusant de prendre en compte le coin de la table à café.

Leur nuit de noces, il avait brisé un miroir à l'hôtel New-foundland.

Il devait l'avoir frôlé, heurté d'une manière ou d'une autre, mais on aurait dit que le miroir s'était couvert de lézardes tout seul. Helen n'avait rien vu, et quand elle avait tourné les yeux, il y avait des morceaux de miroir partout sur le tapis.

Il avait volé en éclats tout seul parce que Cal y avait plongé le regard, et que tout le malheur à venir était déjà en place. Tout était dans ce regard qui avait fracassé le miroir.

Helen avait quitté la réception vêtue de sa robe de mariée. Cal et elle avaient quitté leurs amis, et ils avaient laissé la nouvelle belle-mère d'Helen qui portait une robe d'un violet brillant ornée d'un énorme bouquet de corsage. Meg, avec ses lunettes où se reflétaient les lumières du plafond — cela se déroulait au Temple maçonnique —, et Louise, qui fumait dans l'escalier de secours à l'arrière. Helen aurait voulu que Louise attrape le bouquet. Mais Louise était dehors en train de fumer.

Ils avaient ouvert le bal, tandis que chacun frappait sa cuillère sur sa coupe, ils étaient seuls sur la piste, et Cal valsait avec la grâce d'une enclume ; ni l'un ni l'autre ne savaient danser. Il s'était donc contenté de l'envelopper de ses bras et ils avaient décrit quelques cercles en traînant les pieds, horriblement gênés, pendant que les lumières tournoyaient au-dessus de leur tête, après quoi il avait plongé sous sa grande jupe pour prendre la jarretière.

Elle avait soulevé le devant de la jupe, des mètres de satin, la salle avait retenti de sifflets et d'applaudissements, et quelqu'un avait tiré une chaise au milieu de la piste de danse pour qu'elle y pose le pied. Cal s'était agenouillé et il avait descendu la jarretière, un centimètre à la fois, les hommes frappaient leurs bouteilles de bière, et Helen avait lâché la jupe au-dessus de la tête de Cal. Elle avait tout laissé tomber sur lui qui, comme un clown, était resté dessous un long moment, ses chaussures seules dépassant.

Cal avait posé la bouche sur elle. Là, sur la piste de danse.

Sa tête formant une bosse sous sa jupe, et elle avait posé les mains sur cette bosse, les deux mains. Cal effleurant à peine le devant de ses cuisses du bout des doigts. Caressant ses cuisses. Il soufflait une haleine chaude à travers sa culotte tandis qu'elle restait là. Elle avait dû fermer les yeux. Elle était entrée dans le jeu, s'éventant à grands gestes, sous les applaudissements et les rires de toute la salle. Sous les cris de toute la salle. Quand il avait émergé, il faisait tourner la jarretière sur son doigt.

Après un certain temps, Helen avait voulu partir. Elle était allée chercher Cal sur la piste de danse et l'avait tiré par le nœud papillon. Elle avait attrapé un bout du ruban noir et brillant, le nœud s'était défait avec un petit *poc,* il en avait saisi l'extrémité avec ses dents, puis elle l'avait tiré, pas à pas, de la piste de danse par le nœud papillon.

Tout le monde avait libéré un chemin, l'orchestre avait marqué à la batterie chacun des pas exagérés que faisait Cal, comme s'il ne voulait pas partir, comme si elle était une tentatrice, comme si le moment fatidique était venu, la nuit tant attendue, et qu'elle allait le croquer tout rond et le recracher et qu'il avait une peur bleue. Il avait ouvert de grands yeux terrifiés et émis une sorte de grognement, puis il avait quitté la piste de danse d'un bond, l'orchestre avait exécuté un roulement de tambour et ils étaient partis, avaient passé la porte, descendu l'escalier.

Ils avaient la voiture des parents de Cal pour la nuit, et ils étaient tellement voyants pendant qu'ils s'enregistraient au comptoir de l'hôtel Newfoundland. Helen avait un ensemble de voyage, mais ils n'avaient pas pris la peine de se changer. Les chandeliers, les tapis persans et la chute d'eau dans le hall d'entrée. Le smoking de Cal avec une bordure de satin noire sur le revers, le nœud papillon déjà défait, la chemise à gros froufrous, chaque froufrou orné d'un passepoil noir, la chemise sortie de son pantalon parce qu'il détestait le smoking et qu'il était impatient de l'enlever.

Ils n'étaient que des enfants qui faisaient l'expérience du luxe des adultes pour la première fois, c'était en même temps pour rire et absolument sérieux. Helen s'émerveille de leur sérieux.

Vingt et vingt et un ans seulement.

Elle était enceinte, mais ce n'était pas pour cela qu'ils s'étaient mariés. Ou peut-être que si. Ils n'avaient pas choisi de se marier ; ils l'avaient fait pour leurs parents, ou pour la grande réception, ou parce que, en quelque profonde région rarement utilisée de leur cerveau, ils croyaient aux rituels. Catholiques non pratiquants, ils croyaient dans leur subconscient qu'un mariage pouvait les souder l'un à l'autre. Mais ils étaient déjà soudés, Helen avait sauté ses règles, elle l'avait dit à Cal et il l'avait prise dans ses bras.

Il avait simplement passé son bras autour d'elle et elle devinait qu'il aurait préféré que cela n'arrive pas si vite. Cal aurait souhaité un peu de temps avant qu'ils n'aient des enfants, Helen le devinait.

Mais il ne l'avait pas dit.

Wow, avait-il dit. Ou bien il avait dit : Super. Ou bien il n'avait rien dit. Il avait frictionné son dos vigoureusement, de bas en haut, comme si elle était une amie qui avait besoin d'être consolée. Une bonne copine qui avait perdu un pari.

Et elle avait passé ses bras autour de lui aussi, en lui annonçant qu'elle était enceinte. Ils étaient debout dans la cuisine. Le chandail de Cal sentait la fumée de cigarette, elle avait enfoui son visage au creux de sa poitrine et senti la rugosité de la laine sur son front, frotté son visage contre cette rugosité. C'était son chandail norvégien avec des pièces en cuir parce qu'il en avait usé les coudes et que sa mère avait dit : Laisse-moi ce chandail. Laisse-moi réparer ces trous.

Ça voulait dire : Veux-tu m'épouser ? Ou bien : j'imagine qu'on devrait se marier ? Ou il y avait eu une courte pause pendant que Cal reprenait ses esprits. Après tout, il était question d'un bébé. Il semblait à Helen qu'on était très vieux, très mûr à vingt ans, mais Cal avait l'impression qu'ils ne faisaient que commencer leur vie ensemble.

Wow, avait-il dit.

À l'hôtel Newfoundland, le chasseur avait relevé la traîne d'Helen pour l'aider à entrer dans l'ascenseur. Quelqu'un avait cligné de l'œil, un homme d'affaires en train d'ouvrir un journal sur le canapé dans le hall d'entrée avait fait un clin d'œil à Cal. Helen se rappelle le chasseur recueillant délicatement tout ce satin. Il avait une boule d'ouate dans l'oreille.

Les portes de l'ascenseur s'étaient fermées dans le plus grand silence, Helen avait posé la main sur les froufrous de la chemise de Cal, l'avait poussé contre le mur de l'ascenseur, s'était haussée sur la pointe des pieds et l'avait embrassé en se pressant contre lui ; puis les portes s'étaient ouvertes. Un couple âgé attendait, ils la virent l'embrasser et virent la robe, ils firent un pas en arrière et ne montèrent même pas dans l'ascenseur.

Cal était si grand que parfois, dans la cuisine, Helen grimpait sur une chaise pour le serrer convenablement dans ses bras. Elle tirait la chaise, s'y perchait, et il se détournait de la cuisinière où il faisait frire des œufs pour enfouir la tête entre ses seins, l'entourer de ses bras et la serrer très fort, et elle embrassait le sommet de sa tête. Après quoi il retournait à ses œufs. Il faisait toujours jouer de la musique à tue-tête quand il préparait à déjeuner.

Cal introduisit la clef dans la porte de la chambre d'hôtel ; la chambre était vaste, ils regardèrent par la fenêtre et pouvaient voir la ville entière. Il neigeait. Il neigeait sur le port, et sur les bateaux amarrés, leurs flancs rouillés et leurs proues dressées, des bouées orange empilées sur le pont, couvertes de neige ; il neigeait sur les réservoirs à pétrole blancs dans les collines de South Side et sur les voitures dans Water Street, leurs phares blêmes éclairant d'étroits éventails de flocons ; il neigeait sur la basilique. Et sur les lumières de Noël suspendues en travers de Water Street.

Puis Cal descendit lentement la fermeture éclair d'Helen, jusqu'à ses reins, où il dut lui donner un petit coup car elle s'était coincée. Il se jeta sur le grand lit. Helen se défit de la robe en la chiffonnant puis piétina les montagnes de tulle rugueux avec ses talons aiguilles en cuir verni pour s'en extraire.

Et Cal regarda le miroir de l'hôtel. Son visage avec ses taches de son et son intelligence aiguë, et l'allure dégingandée que lui donnaient ses longs bras, ses vêtements peu familiers — il ne portait rien sous la chemise du smoking, et il avait laissé le pantalon sur le sol de la salle de bains, la veste sur le bureau —, et ses cheveux noirs et bouclés et ses grands yeux bleus, et la douceur et l'humour qui s'y lisaient, et toutes les fois à venir où ils feraient l'amour. Helen se rappelle l'énergie brute qu'il a fallu pour garder l'entreprise en marche à partir de ce moment, un bébé après l'autre, et les emplois, les factures, les habits de neige, les invitations à souper, les déceptions — elle avait parfois été immobilisée par la déception —, des soirées en ville dont ils rentraient titubant dans les bras l'un de l'autre, se tirant à tour de rôle pour gravir la colline, et les étoiles au-dessus de la Kirk, les graffiti sur le mur de soutènement ; tout cela était dans le miroir de l'hôtel Newfoundland leur nuit de noces et — *BAM* — Cal le regarda, et le miroir se couvrit de lézardes courant jusqu'au cadre d'acajou tarabiscoté, et le miroir tomba sur le tapis en une cinquantaine de tessons de forme irrégulière. Ou bien le miroir gondola, ou se cabra, ou s'enroula sur lui-même telle une vague et éclaboussa le tapis où il se figea en tessons durs et inégaux. Cela se passa si vite que Cal marchait pieds nus sur la vitre avant de se rendre compte de ce qu'il faisait, et il ne s'était pas coupé. Ce n'est pas que le fait de briser un miroir leur ait porté malheur. Helen ne croit pas cela. Mais tout le malheur à venir était contenu dans le regard de Cal et, quand il avait regardé le miroir, le malheur s'était échappé.

Ils n'avaient même pas songé au miroir sur le moment parce qu'ils faisaient l'amour, et après ils avaient commandé des côtes levées, enfilé les peignoirs en tissu éponge, empli la salle de bains de vapeur, se savonnant l'un l'autre sous la douche si chaude que leur peau avait viré au rose, et puis ils s'étaient étendus sur le lit pour voir ce qu'il y avait à la télé.

Ils n'étaient que des enfants affectant une sorte de maturité. L'essayant pour voir si elle leur allait. Sans la moindre idée de ce dans quoi ils s'engageaient. Jouant aux grands.

Mais c'était comme le répétait la mère d'Helen : Cesse de faire des grimaces, sinon tu vas rester comme ça.

Helen et Cal mangèrent les côtes levées, firent l'amour et laissèrent les lourdes portes se refermer sur le monde, et virent voler le miroir en éclats, ou traversèrent le miroir, et du jour au lendemain ils étaient adultes. Ils avaient changé du jour au lendemain, ou en un instant. Ils étaient mariés.

Helen peut se faire monter les larmes aux yeux simplement en se rappelant l'imperméable jaune de Cal, qui lui arrivait aux cuisses, les bottes de caoutchouc qu'il portait à l'époque, le chandail norvégien aux coudes percés, le fait qu'il avait roulé ses cigarettes pendant un certain temps, ce qui était inusité (il avait d'autres lubies : il fabriquait lui-même son yogourt et son tofu, faisait pousser de la marijuana, s'était essayé à la teinture au nœud), qu'il voulait une maison près de la baie pour les étés, et que les enfants étaient arrivés par accident, du premier au dernier. Cal aimait lire, bien sûr : il lisait tout ce sur quoi il mettait la main. Ils lisaient tous les deux. Helen avait un livre dans son baise-en-ville, et Cal aussi, et, après avoir fait l'amour, s'être douchés, avoir passé en revue les chaînes de télévision, mangé et bu encore de la bière, ils avaient tous deux sorti leur livre, et ils avaient allumé les lampes de chevet. Ils s'étaient endormis ainsi. Cal avec un livre sur la poitrine.

Ni l'un ni l'autre ne s'étaient souciés de l'Église ; peu importe ce que préconisait l'Église en matière de contraception, ils l'avaient complètement ignoré. L'ennui, c'est qu'ils n'arrivaient pas à garder en tête l'idée de la contraception. L'odeur du latex et du spermicide — ils y avaient eu recours les premières fois, peut-être. Il n'avait pas été facile de s'accrocher à l'idée de contraception. As-tu un condom ? Je pensais que c'est toi qui les avais. Je pensais que c'est toi qui les avais.

Et Helen avait songé, quand elle était enceinte : C'est un garçon et il ressemblera à Cal, mon fils sera comme ça : cheveux noirs, yeux bleus, des milliers de miroirs volant en éclats dans son sillage.

Mais, bien sûr, John ne ressemblait pas du tout à Cal. Il n'était pas maladroit, et il lui ressemblait à elle, ressemblait en tout point à Helen.

*   *   *

Jane parle à John, novembre 2008

Jane est à l'aéroport de Toronto. En route vers chez elle, en Alberta, elle a découvert, dans le terminal de l'aéroport Pearson, qu'elle ne pouvait pas rentrer à la maison. Elle était assise dans un Tim Hortons bondé avec une tisane pomme-cannelle et son ordinateur portatif. Elle a reçu un courriel de son père. Le bébé lui a asséné un coup d'orteil dans la colonne vertébrale. D'orteil ou de perceuse.

Une jeune femme aux sourcils dessinés au crayon travaille au comptoir du Tim Hortons. Elle a le sourire doux et le teint luisant et rubicond d'une personne sous antidépresseurs, et il y a une cicatrice, légère ride blanche, qui court de son nez jusqu'à sa lèvre supérieure difforme.

La cliente avant Jane voulait un biscuit avoine et raisins, et la fille, dont le large postérieur était aplati par un pantalon en polyester, n'arrivait pas à trouver les biscuits avoine et raisins.

Juste devant toi, disait la cliente. La main potelée de la fille tenant un carré de papier ciré flottait au-dessus des beignes et une rougeur a monté à son cou.

Avoine et raisins, a dit la cliente. Elle portait un manteau de plastique noir lustré qui couina quand elle leva le bras pour pointer son index. Un son propre, sans complication. Jane était heureuse d'être revenue au Canada. Elle était écœurée de New York, de la saleté, de l'accent nasillard et cassant, et de la pauvreté qu'elle avait documentée — *sans sourciller,* avait dit son directeur — dans son mémoire de maîtrise. Elle partait après quatre ans, juste au moment où les choses allaient prendre une meilleure tournure.

Deuxième tablette à partir du bas, a dit Jane. Trois plateaux par là. Non, trois. Un, deux, c'est ça. Jane a écouté la femme déplier les bras, le plastique humide émettant des bruits de baiser. Elle a songé à la neige recouvrant un champ de chaume chez elle, et aux Rocheuses dans le lointain, fumeuses et coiffées de blanc. Elle était au paroxysme d'une euphorie causée par une bouffée d'hormones.

Avoine, a répété la cliente.

Raisins?

Avoine. Raisins.

La serveuse du Tim Hortons a attrapé un biscuit qu'elle a laissé tomber dans une enveloppe de papier. Autre chose, a-t-elle dit. Un anneau en or pendait à son nez comme une goutte. Puis la fille est allée chercher la tisane de Jane et est restée là, la tasse à la main, à regarder devant elle avec ce qui pouvait être un émerveillement médusé ou un bâillement prolongé. Elle s'est secouée et a déposé la tasse sur le comptoir.

Vous l'attendez pour quand, a demandé la fille.

Février, a dit Jane.

J'en ai trois à la maison, a dit la fille. J'ai perdu mon cerveau avec le placenta. Mais ce n'est pas si mal parce que je vis près de l'aéroport, alors je peux me rendre au travail facilement. Ma mère donne un coup de main.

Jane s'est assise à une table, a soulevé le couvercle de la tisane, la vapeur avait un parfum de pommes, et elle a senti la main du bébé — il lui semblait que c'était une main — faisant trembloter son ventre tendu.

Puis elle a lu le courriel de son père. En fin de compte, Jane n'irait pas vivre chez son père. Elle s'est tamponné les yeux, d'abord l'un, puis l'autre, avec une serviette en papier chiffonnée.

On va s'en tirer tout seuls, a murmuré Jane au bébé. Ce qu'elle avait pensé, en vérité, durant les six mois qu'avait durés sa grossesse jusqu'à ce moment, c'est que son père pourrait lui donner un coup de main. Elle avait pensé qu'il la conduirait peut-être aux cours prénatals. Le père de Jane lui permettrait peut-être de vivre avec lui le temps qu'elle retombe sur ses pieds. Mais il s'avérait que le père de Jane se demandait, ainsi qu'il l'exposait clairement dans son courriel, à quoi, nom de Dieu, Jane avait bien pu penser.

À New York, cela avait émoustillé ses amies d'université quand elle leur avait dit qu'elle n'avait pas pris contact avec le père du bébé. Ces amies lui avaient organisé un shower dans le minuscule appartement de sa collègue Marina — une dizaine de femmes en anthropologie — et elles avaient baissé la voix en abordant la question de la monoparentalité. Elles avaient adopté le ton du respect. Elles étaient toutes dans la mi-trentaine et la plupart n'avaient pas d'enfant parce qu'elles s'étaient vouées corps et âme à leur carrière universitaire.

Mais le shower les excitait. Dans un esprit de parodie, elles ressuscitèrent des jeux anciens. L'une d'entre elles, Lucy, avait apporté une caméra vidéo parce qu'elle désirait utiliser l'artefact qui en résulterait dans sa classe de critique féministe. Elles mangèrent des amuse-gueules rétro, des sandwiches au concombre sur du pain blanc dont les croûtes avaient été coupées, un aspic moulé avec une salade de fruits en conserve, des saucisses en pâte. Après avoir enfilé des mitaines de four, Jane dut passer une paire de bas nylon par-dessus son jean. Ses amies l'affublèrent d'une robe de mariée faite de papier hygiénique. Chacune eut la chance d'élaborer une partie de la robe, et le prix — un instrument à faire mousser le lait pour le cappuccino — fut remis à Elena, qui avait confectionné un faux cul nécessitant un rouleau entier.

Quelqu'un faisait circuler un plateau en cristal d'œufs mimosa, et l'odeur légèrement soufrée rappela à Jane l'eau des robinets dans l'appartement de Reykjavik où elle et John O'Mara avaient passé une semaine des mois plus tôt. Les robinets de la douche et de la cuisine à Reykjavik puaient, même quand ils coulaient depuis cinq minutes, mais John lui avait assuré que l'eau était bonne à boire. Les œufs mimosa donnèrent à Jane l'impression de perdre pied.

C'est ton corps, absolument, disait Rhiannon, une amie de Jane. Le gars savait qu'il courait un risque, pas vrai? Je veux dire, ce n'était pas un parfait imbécile. Rhiannon enfourna la moitié d'un œuf et parut l'avaler sans mastiquer.

Jane était étendue sur le sol tandis qu'une autre amie, Michelle, tenait une aiguille oscillant au bout d'un fil au-dessus du ventre de Jane. L'aiguille tournoya, s'arrêta, se balança en ligne droite puis décrivit de nouveau des cercles. L'aiguille refusait de se faire une idée.

C'est peut-être un petit hermaphrodite, dit Gloria.

Michelle parla à Jane d'une cousine qui avait eu un bébé dont la tête était restée coincée huit heures dans son pelvis pendant l'accouchement.

Apparemment, c'est là que la douleur est la plus terrible, dit Michelle.

Imagine — trop gros, dit Rhiannon. Elle fit une moue comme si l'œuf était allé se loger dans son œsophage. Elle se frappa la poitrine du poing.

De quelle taille est la tête du père de ton enfant, demanda Michelle.

Jane se leva et entreprit de défaire sa robe en papier hygiénique. Marina empila les assiettes en carton, décolla une extrémité d'une banderole bleue suspendue au-dessus de l'entrée menant à la cuisinette et commença à l'envider en un rouleau serré.

Tu ne connais même pas vraiment le gars, dit Elena.

Après le shower, Jane téléphona à sa meilleure amie depuis l'enfance, Keri Farquharson, biologiste de la vie marine qui avait trois labradors blonds et un nouveau mari, et qui venait de déménager dans le Maine. Jane avait retardé le moment de lui apprendre qu'elle était enceinte.

J'ai passé une semaine avec le gars, dit Jane. Il y a presque sept mois de cela.

Téléphone-lui, dit Keri. Les chiens jappaient en bruit de fond, Jane entendit Keri ouvrir la porte et les chiens s'élancer dans ce qui semblait un grand espace dégagé. Puis la porte-moustiquaire se referma avec fracas.

Un sanglot la saisit à la gorge, et Jane n'osa pas répondre. Jane, dit Keri.

Ouais, dit Jane. Mais sa voix ressemblait à un sifflement.

Téléphone-lui, dit Keri. Elle devait s'être rendue dans la cuisine parce que Jane entendit de l'eau bouillir et un couvercle de casserole tomber bruyamment dans l'évier.

Je me débrouillerai mieux toute seule, dit Jane. Une profonde vague de chagrin avait gonflé sa poitrine. Elle était incapable de parler autrement que par bouffées saccadées. Keri savait se montrer tranchante. C'est pour ça que Jane avait fini par l'appeler.

Tu ne crois pas que ton enfant va vouloir savoir qui est son père, dit Keri.

Le bébé donna un coup de pied et enfonça un coude sous la côte de Jane. Je suis aussi grosse qu'une foutue baleine, dit-elle.

Il faut que tu penses au bébé.

Je *pense* au bébé. Mais Jane pensait à John O'Mara, et à la soirée qu'ils avaient passée ensemble dans le bar avec les musiciens cubains. Reykjavik à quatre heures du matin, la lumière toujours vive, avec des ombres longues, mais le fond de l'air était frais, et ils étaient ivres tous les deux. Bras dessus, bras dessous dans le jardin à l'extérieur du bar. Le lendemain ils s'étaient réveillés au début de l'après-midi, et tout Reykjavik était sorti dans la rue pour un grand défilé. C'était la fête de l'Indépendance. Les foules agitaient de petits drapeaux et, près du port, un homme fort s'était attelé à un camion de transport. L'homme avait l'intention de déplacer le camion de plusieurs mètres.

Je veux être indépendante, dit Jane à Keri. Mais, en vérité, elle était incapable de supporter la perspective que John se mette en colère, qu'il la boude, qu'il se moque, ou n'importe quoi sauf — mais elle était incapable de l'imaginer. Ses amies à New York avaient raison : Jane le connaissait à peine. Son imagination migra vers ses côtes, sous lesquelles le bébé cala un coude, et elle était incapable de s'imaginer John tout court.

C'est lui qui avait proposé à Jane de passer une semaine supplémentaire à Reykjavik. Le congrès de Jane avait pris fin, elle s'apprêtait à rentrer à New York, où elle mettait la dernière main à sa thèse, et John avait dit : Reste avec moi. J'ai un petit appartement pour une semaine.

La lumière coulait en rais obliques par les fenêtres poussiéreuses du bar, et la fumée blonde des cigarettes planait au-dessus de leur tête comme du caramel.

Je vais payer pour tout, avait dit John. Plus tard, alors qu'ils sortaient tous deux des toilettes, John l'avait poussée contre un mur crasseux, avait enfoncé son genou entre les siens, les écartant doucement. Il avait glissé un pouce sous le bouton du poignet de sa blouse et, du doigt, avait tracé des cercles sur l'intérieur de son poignet, en l'effleurant à peine. Le trouble l'avait envahie tout entière. C'était comme remuer un morceau de sucre dans une tasse de thé. Il remuait le désir dans tout son être ivre et léthargique. De retour à la table, il saisit l'extrémité de sa longue écharpe en soie, jouant avec elle, la passant entre ses doigts. Il en saisit le bout et le laissa toucher ses lèvres. Quelqu'un à table dit qu'il y aurait un volcan dans la mer. On verrait une île s'élever dans l'océan. Quelqu'un dit que le glacier était magnifique.

Dehors, sur le trottoir, à Reykjavik, les fenêtres des édifices de l'autre côté du square étaient d'un rose vif, miroitantes, et Jane permit à John de passer un bras autour de ses épaules.

Cela avait duré une semaine. Pas davantage. C'est pourquoi, pendant un long moment, Jane avait décidé de ne pas lui parler du bébé. Debout devant le plan de travail de la cuisine de son appartement new-yorkais, elle s'entendait répéter son nom, comme si elle s'apprêtait à lui téléphoner et à laisser tomber nonchalamment *Je suis enceinte,* et son nom ressemblait davantage à un son qu'à un nom, un son dépouillé de toute signification.

Fais comme bon te semble, c'est tout, dit Keri. Elle frappait quelque chose, une louche, contre l'évier. Trois coups secs. On aurait dit un maillet signifiant que la séance était levée.

Il faut que je fasse le ménage ici, dit Keri. Bill va rentrer d'une minute à l'autre. C'est ainsi que Jane avait dit au revoir à Keri et téléphoné à John, et John avait parlé d'avortement — *Pourquoi tu ne t'es pas fait avorter ?* — et elle lui avait raccroché au nez.

L'idée avait pris forme presque d'un coup après cela : le père de Jane accepterait qu'elle vienne vivre avec lui. Le père de Jane allait être grand-père. Il pourrait aider. Elle avait envoyé un courriel à son père, avait fait ses bagages et pris l'avion vers le Canada dès le lendemain.

La mère de Jane était morte cinq ans plus tôt d'un cancer du sein, et à peine un an plus tard son père avait épousé une femme du nom de Glennis Baker. Le père de Jane le lui avait annoncé dans un courriel — le premier qu'elle ait jamais reçu de lui : il était sur le point d'épouser une femme qui programmait des logiciels de modélisation du climat. Il avait fait un commentaire, non dépourvu de sous-entendus, suivant lequel il embrassait le nec plus ultra de la technologie, entre autres nouveautés.

Discrète, Glennis Baker ne s'était pas montrée froide envers Jane, mais elles ne s'étaient vues qu'une fois, à l'occasion d'une brève visite de Noël, alors que Jane était rentrée au pays entre deux sessions universitaires. Quand elle pensait à Glennis, Jane pensait à des gants posés sur la table de la salle à manger. Des gants de cuir noir qui gardaient la forme des grandes mains de Glennis, les jointures luisantes, les doigts crochus et, dans la paume d'un des gants, un trousseau de clefs de la maison. Des années plus tôt, la mère de Jane avait acheté une plaque fabriquée à la main destinée à recevoir les clefs, qu'ils avaient suspendue dans la véranda. La plaque était en bois verni et le nom de la famille y était buriné au-dessus de petits crochets de laiton. Elle avait été confectionnée au pénitencier où la mère de Jane, travailleuse sociale, était chargée de la réhabilitation des détenus. La plaque porte-clefs avait maintenant disparu de la véranda, mais la peinture était moins décolorée là où elle avait été accrochée et les trous qu'avaient laissés les vis dans le mur semblaient à vif. Quand Jane était rentrée chez elle pour le congé de Noël, elle avait trouvé son père occupé à toutes sortes de corvées qu'il n'avait jamais faites auparavant : trier la lessive, remplir le lave-vaisselle. Sa garde-robe avait changé. Il avait répondu à la porte vêtu d'une veste rose sans manches.

Le père de Jane était propriétaire d'un centre d'équitation comptant plus de quarante chevaux de randonnée et quatre employés à temps plein. En été, Jane avait nettoyé des stalles, transporté de l'eau et des bottes de foin et avait fait office de caissière, tendant les formulaires d'exonération d'assurances aux touristes avant qu'ils ne se dirigent vers les paddocks où attendaient les chevaux sellés, leurs rênes enroulés autour des barreaux.

Elle avait connu une enfance baignée de soleil, dehors par toutes les saisons. Jane n'avait jamais entendu ses parents se disputer. Marqué par une absence de turbulences, leur mariage avait duré quarante-cinq ans. Le père de Jane était un homme plein de vigueur qui dirigeait une entreprise exigeante mais qui lui apportait des satisfactions. Un an après la mort de sa femme, il était passé à une nouvelle relation avec une facilité choquante.

Mais trois ans plus tôt, au cours d'une randonnée de six jours devant le mener au Calgary Stampede, un accident impliquant des chevaux de rodéo l'avait laissé affaibli et désemparé. Un train avait effrayé le troupeau pendant qu'ils franchissaient un pont à la lisière de la ville, neuf chevaux sauvages étaient tombés dans les eaux démontées de la rivière en crue, et les animaux s'étaient brisé les membres, le dos ou le cou.

On avait embauché le père de Jane afin qu'il surveille les touristes pendant la randonnée. La mort des chevaux sauvages avait semblé l'affecter davantage que le décès de sa femme, qu'il avait encaissé avec une grâce distraite. Après l'accident impliquant les chevaux, il avait téléphoné à Jane et sangloté pendant un long moment. Son père avait décrit les bouches écumantes des bêtes, et leur terreur, le blanc de leurs yeux tandis qu'elles s'efforçaient de garder la tête hors de l'eau, et comment elles avaient sombré pour de bon, et il n'avait rien pu faire d'autre que rester sur la berge et les regarder mourir. J'avais un mauvais pressentiment, avait dit son père. Cette randonnée n'aurait jamais dû avoir lieu.

Plusieurs mois après l'accident, Jane avait reçu un autre courriel de son père. Il semblait s'être sorti de sa torpeur ; il avait rejoint les rangs des Chevaliers de Colomb. Il faisait suivre cette annonce de trois points d'exclamation. Les choses vont beaucoup mieux, écrivait-il. Il avait tapé *beaucoup* en lettres capitales. Il voyait de moins en moins Glennis, disait-il, qui était très absorbée par son travail. Il mentionnait qu'il avait commencé à verser, au nom de la mère de Jane, de l'argent tous les mois à un organisme militant pour les droits des animaux. Il était allé sur la tombe de la mère de Jane le matin même, disait-il, avec un bouquet de roses qu'il avait pris au supermarché.

J'aime qu'une tombe soit bien entretenue, écrivait-il. Je pense à commander une nouvelle pierre, disait-il. Ils ont un nouveau marbre gris moucheté au magasin de maçonnerie du centre-ville, et il est plus doux à l'œil que le noir uni. Je pense à un fini lustré. Ta mère était une dame qui avait de la classe, écrivait-il. Les tombes doivent être entretenues !

Jane était certaine qu'il avait composé la dernière phrase, avec son unique point d'exclamation, comme une sorte de plaidoyer. Mais elle ne pouvait s'abandonner au calme strident du courriel. Elle travaillait à sa thèse. Il a une nouvelle femme, avait songé Jane à l'époque. Qu'elle s'en occupe.

Jane était au Tim Hortons de l'aéroport Pearson quand elle a ouvert le courriel de son père au sujet du bébé.

Le bébé a besoin d'un père, écrivait-il. D'après ce qu'il comprenait, disait-il, elle n'était pas dans une situation financière stable. Elle ne pouvait pas s'attendre à ce qu'on assume à sa place le coût de son imprévoyance. C'était à cause de ce genre d'idées que le monde entier se retrouvait maintenant dans un tel pétrin. Avait-elle songé à l'état du portefeuille de son père, demandait-il. Se rendait-elle compte qu'il avait épargné et investi le moindre sou gagné au cours des années, et qu'il voyait ces investissements fondre tous les jours, et qu'il lui faudrait peut-être bientôt vendre quelques-uns de ses chevaux. Peut-être aussi congédier un employé. Ces gars se sont montrés loyaux, écrivait-il. Ils sont comme des fils.

Il disait aussi à Jane que Glennis Baker avait quitté la maison et qu'elle avait emporté une table d'appoint à laquelle la mère de Jane avait donné un nouveau fini dans le cadre d'un cours qu'elle suivait en compagnie des détenus du pénitencier, et c'était une table d'appoint que le père de Jane voulait laisser à sa fille. Il demandait à Jane : Est-ce qu'il t'arrive de penser à quelqu'un d'autre qu'à toi ? Elle n'avait pas fini ses études, lui rappelait-il. Jane était en train de commettre une erreur. L'adoption était le seul recours, écrivait son père. Il espérait qu'elle ferait ce qui était le mieux pour le bébé. Dieu merci, cela a été épargné à ta mère, écrivait-il. Je suis content que ta mère ne soit plus là.

Jane cherche son téléphone, mais quand elle le trouve elle se contente de l'appuyer contre sa poitrine.

La fille du Tim Hortons s'est extirpée de son poste derrière le comptoir et elle vaporise méthodiquement un désinfectant bleu sur les tables. Elle s'arrête à la table de Jane, pose une main sur le dossier de la chaise en face de Jane et se penche vers elle. Ses yeux clignent lentement en absorbant le visage de Jane, le téléphone portable dans le poing de Jane et le poing pressé contre sa poitrine. La fille inspire entre ses dents et pousse un profond soupir.

Est-ce que vous avez besoin de quelque chose, dit-elle.

* * *

Rêve lucide de John, novembre 2008

Le lendemain du coup de téléphone ahurissant de Jane, John était dans une auberge de jeunesse en Tasmanie. Il avait payé un surplus pour avoir une chambre privée, mais dans la cuisine au bout du couloir il y avait une femme de Sydney en compagnie de sa fille, qui préparait à souper. Il s'aventura dans la cuisine et, quand il s'assit, la chaise érafla les tuiles.

Il parla immédiatement de Jane et du bébé. Il parla de l'Islande. Il raconta toute l'histoire. La femme de Sydney coupait des oignons, une main sur le manche du couteau, l'autre appuyée sur la lame. Le couteau se balançait vigoureusement, de haut en bas, les oignons finement hachés s'amoncelaient, le nez de John lui faisait mal et ses yeux le piquaient.

Je suis déjà allée en Islande, dit la femme. Je me suis fait trancher la gorge en Islande. John regarda et vit qu'une large cicatrice blanche lui barrait le cou.

La nuit précédente, il avait rêvé d'une machine volante à pédales, grinçante, sur les ailes de laquelle était tendue la peau d'une sorte d'animal. Dans le rêve, il avait décidé de se poser sur le toit de l'Atlantic Place, chez lui, à Saint John's. Voici comment il pratiquait le rêve lucide. Il prenait conscience du fait qu'il était en train de rêver et s'efforçait de modifier le cours du rêve. Il s'efforçait de le plier à sa volonté. Cette fois, il voulait poser la machine volante sur le toit d'un édifice à quelques rues de la maison de sa mère. Ensuite, il emprunterait l'escalier de secours et rentrerait chez lui à pied.

Il avait réussi à voler, dans le rêve, jusqu'à la périphérie de la ville. Mais, à la dernière minute, le paysage s'était métamorphosé, échappant à son contrôle, et il s'était écrasé dans une tourbière de chicouté.

Quand j'étais étudiante, dit la femme dans la cuisine, j'ai travaillé dans une usine de morue en Islande. Il y a des années de cela. J'occupais un poste sur une bande d'alimentation qui défilait au-dessus d'une table lumineuse. Je vérifiais qu'il n'y avait pas de vers dans la morue.

Elle apporta la planche à découper jusqu'à la cuisinière, racla la motte d'oignons qui tomba dans la poêle, et l'huile chaude rugit. Je vérifiais qu'il n'y avait pas de vers, filet après filet après filet, dit-elle. Elle glissa la spatule sous les oignons qui sifflèrent, et elle les remua.

La nuit dernière, se souvint tout à coup John, il avait aussi rêvé d'un poisson sur une planche à découper et il s'était forcé, dans le rêve, à examiner le poisson très attentivement, de façon à distinguer chacune des écailles, opalescentes et teintées de sang. Mais quand il avait atteint les branchies, la peau avait perdu ses écailles, viré au rose et s'était chiffonnée, et le poisson avait un visage de bébé. Il s'était réveillé, épuisé.

La fille de la femme mâchait de la gomme, elle avait environ sept ans. Assise un genou replié sur la chaise, l'enfant lisait une bande dessinée.

Un type qui venait d'Angleterre, dit la femme. Débarque, décide de faire le clown, m'asperge avec le tuyau d'arrosage, il n'avait aucune idée de la pression. C'était le tuyau à pression qu'on utilisait pour laver le sol de ciment. Tout le monde dans l'usine s'est arrêté, dit la femme. Les machines se sont éteintes toutes à la fois. Elle transportait dans ses paumes un tas de fèves germées, elle ouvrit les mains et les laissa tomber avec les oignons.

Ils me regardaient tous, dit-elle. J'ai levé la main pour toucher mon cou, j'ai regardé mes doigts et il y avait du sang et, tout de suite après, je n'arrivais plus à respirer. L'eau du tuyau à pression m'avait tranché la gorge et je n'arrivais plus à respirer, et je me suis évanouie.

Après la mort de son père, John avait fait un cauchemar récurrent. Toutes les nuits, pendant une longue période, une présence s'infiltrait à travers la porte de sa chambre. Une présence maléfique, sous la forme d'un nuage, humide et froid. Le nuage tournoyait au-dessus de son lit, plein d'orage et d'étoiles, se posait sur sa poitrine et, comme il s'alourdissait, John sentait une paralysie l'envahir jusqu'à ce qu'il soit incapable de faire un geste. Alors le nuage prenait la forme d'une vieille femme nue qui serrait les mains autour du cou de John. Il suffoquait. Parfois c'était une vieille femme, parfois ça restait un nuage, mais toujours il se sentait éveillé, aux aguets à cause de la frayeur, et il n'arrivait plus à respirer.

Alors John se réveillait pour de vrai, en nage, les cheveux collés au visage, parfois en hurlant. S'il hurlait, sa mère venait et le serrait dans ses bras. Il s'était mis à dormir avec la lumière allumée et insistait pour qu'on laisse toutes les portes de la maison ouvertes pendant la nuit. Une vieille femme dont le visage changeait de forme ; ou, parfois, il n'y avait pas de visage, mais elle grimpait tout de même sur lui.

La mère de John l'avait envoyé consulter le conseiller d'orientation à l'école. Le conseiller avait dit que John avait reçu la visite de la vieille sorcière[1]. Il avait dit que dans les villages de pêcheurs terre-neuviens on utilisait un objet du nom de planche à sorcière : un morceau de bois dans lequel on avait enfoncé des clous qui ressortaient de l'autre côté, et qu'on fixait sur sa poitrine, de sorte que la sorcière ne pouvait s'y asseoir. C'était du folklore ; ce n'était pas vrai. Personne n'avait véritablement recours à une planche à sorcière, avait dit le conseiller, mais les vieux en parlaient.

Il y avait une planche à sorcière, avait dit le conseiller, confectionnée par un artiste, au Newfoundland Museum, dans Duckworth Street.

Le conseiller avait ajouté que John pourrait aussi y voir la tunique et les mocassins en peau de biche de Shawnandithit, dernière des Beothuks. Le crâne de Shawnandithit avait été emporté au British Museum et égaré lors du bombardement de Londres, avec de nombreux autres crânes récoltés partout sur la planète comme des trophées. Des centaines de crânes, avait dit l'homme, dans des boîtes en verre, le toit s'était effondré, le verre avait volé en éclats, tous les crânes avaient roulé ensemble, et voilà, on ne savait plus qui était qui.

Ils m'ont emmenée à l'hôpital, dit la femme à John. Elle tranchait une poitrine de poulet désossée en fines lanières. Et ils m'ont recousue.

---

1. Cette *old hag* est issue du folklore britannique et nord-américain. On prétend que, en s'assoyant sur la poitrine du dormeur, elle lui instille des cauchemars et provoque chez lui la paralysie du sommeil, qui l'empêche de bouger dans les secondes suivant son réveil. *(N.d.T.)*

J'ai une bouteille de vin, dit John.

Du vin, ce serait bien, dit la femme. L'enfant tourna une page de sa bande dessinée et souffla une bulle qui éclata sur son nez et son menton tel un masque.

Il faisait noir tout le jour et toute la nuit en Islande, dit la femme. Elle tendait le bras pour saisir quelque chose dans l'armoire mais n'y arrivait pas. Elle tira une chaise, y grimpa et sortit les assiettes. Je ne voyais jamais le soleil, dit-elle.

John savait qu'il aurait dû l'aider, mais il songeait au coup de téléphone de Jane. Il songeait à Jane raccrochant, et au fait qu'il n'avait aucun moyen de la joindre.

La femme posa trois assiettes sur la table, ainsi que des fourchettes et des couteaux, et elle souleva le couvercle d'une casserole de riz basmati. Un énorme tourbillon de vapeur s'éleva. Le couvercle, qui était chaud, atterrit dans l'évier avec un fracas métallique.

Je passais toute la journée juste à guetter les vers, dit la femme. La puanteur du poisson. Et puis mon cou. L'Anglais par-dessus moi, ses mains autour de mon cou. Qui tenaient mon cou.

Le conseiller d'orientation souhaitait apparemment que John sache qu'il avait raison d'avoir peur. Il y avait dans le monde des choses tout à fait réelles dont il convenait d'avoir peur. Il avait enseigné à John quelques techniques de rêve lucide. Elles vont t'aider à te défendre, avait-il dit.

Il y a autre chose, avait dit John. Il avait gigoté sur la chaise, une jambe frappant rythmiquement le pupitre devant lui. Elle fait des trucs.

Des trucs sexuels, avait dit le conseiller.

C'est horrible, avait dit John.

Tu as un orgasme, avait dit le conseiller.

Ouais, ça, avait dit John.

J'espère que tu aimes le gingembre et le piment, dit la femme. C'est un plat très relevé.

Où est le père, demanda John. Le père de la petite fille ?

Je n'ai pas de père, dit la petite fille. Elle tourna une page de sa bande dessinée.

Quand j'étais en Islande, dit John, il faisait clair vingt-quatre heures par jour. On ne dormait jamais.

* * *

Une blague, 1981

Cal s'était réveillé en entendant quelqu'un tambouriner à sa porte. Des hommes criaient que la plateforme était en train de couler. Elle coule. Il avait sauté hors de sa couchette pour faire de la lumière et ses pieds étaient mouillés. De l'eau déferlait sous la porte, de l'eau entrait par le cadre, et la porte était coincée. Quelque chose bloquait la porte, il l'avait frappée de ses poings et il devait avoir heurté la lampe parce que la lumière oscillait sur la table de chevet et il criait : Laissez-moi sortir, il y a un homme ici, laissez-moi sortir.

Cal raconta cela à Helen tandis qu'ils mangeaient un plat de côtes levées. La porte avait cédé, révélant les gars, morts de rire. Ils étaient pliés en deux. Ils avaient versé un seau d'eau à travers la fente et tenu la porte fermée en l'écoutant beugler.

Il y a un homme ici, il y a un homme ici.

Morts de rire, dit Cal. De l'autre côté de la porte.

Helen déposa l'assiette devant lui. Elle avait fait bouillir les côtes levées avant de les enduire d'une pleine bouteille de sauce barbecue, puis elle les avait laissées au four à basse température pendant toute la journée, et l'odeur avait imprégné toute la maison. C'était le repas préféré de Cal.

Souvent ils étaient seuls tous les deux dans la cuisine et Helen buvait une bière. Cal baissait les yeux vers l'assiette avant d'y toucher, les bras posés sur la table.

Il avait l'air de rendre grâce, songeait Helen, mais il prenait le temps de reconnaître que le plancher était ferme sous ses pieds.

La plateforme était assez vaste pour que les hommes ne puissent sentir le mouvement de l'eau sous eux, mais ils éprouvaient une nette différence dans leur équilibre quand ils descendaient à terre. Cal laissait l'assiette attendre devant lui et remarquait comme le plancher était ferme, et la table et la maison et le sol sous la maison.

Puis il aplatissait la purée à l'aide de sa fourchette. Il commençait toujours de la sorte, en aplatissant les pommes de terre, rassemblant les petits pois dans un coin avec le dos de la fourchette.

Helen avait soin de faire manger les enfants tôt le soir où Cal descendait de la plateforme. Les enfants manquaient de le renverser quand il passait la porte. Ils l'assaillaient. John grimpant au cou de Cal, Cathy enroulant ses bras et ses jambes autour de sa jambe, Lulu par terre, cramponnée à sa cheville. Il titubait dans le salon tandis qu'ils s'agrippaient à lui. Ou bien il passait la porte et les enfants continuaient à regarder la télé. Ils se dirigeaient vers lui, la tête toujours tournée en direction de l'écran. Ils continuaient à regarder tout en embrassant Cal et en l'étreignant mollement, sans savoir ce qu'ils faisaient.

La plateforme avait sérieusement donné de la bande quelques semaines avant de sombrer, et les hommes s'étaient tous précipités vers le même canot de sauvetage. Ils s'étaient précipités vers le mauvais canot. Chacun des hommes savait d'instinct quelle direction prendre, mais c'était un instinct trompeur. La plateforme était de la taille de deux terrains de football, essayez seulement d'imaginer comme elle était minuscule par rapport à l'océan qui l'entourait. L'équipage devait se soumettre à des exercices de sauvetage, mais les hommes ne s'y présentaient pas. Ils restaient couchés. Ceux qui avaient travaillé durant le quart de nuit enfonçaient des serviettes dans les haut-parleurs pour ne pas être réveillés par les annonces. Ils continuaient à dormir.

Les hommes avaient peur de l'hélicoptère, surtout quand le brouillard était épais. S'ils marmonnaient dans leur sommeil, c'était au sujet de l'hélicoptère. Personne ne pouvait imaginer la plateforme en train de sombrer. Les hommes se rompaient les os ou perdaient un doigt. Ce n'était pas rare. On s'attendait à ce qu'ils poursuivent leur travail en cas de simple foulure ou de fracture mineure. Un petit doigt sectionné n'attirait guère de sympathie. Ils étaient témoins de tels incidents tous les mois.

Il y avait des hommes qui auraient tué pour avoir ce job : c'était le principe gouvernant leur travail. Et puis : l'hélicoptère était terrifiant. Mais il était impossible d'imaginer la plateforme tout entière qui chavire.

S'il arrivait aux hommes de l'imaginer, ils n'en parlaient pas à leur femme ; ils n'en parlaient pas à leur mère. Ils avaient développé un sens de l'humour noir qui ne se traduisait pas à terre, raison pour laquelle ils le réservaient à la plateforme.

Cal aplatit les pommes de terre et raconta à Helen que les hommes avaient versé de l'eau sous la porte, ce qui fait que ses pieds étaient mouillés, mais la blague échappait à Helen.

Ce n'est pas drôle, dit-elle. Cal leva les yeux, il la regardait sans la voir.

Ils savaient tous qu'ils n'étaient pas en sécurité. Ces hommes savaient. Et ils avaient résolu de ne le dire à personne. Mais cette certitude leur échappait sous la forme de plaisanteries, de tours et de jeux de mots macabres, elle leur échappait parfois sous la forme d'une solitude qui rendait les appels téléphoniques venant de la terre ferme difficiles à supporter. Un homme avait sa femme au téléphone et ne trouvait rien à dire. De longs chuintements de parasites et le silence.

Les filles tenaient Helen occupée. Elle ne pouvait pas se permettre de penser à la plateforme parce qu'elle ne pouvait pas se permettre d'y penser. Et John ne donnait pas sa place.

Cathy avait aussi des problèmes à l'école. Helen s'était assurée que les côtes levées seraient si tendres que la viande se détacherait de l'os. Elle avait une caisse de bière et s'était assurée que les enfants se coucheraient tôt. Ce n'était pas exactement pour Cal. C'était pour qu'elle puisse s'asseoir en face de lui et le regarder.

Ce n'était pas un repas qu'ils partageaient, car elle avait déjà mangé. Elle avait mangé avec les enfants parce qu'elle avait faim et parce qu'elle préférait simplement le regarder.

Il baissait les yeux vers l'assiette avant de prendre la fourchette, il était encore sur la plateforme à ce moment-là et il pouvait sentir l'océan sous lui, bien que ce fût une sorte de mouvement qu'il ne remarquait jamais quand il se trouvait effectivement sur la plateforme. C'était un mouvement qu'il ne percevait que sur la terre ferme, et le plus souvent en rêve. Il sentait la forte houle dans son sommeil, mais à terre seulement. C'était l'absence du mouvement qu'il sentait.

Il prit les côtes levées entre ses doigts, détacha la viande et se lécha les doigts. Il lécha d'abord son pouce, puis son index et son annulaire, lentement. Il était le plus souvent absent quand il mangeait, inconscient, absorbé par la nourriture. Il déposait les os dans une soucoupe.

Cal avait deux vies distinctes, et quand Helen et lui auraient amassé suffisamment d'argent, ils achèteraient un dépanneur avec des pompes à essence. Ils avaient étudié la question, et s'ils travaillaient tous deux au commerce, ils étaient relativement sûrs d'arriver à boucler les fins de mois. Chose certaine, ils mettaient de l'argent de côté. Mais ils n'évoquaient jamais ces plans. Parce que, en évoquant le fait que Cal abandonnerait la plateforme, ils se seraient trouvés à admettre le risque. Et c'était une chose qu'ils avaient convenu de ne jamais faire.

* * *

Jane, novembre 2008

Jane prend un bus de l'aéroport jusqu'à Toronto, puis un tramway vers un hôtel où elle se rappelle avoir déjà dormi, mais elle va dans la mauvaise direction. Elle descend, traverse quatre voies en traînant ses bagages. Il fait presque noir, le temps est très froid et elle transporte de nombreux livres dans sa valise. Les trottoirs sont couverts de glace et le vent souffle dans son dos. Ses cheveux se dressent, tout droits autour de son visage. La neige balaie l'asphalte en minces voiles tourbillonnant vers le ciel.

Elle a demandé des indications à un homme qui poussait un chariot d'épicerie, et maintenant il la suit. Son chariot est rempli à ras bord de sacs à ordures pleins de cannettes de boissons gazeuses et de bouteilles en plastique, les roues s'embourbent dans la gadoue. Jane lui a donné de l'argent, enfonçant le billet dans la poche de son jean sans le regarder.

L'homme parle avec une sorte de chuchotement théâtral, ses yeux roulant de gauche à droite tandis qu'il regarde la foule sur le trottoir, ses paroles s'enchaînant en une psalmodie où il est question des dauphins et de la beauté de la vie marine, du flux et du reflux de l'océan, et des créatures qui percent la surface, volent hors de l'eau et retombent au milieu d'éclaboussures. Il esquisse de la main un geste ondulant tout en sifflant entre ses dents, projetant de puissantes bouffées saccadées semblables aux sons que fait un dauphin folâtrant dans les vagues. La côte du Mexique, dit-il en branlant la tête, comme s'il pouvait la voir se déployer devant lui.

Jane le prie de l'excuser et s'esquive dans une épicerie. Elle a une fringale pour quelque chose de cru et de sucré. Une vapeur fuse en chuintant d'une tablette en surplomb et vient se poser sur un étal de choux rouges et de pâles laitues, de bok choy et de fenouil. La vapeur dégoutte lentement sur les betteraves sales et les brocolis, et Jane passe la main sur les fines herbes humides et ébouriffées, l'odeur de terre et de coriandre.

Ignorant les pommes vertes, elle achète une seule pêche qui est présentée dans une coupe en papier cannelé d'un violet foncé. Elle a une faim de loup. Trois tables sont disposées sous un néon crachotant, elle prend une serviette en papier dans un distributeur en chrome et frotte le fruit. La pêche est si tendre qu'elle est presque blette, et elle la croque jusqu'au centre. Le noyau fait une tache de sang dans l'orange de la chair. Elle s'efforce de ne pas penser à la peau de la pêche ; le duvet lui donne la chair de poule comme si on marchait sur sa tombe. Du jus coule sur son menton et elle sent le bébé frémir. Son menton est collant, comme ses doigts, qui sentent l'été. Le froid picote le bout de ses oreilles et, tandis qu'elle les frotte, elles se mettent à brûler. On dirait que le bébé a ressenti le plaisir érotique de la pêche et qu'il lui a donné un coup de pied pour le lui signifier.

Quand elle ressort, l'homme au chariot d'épicerie l'attend. Le vent lui arrache des mains la lourde porte du magasin qui claque sur un mur de blocs de ciment, et Jane se débat avec sa valise. L'une des roues est coincée dans une grille en fer. L'homme abandonne son chariot et attrape la valise, qu'il fait pivoter, et puis la courroie du sac de son ordinateur portable cède.

Et *boum* — elle sait. Elle ne veut pas avoir de bébé toute seule. Le monde est plein de souffrance. Il est noir et froid. Elle a peur de tout ce qui peut mal tourner. Elle a besoin d'un père pour le bébé. Elle a besoin de John O'Mara.

Elle songe à ce matin avec John à Reykjavik, le défilé de la fête de l'Indépendance passant devant lui, les cuivres, les tambours et un glockenspiel, la foule les bousculant. Comme ils étaient fébriles. Il était retourné pour chercher son écharpe. Elle avait laissé tomber son écharpe.

L'homme aux dauphins gravit le marchepied d'un tramway à reculons, en tirant la valise de Jane.

Et votre chariot d'épicerie, crie-t-elle. La valise rebondit et tressaute en montant le marchepied, et les portes pliantes du tramway se referment dessus, se rouvrent puis se referment de nouveau. Puis l'homme aux dauphins est à l'intérieur, se frayant un chemin jusqu'à l'arrière tandis que la valise heurte genoux et hanches.

Le Mexique, ouais, le Mexique, murmure-t-il. Il se faufile jusqu'à l'arrière du tramway et prend place à côté d'une femme qui se lève et va s'asseoir ailleurs, et il se glisse sur le siège près de la fenêtre et tape le siège voisin, et Jane s'assoit à ses côtés. L'homme a la peau grêlée et il n'est pas rasé. Ses dents de devant sont grises, d'allure poreuse, et il en manque quelques-unes. Il parle à Jane comme s'ils étaient profondément liés. Il parle comme si sa vie dépendait de sa capacité à la convaincre de quelque chose d'évident et d'urgent.

Je faisais du surf près de la côte mexicaine avec une bande de dauphins, dit l'homme. Des centaines de ces bébés, ils jouaient avec moi, *man,* bondissaient au-dessus des vagues, ils dansaient, ces copains, ils avaient vraiment le don de s'amuser.

Jane avait tellement vu ce genre de folie quand elle rédigeait sa thèse sur les sans-abri à New York. Elle avait interviewé deux cents vagabonds, une ethnographie de l'indigence dans les taudis et les HLM. Elle avait découvert que, exposés au froid et à la pluie, souffrant de la faim et de la solitude, les êtres humains perdaient le contact avec la réalité. Ce n'était ni plus ni moins compliqué que cela. Le monde leur échappait ou les traversait sans les atteindre. Des lambeaux de rêves les traversaient.

Cet homme va dormir dehors cette nuit, Jane le sait. Les freins du tramway sifflent, un groupe attend au prochain arrêt. Quelqu'un fait sonner la cloche, le froid s'engouffre et tourbillonne jusqu'à l'arrière.

Jane songe à John le matin après la première nuit où ils ont fait l'amour. Elle voulait une brochette d'agneau, il lui en avait trouvé une, puis il avait dit : Ton écharpe. Où est ton écharpe ? Et elle avait porté ses mains à son cou. Les tambours qui battaient, et puis il s'était retrouvé au milieu de la fanfare, s'était penché et en se relevant il avait été heurté à la tête par un tuba. Les membres de la section des cuivres avaient rompu les rangs et le défilé s'était engorgé. Il y avait eu des couinements peu harmonieux de la part des trompettistes, puis ils avaient reformé des rangs serrés, les yeux exorbités par la consternation, les joues remplies de salive, et John tenait son écharpe. Son poing s'était élevé, triomphant : l'écharpe de soie de Shantou qu'elle s'était achetée à Santa Fe.

Plus de dauphins que tu peux en imaginer, dit l'homme dans le tramway. J'étais émerveillé. La côte du Mexique, la côte du Mexique.

John l'avait traînée au Théâtre national d'Islande après le défilé. Quelle obscurité après la lumière du soleil. Il avait trouvé une porte dérobée parce que quelqu'un avait dit *architecture,* quelqu'un avait dit *interdit au public,* et il y avait au milieu de la scène une ballerine en tutu qui portait un masque de paillettes argentées. Elle avait levé les bras, déployant deux immenses ailes de plumes blanches, puis elle s'était élancée vers Jane et John et, tout aussi rapidement, s'était éloignée sur la pointe des pieds. Le concierge les avait mis dehors sans ménagement. Il les avait morigénés en islandais avant de leur dire en anglais : *Get out, damn you.*

Plus de dauphins que j'en avais jamais vu au même endroit, dit l'homme. Ses yeux sont luisants de larmes, ou peut-être parce qu'il a passé la journée dans le vent, ou peut-être parce qu'ils sont infectés. Il a les joues moites, les yeux chassieux et injectés de sang, les paupières enflées. Je suis biologiste de la vie aquatique, dit-il. Ou je l'étais. C'était le plus beau spectacle que j'aie jamais vu, ces dauphins. Il essuie l'une de ses joues du dos de la main.

Ils m'accompagnaient, dit l'homme. Il plonge son regard dans les yeux de Jane, l'examinant sans ciller, et bien sûr elle est fatiguée. Mais elle se sent proche de cet homme. Elle est étonnée de la compassion qu'elle éprouve pour lui. Elle l'aime. Ce peut fort bien être de l'amour. Peut-être qu'elle couve quelque chose. Une profonde tendresse. Elle veut être accompagnée, voilà tout.

Fait peu connu, dit l'homme. Les dauphins tentent souvent d'avoir des relations sexuelles avec leurs dresseurs. Il sourit de leur audace.

Oui, dit Jane. J'ai entendu dire cela.

Le défilé de la fête de l'Indépendance à Reykjavik s'était déversé dans un square au pied d'une colline, et le camion de transport était là : cabine noire, calandre argent, et un long conteneur de la taille d'un bungalow. Un homme fort s'était détaché de la foule. Il était vêtu de Lycra noir, avait la tête rasée et il roulait les mécaniques. Il avait levé un bras, fermé la main et tourné le poing vers l'intérieur, en direction de son front, comme s'il s'agissait d'une menace dont il lui fallait se protéger en l'obligeant à reculer par la seule force de son regard. Les muscles de son bras étaient des boules de bowling. Deux hommes en salopette blanche étaient apparus derrière le camion. Ils portaient un lourd amas de cordes et de chaînes emmêlées, et ils avaient sanglé l'homme fort dans un harnais en cuir.

Jane veut appeler le père du bébé encore une fois. Voilà ce qu'elle veut. Jane va l'appeler. Et si elle avait besoin de lui ? Et si élever un enfant exigeait un type de force qu'elle ne possède pas ?

L'homme fort s'était incliné, et les chaînes s'étaient tendues. Puis il avait titubé, un pas, un autre, puis un autre. Des encouragements s'étaient élevés, une clameur, et le camion de transport avait roulé sur plusieurs mètres.

Il faut que j'appelle quelqu'un, dit Jane à l'homme dans le tramway. Elle parle à mi-voix pour ne pas le faire sursauter. Mais elle tient à expliquer. Il y a un gars à qui je dois téléphoner, dit-elle. Elle ouvre son sac à main qui fait un petit bruit sec, y fouille à la recherche de son téléphone portable.

Les dauphins essaient de faire l'amour avec leurs dresseurs, répond le gars à mi-voix. Mais bien sûr ils n'ont pas les appendices nécessaires pour ça. Ils n'ont pas, vous savez, ces choses, mais ça ne les empêche pas d'essayer.

J'ai une carte, dit Jane. Elle sort la carte de John de son portefeuille. Elle compose le numéro et laisse sonner.

Allo, dit John.

C'est encore Jane Downey, dit-elle.

Ne raccroche pas, dit John.

O.K., dit-elle.

Promets que tu ne vas pas raccrocher.

O.K., je ne vais pas raccrocher, dit-elle. Le tramway s'immobilise à un nouvel arrêt, l'homme assis à côté de Jane bondit sur ses pieds, passe devant elle, se tient devant les portes en se regardant les pieds, et puis les portes s'ouvrent en pivotant et il se retourne, la hèle : Il y a une tempête qui se prépare.

Où es-tu, demande John.

Je suis à Toronto, dit-elle. Elle regarde par la fenêtre tandis que les boutiques glissent lentement vers l'arrière et se mettent à filer à toute vitesse.

En fait, dit-elle, je suis perdue.

*   *   *

L'Empire State Building, fin novembre 2008

Alors, tu la ramènes à la maison, dit sa mère.

On va se retrouver, dit John. À Toronto, et puis de là rentrer à la maison.

Mais il pense à son enfance. Ces instants de sensibilité quasi paranormale que vit un enfant. Le chatoiement sinistre — un enfant a l'intuition du grille-pain ; il sent le grille-pain être un grille-pain. Il regarde le grille-pain et le grille-pain lui rend son regard. Il voit la façon dont les choses ont été mises en place avant qu'il n'arrive. De petites choses. Un cil sur la joue de sa mère. La calculatrice qui y va d'un *ka-chunk* vindicatif sur la table de la salle à manger tard le soir. Sa mère avait perdu un verre de contact, tombé entre les lattes du plancher de la véranda, et son père l'avait retrouvé dans une toile d'araignée.

Je t'aime, disait son père, puis il secouait la tête devant l'énormité de la chose. Ne t'avise jamais de l'oublier.

Le père de John racontait des histoires le soir, allongé sur le lit entre John et ses sœurs ; ils étaient tous tassés comme des sardines et ne pouvaient pas bouger. Il y avait toujours quelqu'un qui basculait dans la crevasse entre le lit et le mur. La main de son père passée sous sa tête, les coudes dressés, tandis qu'il racontait des histoires de princesses et de monstres et de voyages dans des forêts enchantées et de trésors enfouis. Des histoires de bravoure et de confiance, d'amour qui dure.

John voit que toutes ces choses existaient avant son arrivée — le cil, le grille-pain, les fêtes — et c'est une révélation de taille à ébranler son monde tout entier : chaque objet et chaque moment s'appartient à lui-même, s'est toujours appartenu à lui-même, et ce n'est pas une pensée qu'il parvient à mettre en mots. Mais il lui arrive de sentir qu'il est dehors, en dehors du monde. C'est la fin de l'après-midi à New York. John arrive de Singapour. Il a entendu dire quelque part que, si on laisse tomber une pièce d'un cent du sommet de l'Empire State Building, elle peut tuer un homme sur le trottoir.

J'ai pensé télémarketing, dit sa mère. Mais c'est toi. Tu es à New York maintenant.

La vérité, c'est que, dit John.

La nuit dernière, quand tu as appelé, tout ce que j'étais capable de penser, c'est que, dit sa mère.

John se rappelle avoir été assis en compagnie de ses sœurs sur la banquette arrière de la voiture qui descendait Garrison Hill. Quand ils arrivaient au sommet de Bonaventure, son père appuyait sur l'accélérateur en s'écriant qu'ils fonçaient droit dans le port. Lui, Cathy et Lulu à l'arrière, sa mère dans sa combinaison-short rouge. Son estomac se soulevait quand ils atteignaient le sommet de la colline, comme dans un ascenseur. Le petit bond que faisait la voiture. Les filles criaient. Sa mère portait de grosses lunettes de soleil et des anneaux aux oreilles, elle avait de longues jambes, et son père la traitait comme une reine. Ils volaient au-dessus de Garrison Hill, l'est de la ville perdu dans le brouillard. Les cloches de la basilique.

Ou bien la laveuse qui déborde. John songe à cela. La laveuse qui suffoque et dégobille à chaque révolution de ses rouages grinçants. Ses parents dans la chambre, la porte fermée.

N'entre pas, Johnny, on fait la sieste.

Mais il y a de l'eau partout dans la salle de lavage.

N'entre pas, Johnny. On dort.

Mais John avait senti leur éveil passer à travers la porte. Il avait senti l'urgence qui les animait. Ce que John voit, quand il songe à l'intensité de l'enfance à demi oubliée, c'est l'innocence effrontée de ses parents.

Alors, ce qu'on pensait, dit John, on pensait venir à la maison. Rester chez toi et essayer de voir clair dans tout ça. Jane dit qu'elle est presque rendue à sept mois et je pense qu'on devrait s'asseoir.

Oui, et parler, dit sa mère.

Pour une raison ou une autre, dit John. Étrangement, il a l'impression qu'il va pleurer. Il est debout au pied de l'Empire State Building, les yeux levés. L'édifice est penché au-dessus de lui. Il semble s'incliner. John a l'impression qu'une force émanant du centre de sa poitrine tient l'édifice debout. Il sent le poids de l'édifice, mais ce n'est que le décalage horaire et la gueule de bois parce qu'il a bu dans l'avion. Bu comme un trou dans l'avion. Il y a un bébé qui s'en vient.

Il a une réunion à New York et un autre avion jusqu'à Toronto demain soir. Puis il va retrouver Jane Downey.

Comme ses parents étaient bêtes d'aimer de la sorte.

Comme ils étaient bêtes d'avoir tant d'enfants. Ils n'avaient pas d'argent. Il a envie de demander à sa mère : À quoi pensiez-vous ? Vous ne saviez pas dans quoi vous vous embarquiez ? Pourquoi est-ce que vous vous aimiez tellement ? Ça vous a détruits. Ne donne pas tant, a-t-il envie de dire. On n'est pas obligé de tant donner. Comme c'est bête de s'accrocher.

Et dans l'enfance, il l'avait senti : quelque chose va déborder. Voici ce qu'il voudrait demander à sa mère : Est-ce que c'était déjà bizarre, avant la mort de papa ? Est-ce qu'on savait ce qui se préparait ? Même à cette époque, John savait que ça ne pouvait pas durer.

Bien sûr, vous pouvez rester ici, dit sa mère.

Elle est intelligente, dit John.

Une personne intelligente, dit sa mère.

Jolie, aussi.

Je n'en doute pas.

Je ne sais pas ce qu'elle est, dit John. Je la connais à peine.

Ça n'a rien à voir. Sa mère semble irritée.

Comment elle est. Bon Dieu, maman, dit John.

Il n'y a rien à savoir, dit sa mère. Rentre à la maison, c'est tout.

J'ai les yeux levés vers l'Empire State Building, dit John. Ses parents croyaient ce qu'on disait au sujet du risque à l'époque. Ils croyaient qu'il existait une nouvelle science qui avait pour but d'évaluer le risque. Le risque pouvait être calculé et quantifié. Le jeu, avaient-ils cru, en valait la chandelle.

* * *

La pose du bois franc, novembre 2008

Les patins sont aiguisés et Helen amène les enfants patiner au Mile One Stadium. L'heure réservée aux familles. Timmy a traversé la rue en courant pour aller chercher Patience.

Une famille de Soudanais a déménagé de l'autre côté de la rue : Patience, Hope, Safire, Elizabeth, Melody, et un frère plus vieux, Michael. Leur mère s'appelle Mary. La première fois qu'Helen a vu Patience, sept ans, celle-ci était debout au milieu de Long Street, la tête renversée en arrière, à essayer d'attraper des flocons de neige avec la langue. Son visage sombre rendu plus sombre encore par le cercle de fausse fourrure blanche de son manteau d'hiver. Patience, les yeux fermés et la langue sortie, puis elle avait tourné le coin en sautillant.

Plus tard, elle avait frappé à la porte d'Helen, amassant des fonds pour un marathon scolaire.

Je vais donner cinq dollars, a dit Helen.

Patience jouait avec Timmy quand il était là, ou bien elle frappait à la porte si elle avait besoin d'aide avec ses devoirs. Des dessins dans son cahier d'exercices de sciences : le soleil, les fleurs, le sol, les pierres, toutes les couches de l'écorce terrestre identifiées d'une écriture nette et, en dessous, le bouillonnement de la lave.

Timmy faisait de son mieux pour casser la figure à Patience, mais elle lui livrait une chaude lutte. Ils roulaient dans l'herbe, se tirant les cheveux, échangeant coups de pied et coups de poing, et, quand ils entendaient la porte d'entrée, ils sautaient sur leurs pieds et s'éloignaient l'un de l'autre comme s'il n'était rien arrivé.

Qu'est-ce qui se passe ici ?

Rien.

On joue, c'est tout.

Timmy, qu'est-ce que tu fais ?

Il ne fait rien du tout, Helen, disait Patience. Mais on aurait dit qu'ils allaient s'assassiner. Une fois, Patience avait descendu l'escalier en tenant une boule de papier hygiénique sur son nez. Timmy était descendu à sa suite, une bosse au-dessus de l'œil.

Qu'est-ce qui s'est passé ?

Rien.

Ou bien ils se glissaient sous les couvertures dans la chambre d'amis comme un vieux couple marié et ils jouaient au Nintendo.

Ou, une fois, ils ont laissé le ballon de basket rouler dans la rue parmi les voitures et Helen a entendu le hurlement des freins et le klaxon rageur. Ou bien ils escaladaient le nouvel échafaudage du voisin : Descendez, bon Dieu, descendez, vous voulez vous casser le cou ?

Ils s'éraflaient les genoux et les mains — de minces filaments de peau retroussés par-dessus des morceaux de gravier et des cailloux, le sang perlant en gouttelettes rouges — en s'essayant chacun leur tour à la planche à roulettes.

Aujourd'hui, Helen les emmène au Mile One Stadium et Patience se cramponne à la rampe. Puis elle patine à petits pas, glissant vers l'arrière autant que vers l'avant, et elle agrippe la main d'Helen. Elle agite les bras tel un moulin à vent et tombe sur le derrière avec un *poum*. Timmy les dépasse à toute allure, en faisant semblant qu'il n'a jamais vu Helen ou Patience de sa vie.

La glace est striée de spirales et d'entailles, les couleurs délavées des publicités de bière et des logos de boissons gazeuses sous la surface bleu pâle. Helen croise Gary O'Leary, qu'elle connaît depuis l'école secondaire. Toujours à Aliant, dit-il. Gary a une fille qui fait partie de l'orchestre. Et Sylvia Ferron et Jim, ils sont là avec leur petite-fille, qui a le même âge que Timmy. Un bonnet en cachemire avec des oreilles de chaton et une lanière tricotée sous le menton. Helen bavarde avec Mike Reardon ; elle a entendu Mike à la radio, où il discutait de panneaux solaires et de chauffage géothermique. Elle lui parle des rénovations.

Les hommes glissent en se balançant de gauche à droite vêtus de pulls à torsades et de vestes en duvet d'oie, leurs lames chuchotant *chik, chik, chik*. Des couples se tiennent en s'effleurant le coude et se déplacent à l'unisson. L'odeur de l'air froid, des frites et du vinaigre de la cantine. Des cantiques de Noël dans les haut-parleurs.

Helen a les chevilles endolories quand elle entre clopin-clopant dans le vestiaire et entreprend de délacer ses patins. Le sol lui paraît inerte et trop dur. Elle a froid aux orteils. Elle dépose Prudence chez elle et ramène Timmy chez sa mère. C'est le crépuscule. La neige du matin a perdu en intensité. De gros flocons tombent obliquement et s'enroulent dans la brise comme des caractères calligraphiés.

Helen déverrouille sa porte d'entrée, les bras pleins de sacs d'épicerie, pour découvrir trois étages vides et le silence. C'est un soulagement. La solitude, songe-t-elle, est une drogue à effet prolongé, qui s'infiltre lentement dans le système et à laquelle vous devenez accro. Ce n'est pas une dépendance : c'est un art. Vous ouvrez les portes de garde-robes avec mille précautions pour ne pas que la solitude en jaillisse d'un bond.

Il y a une guerre en Afghanistan, une femme qu'on garde prisonnière au Mexique sans procès pour blanchiment d'argent, Obama et Clinton, puis seulement Obama, un volcan au Chili. Le *Globe and Mail* frappe la porte-moustiquaire tous les matins avec un *flop*. Le livreur le lance par la fenêtre de sa voiture. Elle reçoit aussi le *Telegram*. Quarante mille personnes ont perdu la vie dans un tremblement de terre en Chine. Helen est incapable de concevoir qu'un si grand nombre puisse disparaître à la fois. Que représente sa vie quand on la compare à cela ?

Elle a remboursé l'hypothèque de la maison. Elle et Louise ont été trois fois en Floride. Elles sont allées en Grèce l'année dernière. Elle a Patience et Timmy, et il y a de jeunes hommes qui jouent dans un groupe de musique à deux maisons de la sienne. Les garçons qui font partie du groupe ont suspendu un drapeau de Terre-Neuve dans une fenêtre et Che Guevara dans l'autre. Helen entend la batterie et la basse tard le samedi soir. Ils déneigent son entrée quand il y a une tempête.

La télévision dit que la distribution de l'aide en Birmanie

connaît des ratés, il ne reste que quelques toits dans chaque village après le passage du cyclone. Elle voit un clip, une longue file d'hommes faisant la chaîne pour se passer des boîtes d'eau embouteillée, tandis qu'une nuée de gens attendent derrière un cordon. Puis quelque chose sur les ours polaires. Une mère ourse s'effondre sur ses oursons et les étouffe.

Helen fait le ménage des armoires. Elle fait le ménage du réfrigérateur. Elle écoute la radio, elle récure une casserole, et le jaune de son gant en caoutchouc semble étrangement jaune, et on dirait que la couleur est séparée du gant. La sonnette de la porte.

Juste une seconde. Le temps de trouver mon sac à main. Le jaune est une chose séparée, qui existe en soi, et elle a des larmes dans les yeux. Elle souffre de la solitude en fin de compte. Son aîné va être père. John s'en vient à la maison et il va y avoir un bébé.

Je sais que j'ai mis ce sac quelque part. Le camelot est un adulte handicapé et il tambourine à la porte. Il frappe la porte-moustiquaire en aluminium du plat de la main et le bruit résonne dans toute la maison.

Je l'avais il y a une minute. Si seulement je mettais ce foutu sac à sa place.

Ne vous en faites pas, M'dame.

Non, j'ai de la monnaie.

Je vais revenir plus tard, M'dame. La mère de l'homme, elle doit avoir soixante-dix ans, est garée sur la colline, ses phares traversant la porte de sorte que son fils est éclairé par-derrière, comme une sorte d'ange.

Il est ici, s'écrie-t-elle. Et qu'est-ce que je vous dois? Qu'est-ce que je vous dois. Le père de Patience a été tué par les Janjawids, en est-elle venue à comprendre. Elle a un petit geste sec pour déplier le journal. Là, à la une : Génocide au Darfour.

Gardez la monnaie, dit Helen. Elle ferme la porte et la verrouille. Une voiture passe et de longs rectangles de lumière et d'ombre glissent sur la longueur du couloir jusqu'à la cuisine. La maison sent le bran de scie. Le sous-plancher a été installé. D'épaisses housses en plastique recouvrent les canapés et la table de la salle à manger. Louise a exigé qu'elle rénove.

Il faut que tu poses du bois franc, disait Louise. Fais quelque chose avec ta cuisine. Tu veux protéger la valeur de la maison, il va falloir que tu rénoves. Il faut que tu engages quelqu'un.

Il y a vingt-six ans que Cal est mort et elle arrive parfois, pendant un certain laps de temps, à oublier que Cal est mort et la manière dont il est mort. Elle parle à ses filles tous les jours. La maison et son yoga l'occupent. Elle confectionne des robes de mariées, manière d'entreprise née d'un passe-temps.

J'ai un petit cinquante-six ans, songe Helen. Ses petits-enfants ont besoin d'elle. Elle joue au bridge. Elle s'est mise au curling, mais elle déteste le curling. Sa couture lui procure de la satisfaction.

Helen a maîtrisé la solitude ; désormais, personne ne pense plus à elle comme à une personne seule.

Tu veux quelque chose de pâle, a dit Louise. Pour le plancher.

Un prix de fou, dit Helen.

Quelque chose avec du vernis.

Tu parles cosmétique.

Je parle entretien élémentaire. Je dis : Veux-tu que cette maison soit condamnée, ou quoi ?

Mais quand Helen est, mettons, en train de conduire, de dormir ou de s'étirer sur un tapis de yoga, le souvenir lui revient et elle éprouve une bouffée de chagrin toute neuve et féroce. Ça la prend parfois à l'improviste. Lui coupe le souffle.

Je me débarrasserais de ces murs, a dit Louise. Elle se tenait au milieu du salon d'Helen, les mains levées, gesticulant en direction des bibliothèques.

J'ouvrirais tout ça, a-t-elle dit. Il fait noir comme chez le loup ici.

Et maintenant il y a un trou béant de chaque côté du foyer, là où se trouvaient autrefois les bibliothèques.

* * *

Le chien, 1975

Helen et Cal marchaient sur la plage, il y avait du brouillard, et le chien était avec eux. Le chien volait, ses pattes touchant à peine le sol tant il allait vite, le cou tendu, tout en muscles et en lustre, marquant à peine le sable ridé. Puis il s'arrêta d'un coup sec, comme s'il avait été retenu par une chaîne, décrivit des cercles, affolé, et se mit à creuser. Une furie concentrée, le bout de ses pattes projetant des gerbes de sable.

Helen croyait que, peu importe ce que le chien allait découvrir, ce serait quelque chose d'à moitié pourri. La peau, les plumes ou le pelage flottant sur la brise, tombant en lambeaux, et une vérité repoussante saillant comme les dents toujours attachées à la mâchoire en un rictus béat.

Le chien se coucherait dessus et y enfoncerait la patte jusqu'à l'épaule, se vautrant dans l'horrible puanteur. La croupe du chien décrirait un demi-cercle tandis que la patte s'enfoncerait dans la carcasse, quelle qu'elle soit, il pousserait des grognements acharnés et des plaintes cajoleuses. Le chien halèterait, affolé par l'odeur qui flottait vers eux, battant de la queue, et ils devraient aller à lui et le tirer de là.

Cal ôta ses souliers, il avait roulé son jean, les vagues se brisaient et l'écume déferlait sur ses pieds. Il se pencha, mit ses doigts dans l'eau puis porta trois doigts à sa bouche pour goûter le sel. Il suça l'eau salée sur ses doigts. C'était tout.

Mais Helen sentait la bouche de Cal qui suçait ses doigts, le tiraillement au-dessus de son os pelvien, et c'était le bébé, qui bougeait pour la première fois. Elle le sentait.

Une bribe de souvenir qui a subsisté seulement à cause du

soleil brillant à travers le brouillard ce jour-là. Ou parce que ses sens étaient faussés par la grossesse, un état d'extase, et l'image de Cal qui suçait ses doigts était si sensuelle.

Est-ce qu'ils se querellaient ? Elle se souvient du chien, qui puait la mort. Ils sont rentrés en voiture avec l'animal sur la banquette arrière et elle avait les yeux pleins d'eau.

Mais ils étaient habités par l'extase. Il y avait peut-être eu quelque rage mineure plus tôt ce jour-là, ils étaient par moments en proie à d'étranges rages, aussitôt suivies par des moments ordinaires. Sinon, c'était l'extase.

Est-ce là ce qu'on appelle une vie ? Quelqu'un, au milieu du nettoyage de la salle de bains, se souvient de vous goûtant l'océan sur vos doigts longtemps après votre disparition. Quelqu'un tire cela du brouillard, tire ce souvenir, détaché de tout contexte, impossible à localiser sur une ligne du temps. Était-ce sa troisième grossesse ? Ou sa deuxième ?

C'était un après-midi longtemps avant que Cal ne pose sa candidature pour l'*Ocean Ranger,* songe Helen. Ils avaient entendu parler des emplois et Cal avait décidé de soumettre sa candidature. Ce n'était pas ce qu'il voulait faire, mais il avait trois enfants et une femme. Il avait décidé. Il s'était rendu au bureau de Harvey Road deux fois par semaine pendant deux mois. C'était une question de relations, lui avait-on dit. Il avait demandé à un cousin de glisser un mot en sa faveur. Mais tout le monde avait un cousin.

Cal avait retiré ses doigts de sa bouche et Helen n'arrive même pas à se rappeler la saison — était-ce en septembre ?

Goûter l'océan. Elle sait qu'ils avaient un chien à l'époque, qu'ils étaient fauchés et qu'ils se fichaient de l'argent. Ils avaient pensé à l'université, mais ils n'y étaient pas allés. Des petits boulots, ils s'étaient fait une vie de bric et de broc. Des excursions à la plage. Cal était capable d'installer l'électricité dans une maison, même s'il n'avait pas les cartes officielles. Il peignait pendant l'été, louant l'échafaudage. Il travaillait dans la construction. Trois enfants, et alors ils commencèrent à se soucier de l'argent. Ils firent dactylographier le curriculum vitæ de Cal par une professionnelle.

Il y avait un gars derrière un bureau, un gars obèse, qui recevait les candidatures, avait dit Cal. Il rentrait à la maison et Helen était en train de faire la cuisine ou de s'habiller pour aller travailler. Elle était serveuse, à l'époque.

Chaque jour on entend quelque chose de différent, disait Cal. Elle se souvient de lui montant la colline en direction du bureau dans Harvey Road. Il marchait les mains enfoncées dans les poches et le manteau ouvert au vent et à la neige. Elle songe à la lumière fluorescente, huileuse sur les murs lustrés de ce bureau, les gros cendriers cylindriques à chaque extrémité de la rangée de chaises en bois, et Cal devait se faire violence pour passer les doubles portes parce que c'était comme demander la charité.

Me promener avec ma casquette à la main comme un mendiant, disait-il. Mais s'il décrochait un emploi sur la plateforme, ils pourraient acheter une maison.

Tout au début, ils avaient l'appartement de Lime Street. La neige s'infiltrait sous la porte de derrière. Ils s'étaient soûlés dans un bar, étaient rentrés ensemble et s'étaient laissé prendre au jeu. Ils étaient pris au jeu. Pris au piège. L'appartement de Cal dans Lime Street à la lumière des chandelles. De temps en temps, elle gardait les enfants d'un couple de sa connaissance.

Un condom qu'ils avaient utilisé s'était rompu. Les gens disent que ça n'arrive pas, mais c'est faux. Dos à elle, assis au bord du lit, il faisait quelque chose. Traficotait avec le condom.

Il s'est déchiré, a dit Cal. Il a laissé toutes les implications s'installer. Il lui a tendu le condom, qui portait une déchirure, il était plat et laiteux sur ses doigts, et mouillé.

Il s'est déchiré, a-t-il répété. Elle se rappelle qu'il l'a dit deux fois. Il avait le visage empourpré, et elle sentait la laine rêche de son chandail qu'elle avait roulé en boule sous sa tête. Elle s'est relevée sur un coude pour voir et le chandail s'est déplié, lentement, bougeant tout seul.

Helen voulait le retenir, mais elle n'aurait pu dire s'il était le chandail, rude contre sa joue chaude, ou la goutte de cire translucide coulant le long de la chandelle, ou l'odeur du sexe, ou les carrés aux dates de sa mère disposés sur du papier ciré dans une boîte à biscuits sur la table de chevet, ou le livre qu'il était en train de lire.

Cal aimait passer en voiture devant de vieilles maisons délabrées en bordure de la baie, avec du verre ondulé aux fenêtres, une contre-porte à la peinture qui s'écaille et un toit affaissé, des maisons qui avaient été construites à la main, et abandonnées avec la bouilloire toujours sur la cuisinière à gaz et toutes les assiettes dans les armoires. Il voulait l'une de ces maisons ; il la retaperait, et ils pourraient passer les week-ends ou l'été à la campagne. Il voulait une vue de l'océan, et il voulait l'herbe longue et la cave à légumes. Il éprouvait de la sympathie pour le bois argenté, les toiles d'araignées et la valise défoncée sous le lit de plumes, pleine de vieux reçus écrits à la main et bourrés de fautes d'orthographe.

Repasse plus tard cette semaine, lui avait dit l'homme au bureau de Harvey Road.

Il s'ensuivrait, après le naufrage de la plateforme, maintes discussions au sujet de l'évaluation des risques. Les compagnies pétrolières tiendraient un congrès.

Les compagnies pétrolières se gargarisaient avec les niveaux de risque acceptables, comme cela avait toujours été. Elles discutaient des lacunes possibles du système et des manières de les éviter. Ici, ici. Elles mettaient fermement en garde contre l'intuition quand venait le temps d'évaluer les risques. Si vous étiez mort de peur, affirmaient-elles, ce n'était qu'une intuition, et vous deviez en faire abstraction. Elles demandaient au public de prendre en compte le bien commun que la prise de risque permettait d'atteindre. Elles avaient de ces arguments tordus, et ce qu'elles voulaient dire, c'était : Si vous ne faites pas le boulot, on va le confier à quelqu'un d'autre.

Elles voulaient dire : Il y a de l'argent à faire.

Elles voulaient dire : Nous allons stimuler l'économie.

Elles voulaient dire il n'y a pas de risque, alors arrêtez de revenir là-dessus et fermez vos gueules. Sauf qu'elles ne disaient pas vos gueules, elles disaient : Songez au bien de la communauté.

Pas une minute il n'était venu à l'esprit d'Helen qu'elle était enceinte. Elle connaissait à peine Cal (même si elle savait déjà tout ce qui importait). Il ne lui était pas venu à l'esprit qu'il y ait la moindre possibilité qu'elle tombe amoureuse. L'amour était une faute qu'elle aurait facilement pu éviter si elle (1) n'avait pas été pompette ; (2) avait à l'époque été bien au fait de l'évaluation des risques et de toutes les manières de les éviter ; (3) n'avait pas déjà été amoureuse.

Elle et Cal étaient soûls la première nuit qu'ils avaient passée ensemble, et tout était encore si neuf, et il lui plaisait beaucoup, mais elle ne voulait pas parler d'amour. Ou bien, ils étaient légèrement éméchés et n'avaient fait qu'une bouchée des carrés aux dates. La déchirure dans le condom leur avait semblé plutôt drôle, car n'était-ce pas improbable ? Mais ils faisaient partie de ces êtres à qui la chance souriait. Ils s'étaient laissés retomber sur le lit, la flamme de la chandelle avait vacillé et chacun avait raconté à l'autre des histoires où il ou elle avait eu une chance extraordinaire. Il avait gagné cent dollars grâce à des billets de loterie du Nevada. Elle était née coiffée. Tous les deux ayant eu la gorge bénite — deux cierges frais noués au milieu et entrecroisés de manière à tracer un X sur la gorge, et une prière en latin —, ils ne risquaient pas de dire de mensonges ni d'être atteints d'un cancer de la gorge.

Je t'aime, avait-elle dit. Les mots avaient simplement fusé de ses lèvres. C'était précisément la mauvaise période du mois pour qu'un condom se rompe, mais elle ne pensait pas être enceinte parce que ce n'était pas le genre de choses susceptibles de lui arriver à elle.

Par hasard, Cal s'était trouvé dans le bureau de Harvey Road au bon moment.

Regarde-moi ce qui nous arrive, avait dit le gars obèse en apercevant Cal.

Cal était au bon endroit au bon moment. Et il avait de la chance. Il se trouvait que sa chemise avait été repassée, c'était le même gars qui était assis au bureau, et le gars était fatigué de le voir. Helen avait raté ses règles et n'y avait pas fait attention.

Ce qui gagne Helen quand elle est fatiguée, c'est une sorte de brouillard. Une journée à la plage après un long trajet en auto. Les herbes jaunes accrochant la lumière et le fil des brins luisant comme de l'acier. La fin d'une saison. Une brume suspendue au-dessus des brisants. Une bouffée de quelque chose de mort, qui apparaît puis disparaît, portée par la brise. L'écume qui se déroule, teintée de jaune, aussi épaisse que de la crème fouettée. Ce jean que portait Cal.

Nous étions jeunes, songe Helen. L'océan clair et froid se retirait en bouillonnant, encerclant les chevilles nues de Cal comme des chaînes. Et il s'était penché, avait trempé sa main et porté ses doigts à sa bouche.

* * *

Jane, novembre 2008

Ta chambre sera payée, et tout le reste, a dit John. Jane a entendu un klaxon crier quelque part non loin de lui. Il était dans une rue à New York et elle était dans un tramway à Toronto et ils allaient se retrouver. Il rentrait chez lui pour Noël. Ils allaient parler du bébé. Et il allait leur offrir un hôtel quatre-étoiles.

Je n'ai qu'à entrer à l'hôtel, a-t-elle demandé.

Tes frais accessoires, a-t-il dit, tout est payé.

Quand l'appel a été fini, elle a parcouru quelques coins de rue supplémentaires puis elle est descendue du tramway, elle a trouvé l'hôtel où elle a laissé sa valise, et maintenant elle marche jusqu'à ce qu'elle atteigne un centre commercial. Elle veut une aire de restauration. Des frites, des cheeseburgers et le bruissement de caisses enregistreuses, les fausses façades des comptoirs dans un décor de ville de l'Ouest ou de village global, huttes en chaume ou bardeaux de cèdre, meubles en plastique moulés et néons clignotants. Elle a envie de pipi, et puis elle veut s'affaler sur une chaise orange pivotante, une chaise attachée à une table à l'aide d'une barre de métal. Elle a faim de gras et de bruit.

Les gens ne prononcent plus le mot *échec* de nos jours, songe Jane. Ils disent autre chose. Tout un mouvement s'est formé qui vise à empêcher de reconnaître l'échec. Les gens veulent apprendre de l'échec, ils veulent l'accepter.

Mais l'échec n'est pas une bonne chose, songe-t-elle. Si une chose peut être rachetée, ce n'est pas vraiment un échec.

Jane échoue de façon spectaculaire. Elle a décroché une bourse de quatre-vingt mille dollars à la New School de New York pour faire son doctorat en anthropologie sur les rituels et les pratiques spirituelles modernes tels qu'observés dans les sectes nouvel âge à la grandeur de l'Amérique du Nord. Elle avait fait sensation avec son mémoire de maîtrise, une ethnographie des gens de la rue à New York. Elle avait partagé l'existence de personnes qui dormaient dehors ou vivaient dans des squats ; elle était équipée d'une petite enregistreuse numérique qu'elle pouvait allumer discrètement.

Jane avait mis en forme ses données parce qu'il lui semblait depuis un moment qu'elle en connaissait la signification. Ou bien elle faisait semblant. Des conclusions s'imposaient, et elle les avait échafaudées.

Mais elle avait aussi appris des choses qui ne figuraient pas dans le mémoire. Les sans-abri lui avaient fait peur. Certains pauvres étaient de droite, et violents. D'autres étaient pingres. Ils avaient faim et froid. Ils avaient le nez qui coulait et la manche luisante, encroûtée de morve. Ils mâchaient la bouche ouverte. Ils avaient les yeux vitreux et des addictions. Ils étaient analphabètes et ils étaient infestés de poux. Ou bien ils étaient brillants, prenaient grand soin de leur apparence et avaient un air angélique. Il arrivait qu'ils voient des fantômes. Ils étaient équitables. Ils partageaient ce qu'ils avaient. Ils n'avaient rien. Ils donnaient à manger aux pigeons. Ils étaient pleins de sagesse. Ils étaient pleins de vers. Ils étaient pleins de sida. Ils étaient démunis sur le plan spirituel. Ils n'avaient pas de chance. Ils étaient un *ils*. Par-dessus tout, ils connaissaient la portée d'une vie et savaient comment ne pas laisser de traces.

Quand elle a eu fini d'étudier les sans-abri, Jane avait un mince aperçu de ce que cela signifie que d'être invisible, de vivre sans faire de bruit, de ne rien altérer. Une sorte de passivité ancrée dans la conception thomiste de la grâce. Il fallait être vide pour faire l'expérience de la grâce, vide ou incertain, et même à ce compte-là rien n'était sûr. Elle n'avait rien inclus de cela dans son mémoire. Son mémoire de maîtrise avait fait du bruit. Elle n'était pas prête à être vide.

Une femme que Jane avait fréquemment interviewée voyait un de ses petits amis mort au fond de son lit. C'était une femme de quatre-vingts ans qui possédait six chats et une collection de trente poupées, toujours dans leurs enveloppes de cellophane poussiéreuses, alignées le long des plinthes de la chambre, avec un coin salon qu'elle occupait temporairement. La chambre empestait la litière à chats, les bouteilles de vin vides et les excréments humains parce que la femme n'avait pas quitté le lit depuis trois jours. L'abdomen de la vieille femme était gonflé — durci par le cancer, disait-elle —, elle était soûle, proférait des grossièretés, et son petit ami, Archie, était mort la semaine précédente.

Juste ici, dans le lit à côté de moi, avait-elle dit en tapant les couvertures. La femme avait un frère en prison pour avoir volé un calice dans une église, elle avait peur de Satan et elle avait agrippé la main de Jane.

Rends-moi heureuse, répétait-elle sans cesse.

Elle avait parlé à Jane et puis s'était concentrée sur un point juste au-dessus de son épaule, et avait soufflé : Ne dis rien, Archie, jusqu'à ce que la gamine soit partie.

Jane était revenue dix fois avec sa petite enregistreuse pour poser des questions, et la femme répondait. Jane changeait les draps, bien sûr, nettoyait la litière des chats et jetait les bouteilles de vin. Elle préparait à manger.

Cette machine est allumée, demandait la vieille femme en se composant une contenance. En préparant l'histoire de sa vie. Elle était obsédée par le calice que son frère avait volé et elle voulait savoir s'ils iraient tous en enfer. Elle avait demandé à Jane de nourrir les chats, de lui apporter ses cigarettes et de déplacer les poupées.

Une fois, Jane avait déposé sur la table de chevet, appuyée contre l'abat-jour, une poupée aux cheveux noirs et bouclés, vêtue d'une robe de velours rouge ornée d'une tresse dorée et munie d'un parasol assorti. Le cellophane jauni enveloppant la poupée avait crépité, le bruit d'un feu qui prend. La femme qui l'observait de son lit avait levé la main avec effort et bougé un doigt pour le pointer, tapant l'air, puis son bras était retombé. Jane avait vu que la femme souhaitait qu'elle allume et, quand elle avait appuyé sur le bouton, les yeux de la poupée s'étaient fermés.

La femme était morte peu après, et Jane avait écouté sa voix sur l'enregistreuse, rewind, fast-forward, rewind, fast-forward, pendant une semaine tandis qu'elle transcrivait leurs entretiens. Chaque souffle rauque audible.

Jane avait aussi interviewé un homme qui soutenait que, puisque c'était chez les populations d'Afrique qu'on observait le taux de mortalité le plus élevé, il convenait d'y exporter les industries toxiques — ces industries émettrices de poisons qui s'accumulent au fil des ans dans les poumons, le sang et les intestins et qui se transforment en vrais cancers quand la majorité de la population atteint, statistiquement, l'âge de cinquante-cinq ans. Nombre d'Africains ne se rendraient jamais à cinquante-cinq ans, raisonnait cet avocat-plaidant-devenu-sans-abri dément. Il avait saisi un des seins de Jane et l'avait serré vigoureusement, deux fois, comme on presse un klaxon.

Ils avaient tous été de célèbres quelque-chose dans une autre vie, les gens de la rue qu'elle avait rencontrés. Ou ils souffraient de retard mental. Ou ils avaient été victimes d'abus dans leur enfance.

Les industries toxiques n'affecteraient pas les Africains, avait expliqué l'ancien avocat plaidant. Ils seraient déjà morts quand les toxines commenceraient à faire effet. Ils ne sauraient jamais.

Ç'avait été une conversation autour d'un feu brûlant dans un baril sous un pont dans quelque parc industriel à la lisière de New York. Il y avait un homme vêtu d'une robe faite de sacs en jute, les mots *Jésus sauveur* peints en rouge dans son dos. Il avait le don d'imposer les mains, les avait mises sur la tête de Jane, et elle avait nettement ressenti un éclair. Une sorte de courant avait traversé son crâne, et l'homme lui avait dit que les muscles de son dos et de ses mollets étaient noués à cause de souvenirs douloureux, et que son cuir chevelu était tendu. Il avait débloqué ces souvenirs, avait-il dit, et elle serait très malade pendant plusieurs jours mais ce serait son corps qui se libérerait de ces souvenirs pour de bon.

Les gens de la rue que Jane avait interviewés avaient recours à un ahurissant éventail de blasphèmes, et Jane les avait classés, comptant le nombre de fois que certains mots et certains termes apparaissaient dans une phrase donnée. Elle avait réalisé des tableaux. Polyglottes et euphoniques, pleins d'ordures, de sexe et de mort. Le blasphème était un cryptage du désespoir ordinaire. Elle avait réalisé des graphiques.

Tout cela était très bien sur papier, mais Jane étudiait maintenant la spiritualité nouvel âge partout en Amérique du Nord et elle avait perdu ses repères. Elle avait son enregistreuse numérique et un ordinateur portable. Elle possédait méthode et théorie. Mais elle était désarçonnée par la croyance tranquille que ces adeptes du nouvel âge — adeptes de toutes sortes — accordaient à cette absurdité sans nom. Ça l'irritait. Elle était en train de tracer un portait de la certitude inébranlable du sujet qui renonce à la logique. Au milieu de leurs querelles sibyllines et violentes, Jane avait perdu la foi.

Jane achète une portion de frites et elle tient quatre gobelets en papier miniatures, l'un après l'autre, sous le bec d'une pompe d'où jaillit du ketchup. Elle dépose les gobelets en ligne sur son plateau orange et a l'impression qu'elle pourrait s'évanouir tant elle a faim. Elle asperge les frites de vinaigre dont la bouteille est rendue glissante par les traces de doigts qu'y ont laissées les autres, puis elle ouvre deux sachets de sel.

Pas de la nourriture qui convient au bébé, pense-t-elle.

Elle a réfléchi tout l'après-midi à sa grossesse et à l'état d'avancement de sa thèse. Elle avait tout de suite su qu'elle voulait garder le bébé. Elle avait eu quelques saignements au cours du premier mois, mais le médecin avait dit qu'il n'y avait pas de raison de s'inquiéter, lui avait recommandé de se ménager, et, oui, elle pouvait continuer à travailler.

Jane dévore les frites et prend l'ascenseur montant jusqu'à la rue. Le centre commercial résonne de musique de Noël et foisonne d'arbres artificiels, et il y a un orignal géant avec un panier de bonbons. L'orignal lui tend une canne en sucre. On voit un visage entier, un visage de femme, à la base du cou de l'orignal, sous le gros mufle. Un morceau de feutrine rose, la langue de l'orignal, ressemble à une piste d'atterrissage menant au menton de la femme. C'est une femme âgée, qui porte un rouge à lèvres orange vif et des lunettes.

Qu'est-ce qu'il fait dehors, dit la femme. Je meurs de chaud, là-dedans.

Jane passe devant un studio de tatouage, illuminé et propre comme l'intérieur d'un réfrigérateur. Il y a un homme chauve avec une couronne d'épines tatouée sur le crâne. Il a tendu entre ses deux index un élastique duquel pend un stylo, et il donne un petit coup sur le stylo qui s'entortille puis redescend en tournoyant. Jane sent de puissants coups au-dessus de son pubis et elle s'immobilise un moment, observant l'homme au stylo.

Puis elle arrive devant une pizzeria où un seul client est assis sur un tabouret. Elle reste sur le trottoir à regarder le chef lancer la pâte dans les airs. Elle la regarde s'envoler au-dessus de ses poignets levés, virevolter et s'étirer.

Elle a trente-cinq ans et pas de petit ami. C'était sa chance, a-t-elle compris en voyant apparaître les deux lignes roses sur son test de grossesse il y a de cela presque sept mois. C'était un oui, et elle n'a pas cru le oui. Elle avait lu la petite feuille pliée qui comportait des illustrations et du texte imprimé en rouge. La feuille disait qu'il se pouvait que le test donne un faux négatif, mais qu'un faux positif était impossible. Elle avait laissé son épaule heurter la cloison métallique de la cabine de toilettes publiques où elle se trouvait et avait essayé de réfléchir à ce que cela pouvait signifier. On aurait dit un koan zen.

Elle avait voulu le bébé dès qu'elle avait su. Il n'était pas question d'avortement. Elle n'y avait pas songé.

Jane entre dans la pizzeria et commande une pointe, et l'odeur de la pâte qui cuit, de la tomate et de l'origan lui donne très faim. Il lui semble qu'elle perçoit le parfum de l'origan sur les mains de l'homme qui lui remet la monnaie de son billet de vingt dollars. C'est l'origan ou l'odeur de pièces d'argent sales. Elle peut sentir sa sueur aussi, parce qu'il est près de la chaleur des fours. L'odeur de sa sueur se mêle à l'odeur de son déodorant, laquelle est fruitée, et étrangement il sent bon.

Les murs de l'étroite pizzeria sont couverts de miroirs, et le client solitaire s'incline vers sa pointe de pizza, et, comme il se penche, son image se scinde là où les miroirs se rencontrent dans le coin, et il apparaît, un nombre infini de fois, son manteau de laine et son foulard à carreaux, en train d'éloigner un morceau de pizza de sa bouche en tirant, des milliers de lui, inlassable armée du même homme qui doit s'incliner vers son assiette, les fils de fromage s'étirent, il se repenche vers l'arrière et les infinis reflets se replient et disparaissent.

Elle et John vont se rencontrer. John a un souper d'affaires demain soir, après quoi il sautera dans le dernier vol pour Toronto et prendra un taxi de l'aéroport à l'hôtel. Il a réservé une deuxième chambre pour lui. Ils se retrouveront pour dîner, a-t-il dit. Après un silence, il a ajouté : J'ai hâte de te voir.

* * *

Entrevue d'emploi de John, 2005

J'ai déjà travaillé dans des réservoirs de mazout, dit John.

M. McPherson toucha le nœud de sa cravate. C'était une cravate bariolée, distrayante. Malgré lui, John sentait ses globes oculaires se tendre dans sa direction.

Le Shoreline Group a invité John à passer une entrevue pour un emploi. Il a entendu dire qu'il recevrait un appel et, quelques jours plus tard, ils ont appelé. Le salaire était spectaculaire.

John énumérait à M. McPherson les emplois qu'il avait occupés, un boulot qu'il avait eu quand il était dans la vingtaine. Au moment où il commençait dans l'industrie pétrolière.

Tu te glissais là-dedans avec de l'équipement, dit M. McPherson.

Je faisais ce travail-là, oui.

Pour vérifier qu'il n'y avait pas de fissures.

De fissures et de failles, dit John, tout ce qui est susceptible de…

Coûter, dit M. McPherson.

Couler, dit John.

On attachait des câbles aux chevilles de John et, quand il avait fini, il frappait sur la paroi du réservoir et on le hissait à l'extérieur. S'il restait coincé, on le tirait. Grimper à des réservoirs de mazout, les ausculter à l'aide d'instruments à ultrasons — c'était un boulot qu'il avait appris à Fort Mac. Il ne fallait pas être trop gros pour faire ce boulot, et John était un homme compact, qui surveillait sa consommation de féculents. Il travaillait sur son torse et ses bras et courait dix kilomètres trois fois par semaine, mais il était capable de se glisser dans un tuyau. Il était ce que l'on appelait soucieux de sa santé. Mais pendant l'entrevue, il souffrait d'une grave peine d'amour. Il en éprouvait une douleur physique qui pouvait lui couper le souffle.

John avait entendu dire que le salaire serait substantiel. Le truc, avait-il conclu, c'était de ne pas se montrer impressionné quand l'intervieweur mentionnerait un chiffre.

Memorial University, faculté de génie, dit M. McPherson. Il avait un accent traînant du Sud et il considérait le curriculum vitæ de John avec une mine renfrognée.

Une demi-heure plus tôt, John avait frappé et entendu : Entrez. Il s'était attendu à trouver une secrétaire, mais il n'y avait pas de secrétaire. Il y avait une vue du port de Saint John's, donnant exactement entre les Narrows. Et un gros homme face au mur de verre. Il s'était passé un long moment avant que l'homme ne se détourne de la fenêtre. Un silence théâtral. John et l'homme s'étaient jaugés par leur reflet dans la fenêtre. Le bureau flottait au-dessus du paysage de l'autre côté de la vitre. La cruche d'eau bleue suspendue dans le ciel bleu et le mur de diplômes encadrés carrelant le rivage. Une voiture qui descendait la route tortueuse de Signal Hill avait voleté sur la chemise de M. McPherson avant de disparaître.

Ronnie McPherson, avait dit l'homme. Il s'était retourné et avait tendu la main. Et John l'avait serrée. McPherson avait une poigne trop ferme qui trahissait la tournée de conférences de motivation. Il y avait dans la poignée de main un zèle terne qui nécessiterait une quantité surhumaine de contacts visuels.

Ronnie, avait dit John. Réprimant l'envie de dire *Monsieur*. Red.

Pardon, avait dit John. Monsieur ?

Appelez-moi Red.

John avait fait ses premiers pas dans l'industrie pétrolière en effectuant de l'imagerie par sonar et en se glissant dans des réservoirs. Au moindre pépin, on l'en sortait en le tirant par les chevilles. Puis il avait fait son cours d'ingénieur à la Memorial University de Terre-Neuve. Il avait travaillé sur les plateformes, où il avait commencé comme débardeur et avait trimé jusqu'à ce qu'il devienne chef de chantier de forage.

Ronnie McPherson avait des cheveux noirs, un peu longs pour son âge, striés d'argent, qui retroussaient au-dessus du col de sa chemise. Il n'y avait rien de rouge dans sa personne. Il avait dû hésiter avant de mettre cette cravate, avait songé John.

Le Shoreline Group se spécialisait dans l'évaluation des risques et dans la restructuration organisationnelle. Ils se spécialisaient dans tous ces trucs impressionnistes des années quatre-vingt : pensée latérale, créativité en milieu de travail, soutien psychologique en période de restructuration ou en cas de désastres naturels, de mises à pied, vestes sans manches et denim décoloré, un nouveau discours audacieux, autogénérateur, qui avait débordé et s'était réduit à un seul mot, parfait : *efficience.*

John avait lu sur la question. Trente-cinq ans, c'était trop vieux pour les plateformes. Dans la vingtaine, il avait passé ses étés à ramper dans des tuyaux, et l'air là-dedans, ça ne peut pas être bon pour la santé. Il ne voulait pas passer le reste de sa vie à vendre des instruments de forage non plus. Il avait fait une brève incursion dans la vente. Chez Shoreline, il y aurait sans aucun doute des week-ends de séminaires, des jeux de rôles, des diagrammes, du partage, des massages. Des tableaux de conférence indiquant les objectifs personnels et les objectifs de l'entreprise, avec des astérisques là où ils se rejoignaient. Les syndicats étaient en passe de devenir de vrais emmerdeurs, au dire de Red McPherson.

Dans certains boyaux où avait rampé John, il devait avancer d'abord une épaule, puis l'autre pour progresser. Garder le menton rentré. Ce n'était pas un boulot pour vous si vous souffriez de claustrophobie. Il y avait des boyaux si étroits qu'il avait dû mettre au point une façon de progresser à coups de hanche. Il devait baisser la tête et prendre de courtes inspirations. Si vous aviez peur d'être enterré vivant, vous n'auriez pas supporté ce boulot. N'importe quelle sorte de réservoir contenant du pétrole. Une fois, il était entré dans le réservoir d'une compagnie qui fabriquait des oursons en jujube.

Il y aurait des voyages chez Shoreline, et John adorait voyager. Il avait soif de tout voir.

Un proche qui lui en voulait férocement devait avoir conseillé McPherson dans le choix de sa cravate, songea John. Celle-ci était couverte d'ananas chaussés de baskets faisant de la planche à roulettes dans des nuages blancs qu'illuminaient des éclairs argent.

Ramper dans des réservoirs d'huile comportait un avantage supplémentaire : on faisait quelque chose pour l'environnement. C'est ainsi que John avait débuté dans l'industrie. Il voulait apporter sa pierre à l'édifice. Il aurait pu continuer à vérifier les fissures. Mais un homme ne peut passer sa vie à faire cela.

John était trop intelligent pour se contenter d'être un type avec de l'équipement à ultrasons attaché à la hanche, mais c'était Sophie qui l'avait poussé. Sophie avait dit : Fais autre chose. Sophie lui avait dit de retourner à l'université. Elle avait insisté, l'avait harcelé. Sophie était son ex. Elle était responsable de sa peine d'amour lors de l'entrevue pour Shoreline.

Génie, dit Red McPherson. Il se frotta la mâchoire. Il examinait le curriculum vitæ de John, un sourcil froncé, comme si un diplôme pouvait constituer un obstacle qu'il leur faudrait contourner.

C'est une bonne idée d'avoir un diplôme en poche, avait dit la mère de John toute sa vie. Elle avait une haute opinion des diplômes.

Gâteau renversé à l'ananas. La mère de John battait la pâte à gâteau à la main et lui vantait les mérites d'une bonne instruction, en parlant de ce fameux diplôme.

Les avantages, disait-elle. Elle déposait le bol de pâte, serrait les poings puis écartait largement les doigts. Le monde s'ouvre à toi, disait-elle.

La mère de John avait fait un seul gâteau toute sa vie, et c'était un renversé à l'ananas. Le principal avantage de ce gâteau consistait en ce qu'on le mélangeait dans la poêle où on le mettait à cuire. Il pouvait la voir déposer les rondelles d'ananas en boîte dans la poêle à frire et verser la pâte par-dessus. Il avait l'impression que sa mère était entrée dans la pièce pendant l'entrevue. Le gâteau venait d'une recette qu'elle avait trouvée dans *Good Housekeeping,* recette qui promettait de ne pas nécessiter plus de quinze minutes, du début à la fin, conçue de manière à pouvoir être réalisée au-dessus d'un feu de camp ou sur le moteur d'une voiture au besoin, et, pendant les années où John avait grandi, ce gâteau avait été le suprême accomplissement de sa mère en matière culinaire. C'était un gâteau que vous auriez pu confectionner dans un abri nucléaire.

Sa mère avait dit : Si tu as ce diplôme, tu pourras faire face à tout.

Ou bien elle avait dit : On peut toujours se rabattre sur un diplôme.

Elle cousait à la lumière d'une seule lampe dans le salon. La machine à coudre faisait *ta ta ta ta,* pleine d'une hargne éphémère. John allumait le luminaire et sa mère pressait son doigt et son pouce sur ses yeux.

Puis elle disait : J'ai pensé à ton éducation, John.

À l'époque, sa sœur Cathy travaillait au premier A&W de la ville, dans Topsail Road, elle portait le chapeau orange, le costume de polyester brun, et elle apportait les plateaux à l'extérieur — on les accrochait à la vitre baissée —, et si on vous volait les chopes, la compagnie les déduisait de votre salaire. Cathy descendant Topsail Road à la course, à la poursuite d'une voiture pleine de garçons, criant : Redonnez-moi ces chopes, salopards, je sais que vous les avez.

John avait inspecté toutes sortes de réservoirs d'huile, ils étaient complètement noirs et le moindre impact résonnait dans son crâne. Les parois étaient bullées, cabossées et sans finition, et la lampe de poche ne servait qu'à révéler combien il y faisait noir. Ça craquait sous le pied, ou bien c'était glissant.

À la cérémonie où on lui avait remis son diplôme d'ingénieur, sa mère était assise au premier rang d'un massif de chaises pliantes sur la pelouse devant l'Arts and Culture Centre. Sa mère avait passé le bras autour de lui sur la pelouse, heurtant son mortier au gland soyeux qui s'était retrouvé de guingois, et sa tante Louise avait pointé un appareil photo dans leur direction et dit : Plus près.

Partout sur la pelouse : de jeunes hommes et de jeunes femmes en mortier et en toge, et leurs mères et leurs pères aux cheveux gris, et les pissenlits. Le soleil était un long disque étroit au centre de l'étang noir. Le premier de sa famille à décrocher un diplôme universitaire. Il était allé à l'université parce que Sophie l'y avait forcé. Sa mère parlait à travers son sourire destiné à l'appareil : Dépêche-toi, Louise.

Dites *sexe,* avait crié Louise.

Tu as ton diplôme, avait dit sa mère. Le flash leur avait éclaté au visage.

Ensuite ils avaient eu un grand repas de famille, préparé par John et ses sœurs.

Elle ne nous a jamais parlé d'éducation, à nous, avait dit Lulu.

Quand elle nous parlait d'éducation, elle voulait dire l'école de secrétariat.

Elle voulait dire apprends la dactylo.

Ce n'est pas vrai, avait dit sa mère.

Ce qu'elle nous disait, à nous, c'était : Trouve-toi un métier. Elle parlait de nursing. L'idée d'un uniforme blanc lui plaisait.

Et elle refusait de laisser entrer John dans la cuisine, avait dit Cathy.

Ou bien de vente au détail, avait renchéri Lulu. Elle nous voyait, Cathy et moi, dans la vente au détail. Elle nous voyait mariées, voilà ce qu'elle voyait.

J'ai parlé d'éducation, avait dit sa mère. J'en ai parlé à Cathy et j'en ai parlé à Lulu et j'en ai parlé à Gabrielle et j'en ai parlé à John. J'en ai parlé à tous mes enfants.

La chaise de M. McPherson pivota et couina. Le pan de la jambe de M. McPherson entre son pantalon et la mince chaussette noire était dépourvu de poils et révélait des cicatrices opalescentes semblables à des pièces rondes. Lui avait-on tiré dans le mollet avec une arme à dispersion ?

Pour se faufiler dans un réservoir d'huile, il faut être un peu contorsionniste, dit John. Ce commentaire poussa Red McPherson à lisser sa cravate. Il déposa le curriculum vitæ de John sur son bureau et y mit le bout des doigts, comme s'il s'agissait d'un jeu de Ouija. Puis il ouvrit un tiroir et en tira un dossier en papier kraft.

Et John sut qu'il avait décroché le boulot. Le truc, c'était d'avoir l'air blasé devant le salaire quand McPherson présenterait l'offre.

Se faufiler dans des réservoirs avait été un sale boulot, mais il avait permis à John, pour un temps, de se tenir loin de l'eau funeste. Il y avait même une certaine intégrité, là-dedans : faire des rapports aux organismes militants, prélever des échantillons de sol, révéler la vérité sans fard, mais il avait fait ce boulot parce qu'il voulait se tenir loin de l'eau.

Il avait peur de l'eau.

Son expérience : tout le monde a peur de quelque chose. Trouvez ce dont tous les autres ont peur, et dirigez-vous dans cette voie.

Ensuite vous vous êtes dirigé vers la vente, dit M. McPherson.

Je vendais des instruments de forage, dit John.

Je ne vais pas vous raconter d'histoires, dit Red McPherson. J'ai lu le dossier en papier kraft.

Merci, Red, dit John.

J'aime être direct, dit l'homme. Il était perdu dans une colonne de chiffres et parlait comme dans un rêve. Toute la tension avait quitté son visage. La grimace qu'il faisait en examinant le curriculum vitæ de John avait disparu et ses paupières tombaient de façon sensuelle. Quel âge a-t-il, se demanda John.

On parle d'un million, un million et demi par jour pour assurer le fonctionnement de la plateforme, dit M. McPherson. On a besoin d'hommes qualifiés. Des hommes intelligents.

John possédait une mémoire photographique, chose qu'il taisait. Il parcourait une page une seule fois et pouvait ensuite se la rappeler mot pour mot. Il lui suffisait de fermer les yeux, il voyait la page et était capable de la lire à haute voix comme s'il s'agissait d'une pensée qui venait juste de se présenter à son esprit. Ce n'était pas de l'intelligence, pas exactement, mais ça pouvait passer pour de l'intelligence.

L'intelligence était affaire d'intuition, ce que John possédait aussi. L'intelligence, c'était : vous ne suiez pas sang et eau, mais vous parveniez tout de même à la bonne réponse. Vous y réfléchissiez, certes, mais la réponse arrivait par une voie différente. L'intelligence, c'était : vous aviez toujours accès à cette autre voie. La réponse se présentait par la porte de derrière tandis que vous faisiez la cuisine ou même pendant que vous dormiez.

Vous grandissez auprès d'une mère dont la spécialité est le gâteau renversé à l'ananas et vous apprenez à faire la cuisine. Il avait un flacon de truffes à deux cents dollars dans sa cuisine. Il avait fait venir les truffes de Montréal. Des trucs nauséabonds, moites et mûrs ; une odeur musquée s'en était échappée dès qu'il avait dévissé le couvercle.

Il les avait achetées quand Sophie était encore avec lui. John aimait essayer des choses. Il possédait ce type d'intelligence, une mémoire photographique et le don modeste qui consiste à savoir que, si vous vous acharnez sur quelque chose assez longtemps, assez fort, vous finirez par l'avoir. Cela avait pour nom certitude. Sophie avait dit qu'elle voulait un bébé. Je ne suis pas certain, avait dit John, que je veux des enfants.

Red McPherson ferma le dossier en papier kraft. On m'a parlé de toi, dit-il. Tu es le genre de gars à qui on peut dire le nom d'une personne une seule fois et tu vas te le rappeler pour le reste de ta vie.

C'est absolument vrai, dit John. Monsieur McPherson. Les gens aiment à entendre leur nom. Red.

Mais on dit aussi que tu es un gars qui ne montre pas son jeu, dit Red McPherson.

Quand il vendait de l'équipement de forage, après avoir été inspecteur de réservoirs, John était appelé à se déplacer un peu partout. L'Alberta, ce n'était pas Terre-Neuve. John pouvait vous le dire, pas de doute. Il connaissait des gens à qui on avait mis un couteau sur la gorge sur une plateforme au large de la côte du Nigeria. Il savait qu'en Islande on enterrait le poisson pour le manger quand il grouillait de vers. Ils étaient férus d'énergies nouvelles, en Islande. Ils avaient des bus fonctionnant à l'hydro-électricité et des sources thermales. Le pays puait le soufre et ils avaient le teint resplendissant. En Alberta, ils étaient machos. Au Texas, on nous donnait un steak gros comme la tête. Il n'y avait pas beaucoup de femmes dans les champs de pétrole.

À Terre-Neuve, vous faisiez votre boulot et vous la boucliez. Il y avait une culture à Terre-Neuve : Bouclez-la une fois pour toutes. Ce que vous disiez était susceptible de revenir vous mordre le cul.

Puis il avait eu l'appel du Shoreline Group. Ils étaient une société vouée à l'efficacité et il y avait des possibilités d'avancement, avaient-ils dit. Shell était un client, et Mobil. Ils étaient tous des clients.

Nous sommes une branche indépendante, dit M. McPherson. John essaya de se représenter ce que pouvait être une branche indépendante. Il lui apparut que la situation ne dégageait pas le type de légitimité qu'il s'était imaginée et qu'il avait espérée.

Impartiale, dit M. McPherson. John eut l'impression que l'entrevue s'était décidée avant même qu'il n'ait la chance de dire un mot. Ils le voulaient.

Vous avez été recommandé, dit M. McPherson. L'homme pivota vers la fenêtre, joignit les doigts comme pour une prière et les porta à ses lèvres.

John songea à Sophie, qui était sans doute encore au lit. Il songea à son dos, à la manière dont il dormait quelquefois, la main dans le creux de son dos. Et aux cheveux à la base de son cou, qui étaient parfois humides, tièdes et emmêlés.

John était un rêveur lucide, et Sophie l'avait déjà trouvé en train de se battre pour ouvrir la grande fenêtre du troisième étage. Il s'était retourné et avait dit : C'est par ici que je dois sortir. Sophie l'avait ramené dans le lit.

Votre père était sur l'*Ocean Ranger,* dit M. McPherson. Ce

qui était distrayant, c'était la cravate du type. John connaissait l'industrie pétrolière sur le bout des doigts. En Ontario, ils pourraient peut-être porter une cravate comme celle-là. Ou quelque part au Texas. Un daltonien.

Nous sommes impressionnés, dit M. McPherson, par votre diplôme.

L'industrie pétrolière, c'était comme l'armée — ils formaient leurs effectifs et voulaient que vous appreniez leur façon de faire. Sur la plateforme, si vous aviez un diplôme, on était convaincu que vous étiez imbu de vous-même. Un diplôme, et il fallait que vous fassiez vos preuves. Il fallait que vous perdiez un doigt ou que vous vous luxiez la clavicule, et John s'était luxé la clavicule, et enfin il y avait là une entreprise qui opinait du bonnet quand il disait posséder un diplôme en génie. Il y avait là une entreprise capable d'apprécier.

La chaise couina lorsque Red McPherson la fit pivoter. Une lumière orange clignotait sur son téléphone. John se souvint d'une chambre d'hôtel à Edmonton où il y avait, sur le téléphone, les messages de tous ceux qui avaient appelé à la chambre. Pour une raison quelconque, les messages n'avaient jamais été effacés, et une nuit il avait écouté peut-être deux cents messages, quelques-uns dans des langues étrangères.

Il venait de quitter Sophie pour de bon. Sur les messages, les gens avaient tous le genre de voix qu'on prend pour parler à une machine : nostalgique et disloquée, hésitante, où perçait le regret. Des enfants appelaient pour parler à leur père. Des petites amies disaient des choses ordinaires d'une voix sexy. Ou bien elles disaient des choses vulgaires d'une voix ordinaire. Quelqu'un devait aller chercher une console de jeux chez Sears. Un homme du nom de Tony devait employer une stratégie proactive. Une très jeune enfant avait dit : Beau dodo. Le père de quelqu'un s'était stabilisé pendant la soirée. L'avion de quelqu'un avait du retard. John avait posé son front sur le verre froid, baissé les yeux vers les voitures quinze étages plus bas et regardé les gros flocons de neige tomber d'un ciel gris, il s'ennuyait de sa mère, il s'ennuyait de ses sœurs et il était amoureux de Sophie, mais il avait fallu qu'il la quitte pour s'en rendre compte.

On veut quelqu'un comme toi, dit M. McPherson. Il y avait un panneau de plastique rigide sous son fauteuil, l'une des roulettes avait roulé à côté et l'homme était légèrement de travers. Il saisit le rebord du bureau et pencha la chaise pour replacer la roulette sur le plastique, grimaçant à cause de l'effort.

Quelqu'un qui sait prendre la houle, dit McPherson. Le Shoreline Group était une entreprise qui visitait les plateformes pour y superviser les procédures, et il y avait une culture de la sécurité, dit M. McPherson à John, qui nuisait à l'efficience. Voilà ce que nous voulons rationaliser.

Rationaliser, répéta John.

Absolument, dit M. McPherson.

John avait vendu des tonnes d'instruments de forage, et le boniment de sa compagnie reposait entièrement sur la pénétration. Le vocabulaire était sexuel et violent : Les foreuses étaient dures, le plancher océanique était mouillé, il résistait avant de céder, et il n'y avait rien qu'une bonne foreuse ne puisse pénétrer.

Le Shoreline Group, quant à lui, œuvrait à éliminer les procédures de sécurité superflues. Il offrait une analyse coûts-bénéfices des procédures en place et élaborait des plans visant à les modifier, dit M. McPherson, lesquels avaient un effet direct sur les pertes et le redoublement, et le bien de la communauté en général, et la marge bénéficiaire, et il y avait des actionnaires à considérer. Certaines procédures n'avaient d'autre effet que de lier les mains de ceux qui voyaient à ce que tout fonctionne rondement sur les plateformes. Le Shoreline Group voulait des hommes capables de penser par eux-mêmes. M. McPherson écrivit un chiffre sur un bout de papier, le plia deux fois et le poussa sur le bureau en direction de John.

Oui, mon père est mort sur l'*Ocean Ranger,* dit celui-ci.

On avait retrouvé les lunettes de son père bien rangées dans la poche de sa chemise. Le père de John avait retiré ses lunettes et les avait glissées dans sa poche. Il ne voyait rien sans ses lunettes. Il était sans doute sur le pont quand la plateforme s'était inclinée, il devait avoir retiré ses lunettes et les avoir mises dans la poche de sa chemise, et puis il avait probablement sauté. Son père se serait rompu tous les os s'il avait sauté de cette hauteur. Mais il était peut-être toujours vivant en touchant l'eau, pense John. John imagine qu'il était vivant. Il l'a toujours imaginé ainsi.

Mon père savait qu'ils étaient en train de couler, dit John.

C'est ce que tu gagnerais pour commencer, dit M. McPherson.

John déplia le papier, c'était plus que ce qu'il avait imaginé, mais il garda une expression neutre.

* * *

Helen coud des robes de mariées

Helen avait essayé le yoga, elle s'était mise à la course et, dans la trentaine, avait commencé à donner un cours d'aquaforme réservé aux femmes de cinquante ans et plus à l'Aquarena, avec sa jeunesse comme seule qualification. Elle n'avait pas ménagé ses efforts auprès des vieilles dames et avait appris que l'aquaforme ressemblait à tout le reste, il fallait traîner vos membres dans toute cette eau, jogger sur place malgré une résistance écrasante.

Dans les années quatre-vingt-dix, pour passer le temps, elle avait entrepris de confectionner des robes de mariées, des robes de soirée, des robes de bal, passe-temps qui s'était mué en une sorte d'entreprise. Elle avait failli perdre la maison à la mort de

Cal ; le règlement s'était longtemps fait attendre. Elle avait failli tout perdre. La banque avait menacé, mais Helen avait gardé la maison.

La famille avait dû se serrer la ceinture, bien sûr. Mais les enfants n'ont pas besoin de grand-chose, songe Helen. Elle a élevé ses enfants avec rien. Ils n'ont pas été gâtés. Elle pouvait certainement déceler cela chez eux. Elle faisait ses emplettes à l'Armée du Salut. Les enfants avaient besoin de manger, oui. Ils avaient besoin d'un lit chaud. Ils étaient passés au travers, elle et ses enfants.

Mes filles ne gardent pas de cicatrices, songe Helen. Mes filles sont économes et elles ont l'esprit pratique, mais elles savent s'amuser. Quand ses filles étaient jeunes, Helen avait voulu qu'elles ne connaissent pas le sentiment de culpabilité. Ce n'était pas une idée qu'elle avait su mettre en mots. Mais c'était ce qu'elle avait voulu pour les filles.

Il arrivait à John de broyer du noir. Il dépensait jusqu'à son dernier sou. Les filles avaient été déchaînées jusqu'à ce qu'elles aient des enfants à elles, puis elles s'étaient rangées. Elles lisaient des livres sur l'art d'être parent, hochaient la tête devant la sagesse qu'elles y trouvaient et disaient à leurs enfants : Tu n'as pas été vilain, ton *comportement* a été vilain. Je pense que tu as besoin d'un moment pour *réfléchir à tes actions.*

Helen traitait ses propres enfants de petits démons, leur annonçait qu'elle leur botterait le cul ou qu'elle les scalperait s'ils se montraient insolents, ou bien elle menaçait de les fouetter. Elle leur avait lancé ses pantoufles quand ils étaient impolis et, ainsi qu'elle le rappelle à ses filles, ça avait plutôt bien fonctionné avec elles.

Un bon coup de pied au cul, leur disait-elle. Ils auraient une taloche.

Maintenant Helen garde ses petits-enfants, force ses filles à sortir et à aller boire un verre. Elle a acheté des sucettes pour les bébés, alors que les filles ne voulaient pas en entendre parler, et dit : Qui est-ce qui est un bébé insupportable ? Elle souriait jusqu'à ce que le bébé sourie en retour. Un bébé peut sourire quelques heures après sa naissance. Ce ne sont pas des gaz, comme on le dit dans les livres ; quelles fadaises.

Elle a servi de la crème glacée pour la première fois à ses petits-enfants quand ils avaient cinq mois, elle a observé leur petit visage. Elle les a regardés se pourlécher, apprivoiser le froid et savourer leur première véritable dose de sucre, et avec quel délice ils se tendaient vers la cuillère. Oh-petits-coucous.

Helen fait de son mieux pour gâter ses petits-enfants. On n'est pas obligés de parler de ça à maman.

C'est peut-être vrai que John était son préféré. Il avait du mal à s'intégrer quand il était enfant. Il était toujours en train de serrer quelqu'un dans ses bras ou de lutter pour jeter quelqu'un au sol. Johnny était un petit bagarreur. Combien de fois t'ai-je dit ? Quand est-ce que tu vas apprendre ? Il criait dans son sommeil, une querelle profonde qui ne discontinuait pas. S'il pleurait, Johnny déclarait qu'il avait quelque chose dans les yeux et il se les frottait durement de ses poings.

De la poussière à cause du maudit tapis, disait-il, et il frappait la vieille carpette avec son soulier de sport.

Cal lui avait acheté des flotteurs pour les pieds un après-midi à une vente de débarras. Cal ne savait pas nager, mais il encourageait John depuis le quai. Vas-y, Johnny, t'es capable. Deux pontons en styromousse, un pour chaque pied. Le couinement quand Johnny insérait son pied dans les trous. Le bruit avait traversé Helen.

On n'avait jamais vu un père si fier de ses enfants. Helen pouvait dire cela de Cal. Cal avait dit à Johnny qu'avec ces bottes il pourrait marcher sur l'eau. Les pontons blancs avaient gardé Johnny debout pendant quelques pas, puis ses jambes s'étaient écartées, il était tombé dans une gerbe d'éclaboussures, avait disparu sous la surface et était remonté en riant, en cherchant son souffle et en battant l'eau de ses poings, tentant de rattraper à la nage les pontons libérés qui s'éloignaient, poussés par le vent.

Mais, après la mort de son père, Johnny s'était mis à avoir peur de l'eau. Refusait de mettre le visage sous la pomme de la douche s'il pouvait l'éviter.

Et John n'a pas d'enfant. John est capable de trimer dur, et quand il boit, il boit pour la peine. Il oublie de téléphoner. Il voyage quand l'envie lui en prend, ou bien ses affaires l'appellent à l'étranger. Il lui arrive d'être distant. Il peut mentir avec facilité quand ça l'arrange. Il est, songe Helen, cramponné au téléphone quelque part à New York en ce moment même, en train de parler à une quasi-étrangère, la femme qui va être la mère de son enfant.

*   *   *

Helen et Louise ont de la chance, août 2008

Et voilà Louise qui traversait la plage à grands pas, et je lui ai dit, Louise, j'ai dit, tu as cinquante-huit ans et tu as des problèmes de cœur. J'ai dit : Si tu essaies de sauver ces enfants, tu ne reviendras pas, merde, je peux te le garantir.

La jeune mère pitoyable montait et redescendait la plage au pas de course en criant à l'aide. Elle avait deux petits enfants — quel âge avaient-ils, Louise ? Huit et six ans, peut-être, ils étaient sur un matelas gonflable et le ressac les avait attirés au large, et voilà Louise.

En été, quand il fait beau, nous allons à la plage de Topsail tous les week-ends. On apporte un pique-nique, on boit une goutte.

Ces petits qui criaient à l'aide et leur mère qui avait perdu la tête, dit Louise.

Personne d'autre ne savait nager, dit Helen. Alors, voilà Louise qui traverse la plage à grands pas et qui entre dans l'eau, et elle flanque un coup, écarte la méduse de son chemin.

Je me fichais bien de la méduse, dit Louise.

Tu sais comment est cette eau-là, dit Helen.

Le froid ne me dérangeait pas, dit Louise. Et les gens, debout sur la plage, disaient : Qui est cette vieille dame. Voyez un peu aller cette vieille dame.

On avait parlé de Louise dans le journal quand elle avait sauvé les enfants sur leur matelas gonflable. Ses cheveux blancs contre son crâne, la serviette zébrée et un large sourire.

On a vu ce qui se passait, Louise s'est levée et je lui ai dit, pour son cœur. Je lui ai dit : Louise, laisse quelqu'un d'autre s'en occuper. Elle s'est juste levée, elle a traversé la plage en courant et elle a plongé dans l'eau. Et puis le crawl. Qu'on avait appris enfants. La tête baissée dans l'eau puis tournée sur le côté pour respirer, les bras tendus et les doigts tendus, et toutes les vagues passaient par-dessus Louise. Elle a continué sans s'arrêter, l'éclat du soleil sur l'océan et Louise n'était plus qu'une silhouette, et je pouvais voir la tête des enfants, mais je ne les entendais pas, à cause de la direction du vent. Et quand Louise les a rejoints, elle s'est agrippée au matelas gonflable et elle doit avoir essayé de calmer les enfants ou simplement de reprendre son souffle. Tout le monde sur la plage était dans l'eau jusqu'aux genoux.

Elle est trop fatiguée, a dit quelqu'un. La vieille dame est fatiguée. La vieille dame n'y arrivera pas.

C'est de ma sœur qu'ils parlaient. Et j'ai lâché : Elle est mieux d'y arriver, bon Dieu ! Puis un hors-bord a contourné la langue de terre de la baie d'à côté, et pas une seconde trop tôt, je dirais, et le bateau les avait rejoints en une minute, a viré sec, en projetant une gerbe d'écume, et ils ont coupé le moteur.

Et tout le monde a été hissé à bord du bateau, d'abord les enfants, et puis Louise.

* * *

Le téléphone portable de Barry sonna, il détacha un petit étui en cuir de sa ceinture à outils et l'appareil était invisible dans sa main.

Il y a un genre de menuisiers qui font le ménage à la fin de la journée, et Helen comprit que Barry était de ce genre-là. Il avait travaillé sur de gros chantiers mais pouvait aussi faire de petits boulots. Il avait construit un bateau avec son père, et il mentionna cela tout en regardant le ciel un soir, et aux yeux d'Helen, c'était très vieille Europe et romantique. Mais ils n'habitaient pas le vieux continent. Ou s'ils vivaient dans un vieux continent, celui-ci n'était guère romantique.

Nous avons tous appris comme ça, dit Barry. Il était régulier, ni rapide ni lent, et parfois il restait immobile à se tenir le front, à calculer un angle. Elle avait remarqué que son petit doigt tremblait faiblement dans ces moments-là.

Il gardait un crayon sur son oreille. C'était un travail solitaire, et il mesurait tout ce qu'il faisait. Il mettait un genou en terre, plaçait le niveau à bulle, tirait un trait au crayon sur le bois, remettait le crayon sur son oreille. Son travail exigeait de la force physique, et elle ne durerait pas éternellement.

Helen devinait que Barry n'avait pas mis d'argent de côté ; il avait le visage de quelqu'un qui a travaillé dur mais a dépensé ce qu'il a gagné. C'était un visage ridé et tanné. Et les yeux. C'étaient le genre d'yeux qui ne passaient pas inaperçus, et il était difficile de s'y accoutumer.

Helen tendait l'oreille quand le téléphone portable de Barry sonnait. La sonnerie reprenait la musique d'une émission de télé, mais Helen n'arrivait pas à retrouver laquelle. Un truc du début des années quatre-vingt, un truc que les enfants regardaient à l'époque.

Elle supposait que Barry était catholique. Ils se reconnaissaient, les catholiques. Elle savait sans avoir besoin de deman-

144

der. C'était dans sa posture et dans sa manière de parler. Il venait de la Rive sud. Dans ses histoires, il était question de sacrifices qui rapportaient, et de menues rédemptions. Il y avait de l'autodérision dans ces histoires, et il était prêt à laisser un silence s'installer. Il y avait un respect de la vie privée, une conviction que le plaisir exigeait du mystère, et qu'il y avait du mystère derrière chaque fait nu et ordinaire.

Helen pouvait imaginer Barry dans la vingtaine, avec un évier plein de vaisselle et une provision de saucisses viennoises en conserve dans l'armoire. Elle pouvait voir l'appartement. Des invités qui dormaient pendant des mois sur le canapé, et des femmes qui s'attardaient dans les parages, à moitié perdues ou en chemin vers ailleurs. Peut-être qu'il avait été dur avec les femmes.

Barry était un autodidacte, possédant cette sorte de science qui acceptait que tout aille à un rythme effréné mais refusait d'adopter cette cadence.

Tatillon, disait-il. Il faut prendre votre temps. Helen l'avait engagé pour tailler deux arches reliant le salon à la salle à manger, pour exposer le foyer et pour poser des planchers en bois franc, et il se chargerait aussi de la peinture. Elle voulait déplacer deux bibliothèques. Et elle voulait de grandes fenêtres dans la salle à manger.

Les allèges sont pourries, avait-elle dit. Elle avait passé l'ongle sur le bois et la peinture s'était craquelée par plaques.

Je ne suis pas peintre, lui avait dit Barry. Helen devrait patienter avant qu'il ne s'engage à repeindre. Il fallait qu'il voie.

Il y a d'autres gars qui pourraient faire la peinture pour vous, avait-il dit. Il avait plissé les yeux vers le plafond, les mains sur les hanches.

Si besoin est, avait-il dit.

Helen avait constaté que ses services étaient demandés. Vous ne serez pas disponible, avait-elle dit.

Je suis pas mal occupé, avait dit Barry, jusqu'en juin. Après, c'est impossible de me mettre le grappin dessus. Il lui avait fait un clin d'œil. Elle avait vu qu'il était digne de confiance même s'il aurait pu se permettre de tourner les coins ronds. Il y a juste quelques maîtres menuisiers en ville, avait-il dit.

En octobre, il installa le sous-plancher et elle ne le dérangea pas. Il pleuvait la plupart du temps et il y avait du brouillard. Il faisait froid, elle le sentait dans ses poignets. Quand ses amies venaient lui rendre visite, elle les présentait à Barry, qui faisait un signe de tête ou touchait sa casquette, mais il était concentré.

Le marteau était méthodique et, du troisième étage, où se trouvait Helen, on aurait dit qu'il était habité de pensées et capable de défendre un point de vue. Non pas insistant, mais affirmatif et assuré.

Alors qu'elle était en train de coudre dans son atelier, elle oubliait, pendant de longs moments, la présence même du marteau.

De temps en temps, Barry criait qu'il s'en allait chercher un café. Ou bien qu'il avait fini pour la journée.

Je vais laisser ces outils, disait-il.

Il lui disait que c'était une belle soirée. Il l'appelait pour qu'elle regarde le ciel.

Il faut que tu voies ça, Helen, disait-il. Il y a un gros soleil rouge sang. Voilà qui était catholique. C'était une réflexion on ne peut plus catholique.

Il y avait en lui un fonds de loyauté qu'Helen pouvait presque sentir. Bien sûr, il n'allait pas à la messe et ne communiait pas. Parmi ceux de sa génération, plus personne ne pratiquait. Ils étaient allés à confesse quand ils étaient enfants et avaient été intimidés par l'idée du péché originel, et puis ils avaient été confirmés, et ils continuaient à prier.

Plus personne ne croyait vraiment, mais on les avait amenés à croire que ce qui existait, quoi que ce fût, était là, qu'ils y croient ou non.

Barry se leva tout droit pour répondre à son téléphone

portable et il regarda par la fenêtre. Une mangeoire était fixée à la vitre à l'aide de ventouses transparentes, mais les oiseaux n'y venaient jamais.

Il dit : À quelle heure est-ce que je passe te prendre ? Quand il raccrocha, il siffla un bout de la mélodie du téléphone.

Il y a quelqu'un qui vit avec lui, comprit Helen. Quelqu'un qu'il conduit ici ou là, quelqu'un qui dépend de lui. Il n'était pas disponible.

∗ ∗ ∗

Le hublot

Il y a eu un hublot fracassé, et c'est un élément clef. Mais tout le monde sait déjà cela : il y a toujours une clef, il y a toujours une porte ou une fenêtre. Une lame de glace a frappé le hublot, qui s'est fracassé. Le rideau de métal n'avait pas été fermé hermétiquement par-dessus la vitre, comme il aurait dû l'être, le hublot s'est fracassé, l'eau a recouvert le tableau de commande, provoquant un court-circuit. Il fallait alors opérer les portes des ballasts manuellement et les hommes ignoraient comment. Mais tout le monde sait cela ; alors attendons un instant. Moins vite.

Imaginez plutôt un homme, les pieds sur le bureau — pour les besoins de la démonstration —, une tasse de café nichée près de son entrejambe, et peut-être est-il en train de lire le manuel. Pour les besoins de la démonstration : il a un manuel ouvert sur les genoux, et il va tout à l'heure téléphoner à sa femme, et il a aussi un livre. C'est un long quart de travail. Plus tard, il lira le livre.

Sait-on ce qu'ils ont eu pour souper sur la plateforme ce soir-là ? Helen ne le sait pas. Elle imagine des côtelettes de porc accompagnées de compote de pommes et elle imagine de grands bacs en acier pleins de purée de pommes de terre sur le chauffe-plat, saupoudrée de paprika, lissée, décorée de persil. Les hommes ne mangeront pas le persil. Les Terre-Neuviens ne le mangeront pas. Cal n'y touchera pas.

Les petits pains étaient savoureux. On les avait badigeonnés de beurre fondu et ils étaient salés, il y avait des bols en acier inoxydable remplis de glace où étaient disposés des bols plus petits remplis de morceaux de beurre, et chaque morceau se trouvait entre deux carrés de papier ciré… mais revenons plutôt au manuel. Il faut revenir au hublot.

Ça n'aurait pas été une tasse de café, ç'aurait été du thé. Et ce gars est en poste dans la salle de contrôle depuis environ quarante-cinq minutes et il feuillette le manuel. Si c'est du café, c'est du café instantané. C'est la partie de la soirée à laquelle Helen préfère penser — quand l'homme dans la salle de contrôle boit son café instantané.

Imaginez sa surprise quand l'océan forme un poing et s'engouffre dans la salle des ballasts à travers ce hublot. L'océan déferle par la fenêtre entre dix-neuf heures quarante-cinq et vingt heures. Alors l'homme aura eu le temps de boire son café après le souper.

Nous pouvons imaginer cela en un instant. D'abord il y a le concept de ballast.

Mais d'abord il y a ceci : Les opérateurs de ballast ont appris sur le tas, ou ils ont appris tout seuls. Cela signifie qu'ils ont feuilleté le manuel. Ils l'ont parcouru.

Il y avait un manuel et ils l'ont lu ; ou ils ne l'ont pas lu. Où est le putain de manuel ?

Les opérateurs de contrôle des ballasts travaillaient au plancher de forage et ont été promus. Ils avaient de l'expérience en mer ou ils avaient de l'expérience en forage, ou ils n'avaient guère d'expérience en quoi que ce soit. Ils n'avaient pas d'expérience.

Mais ils avaient la responsabilité de maintenir la stabilité de la plateforme. La compagnie aimait que vous appreniez sur le tas car, de la sorte, vous appreniez comme la compagnie souhaitait que vous appreniez. Ils voulaient que vous appreniez d'une certaine manière, et l'on peut appeler cette manière assez librement, ou la décrire, ou y faire référence comme « leur manière ». Vous appreniez leur manière. La manière de la compagnie. Qui allait comme suit : Ne répliquez pas. Qui allait comme suit : Vous voulez ce boulot, oui ou non ? Qui allait comme suit : Tout ce que vous avez à faire, c'est de lire le manuel. Vous serez de garde pendant de longues heures dans la salle des ballasts et ce sera un bon moment pour parcourir le manuel. Plus tard, vous suivrez peut-être quelques cours, mais tout est dans le manuel.

Il y avait une politique stipulant qui devait être promu à la salle de contrôle, mais la compagnie ne la respectait pas. L'un des gars n'avait ni expérience de forage ni expérience maritime. Mais il avait une bonne attitude. Si vous aviez un peu fréquenté l'université, cela ne nuisait pas. Ou bien ça jouait contre vous. L'important, c'était de savoir si vous étiez désireux d'apprendre. Si vous exprimiez de l'intérêt. Tout dépendait de votre attitude.

Le hublot et le poing de l'eau, un piston s'enfonçant dans ce portail, un poing de glace aux jointures de pierre ; l'océan mi-monstre et mi-machine plongeant sa patte-piston à travers ce panneau de verre incassable ou fait d'un autre foutu matériau, et le faisant voler en éclats… mais oubliez le hublot.

C'est encore calme dans la salle des ballasts.

Très calme.

Nous savons ce qui va se passer, alors il est difficile d'apprécier le calme, mais arrêtons-nous quand même un instant.

Laissons l'homme boire son café instantané. Helen aime imaginer le moment avant que les ratés ne se soient enchaînés. Quand les ratés s'enchaînent, tout se brouille. Elle est facilement déroutée. Elle tente de courir dans les corridors, elle tente de découvrir où est Cal, ce qu'il fait, mais elle se perd. Il est dans sa couchette, mais il ne restera pas là. Elle ne veut pas qu'il soit dans sa couchette. Elle veut qu'il soit en train de jouer aux cartes. Elle veut qu'il soit avec les autres hommes. Ils étaient sans doute inquiets, mais ils avaient foi dans la plateforme. Ils avaient confiance dans cette masse de métal énorme, monstrueuse. C'est plus facile si quelques hommes sont assis autour d'une table à cartes et que Cal soit parmi eux. C'est plus facile s'il est en train de jouer une main de cent-vingt. Pour ce qu'elle en sait, Cal n'a jamais joué une partie de poker de sa vie, et quand il mise, c'est à coups de pièces de vingt-cinq cents. Elle lui donne un sac de monnaie. Elle le laisse gagner un peu. Elle peut voir sa main entourer une petite montagne de pièces et les tirer vers lui. Elle voit la manière dont il dépose un cœur qu'il gardait précieusement.

Dans la salle de contrôle, il y a aussi un tableau muni de tiges de cuivre qui permettent aux opérateurs de manœuvrer manuellement les ballasts, et voici le hic.

Voici le hic.

Helen a du mal avec cette partie. Pourquoi cette partie lui serre-t-elle la gorge ? Pourquoi ses yeux se mettent-ils à la piquer quand elle pense à cette partie ? Il y a pire à venir, mais ce sont les tiges de cuivre qui ont raison d'elle.

Ces tiges de cuivre. Personne ne savait comment se servir des tiges de cuivre. S'ils avaient su, la plateforme n'aurait pas sombré. Elle l'a appris. Helen a lu les rapports ; elle a étudié les diagrammes ; elle sait où vont les tiges et pourquoi et comment. Parce que ces hommes ne savaient pas, et ils ne savaient pas, ils ne savaient pas, et ça pourrait arriver à n'importe lequel d'entre nous.

On peut être attaqué par un poing qui fracasse une fenêtre, et Helen est prête, vous pouvez compter là-dessus. Elle se réveille au milieu de la nuit en sachant où va chacune des tiges, et elle n'oubliera jamais. Tige de cuivre, valve solénoïde appropriée située sous le tableau synoptique.

L'homme dans la salle de contrôle sirote une tasse de café instantané et il lit le manuel, mais voici le hic : le manuel

ne disait pas comment contrôler le ballast en cas d'anomalie électrique.

Alors il a beau lire le manuel tant qu'il veut.

Il a beau le lire en partant de la fin s'il veut. Il a beau le lire
en japonais. Le manuel ne lui dira jamais quoi faire.

C'est ainsi que l'eau entrée par le hublot fracassé frappe le
tableau électrique, causant un court-circuit. Les hommes ignorent si les portes des caissons du ballast sont ouvertes ou fermées, mais ils croient qu'elles sont ouvertes et ils tentent de les
fermer. Ou l'inverse. La plateforme commence à donner for-
tement de la bande. Et Helen tente maintenant désespérément
de trouver Cal. Où est-il ? Elle se rue dans des corridors, elle
descend des couloirs en courant, elle passe devant une partie
de cartes et il y a une chaise vide à la table, les hommes n'ont
pas de visage, mais ils sont Cal, elle court et il y a maintenant
beaucoup de bruit, dans les corridors, et elle frappe à des portes.

Elle est incapable d'imaginer où il est. Elle est incapable
même d'imaginer.

* * *

Son profil, 2006

Et oui, bien sûr, Helen s'était laissé convaincre par les filles
d'avoir recours à une agence de rencontres en ligne. Oui, elle
s'était laissé convaincre.

Tu n'es pas un dinosaure, avait dit Lulu. Lulu était en train
de maquiller sa mère. D'appliquer un cannelle chatoyant sur
ses paupières. Lulu était esthéticienne. Elle avait remporté des
prix au pays et à l'étranger. Lulu travaillait dur, passait des heures debout, elle avait mal aux articulations et ses genoux étaient
foutus, elle n'avait ni assurance santé ni régime de retraite, mais
elle était propriétaire de son entreprise.

Lulu sortait avec des hommes, la plupart plus jeunes

qu'elle, elle allait danser dans des bars vastes comme des stades et buvait solide. Elle coupait les cheveux, exécutait des manucures et des pédicures, se servait de masques d'argile et de caissons d'isolation sensorielle pour accomplir des trucs pseudospirituels, et le moindre de ses gestes, la moindre de ses paroles laissait entendre que si vous preniez soin de votre apparence, votre âme s'en trouverait grandie.

Elle pouvait vous faire des choses, affirmaient les publicités de Lulu, qui provoquaient une découverte de soi. Ce que Lulu vous faisait éveillerait un intérêt profond et durable chez le sexe opposé. Ou chez le même sexe. Elle vendait des vitamines biologiques, des champignons ratatinés et de ces teintures et résines dont Helen était convaincue qu'elles étaient plus ou moins poison. Dans toute la ville, les femmes en périménopause ne juraient que par ses massages de chakras et son jus de cactus. Il y avait un chakra pile-poil au milieu du vagin, pour ce qu'Helen pouvait voir en regardant un diagramme figurant sur l'un des dépliants de Lulu, et Helen ne se permettait pas d'y penser.

Lulu rendait visite à Helen pour dévaliser le frigo de sa mère. Elle lui rendait visite pas tant pour parler que pour tirer tous les rideaux et s'assoupir sur le canapé pendant que sa mère préparait le macaroni au fromage. Lulu vidait le bar, faisait cuire des légumes mollasses et mangeait le beurre d'arachide d'Helen à la cuillère. Helen était à ses ordres. Lulu était maigrichonne. Elle était sexy, menue et aussi paresseuse qu'un minet châtré.

Mme McLaughlin est un exemple, chuchota bruyamment Lulu en appliquant le khôl d'Helen. Elle fit un pas en arrière, croisant les bras sur sa poitrine pour considérer son travail.

Et Mme Buchanan, dit-elle. Tu te souviens de Mme Buchanan ? Elle enseignait à la quatrième année. Elles sont toutes les deux inscrites à des agences de rencontres en ligne.

Lulu effleurait les joues d'Helen à l'aide d'une éponge. Tu es encore une belle femme, dit-elle. Et elle tamponna le nez d'Helen.

Les filles avaient parlé d'un ordinateur. Les filles avaient parlé d'agences de rencontres en ligne. Et Helen avait essayé. Parfois, maintenant, elle se réveille dans son lit au milieu de la nuit, brûlante d'humiliation.

Elle avait écrit avec candeur. Quelle idiote. Elle avait été sincère. Elle n'avait pas affiché sa photo ; les filles avaient dit : N'envoie pas de photo. Les filles avaient dit : Tu auras tout le temps pour les photos plus tard.

Helen avait eu du mal à se définir elle-même et à exposer ce qu'elle cherchait chez un homme. Il semblait important de connaître la vérité à son propre sujet. Comment mettre en mots le tumulte de plaisirs qu'avait été sa vie ; comment dire qu'elle avait perdu quelque chose d'immense, qu'elle s'était retrouvée avec un trou au milieu de la poitrine, où sifflait le vent. Comment parler de la fierté qu'elle tirait de son travail. Du fait qu'elle avait des amies. Comment expliquer que ses amies célébraient des anniversaires, le vingt-cinquième, le quarantième, et qu'elles se rengorgeaient dans leur mariage, se rengorgeaient dans leur bonheur, qu'elles en étaient brutales et que c'était une suffisance qui semblait destinée à exclure. Elles n'avaient même pas conscience de cette suffisance, et Helen avait pardonné tout cela. Elle avait envie de dire qu'elle ne tenait pas rigueur à ses amies de ce bonheur. Elle avait envie de dire qu'elle était le genre de femmes qui avait gardé son cœur ouvert, et que ç'avait été un combat.

Il y avait d'autres questions. De quel âge à quel âge. Quels centres d'intérêt. Ce qu'elle avait à offrir ; ce qu'elle avait à partager. Elle avait envie de dire : Je me sens tellement seule que ça n'a aucune foutue importance qui vous êtes ou ce que vous êtes, je suis capable de vous aimer. Elle avait envie de dire : Je ferai l'amour de telle façon que vous en serez reconnaissant pour le reste de vos jours. Elle avait envie de dire : Je suis capable de procurer ce genre de plaisir. Je suis capable de le ressentir.

Ce dont elle avait envie, c'était parler. Elle avait envie de faire l'amour, mais elle ne l'avait pas écrit, elle avait écrit qu'elle avait envie de parler. Elle avait envie de faire la cuisine pour quelqu'un, ou (c'est le passage le plus humiliant) de tenir la main de quelqu'un. Ou (c'est le passage le plus humiliant de tous), elle avait envie de discuter de livres. Elle avait écrit qu'elle aimait la lumière des chandelles. Elle avait écrit qu'elle souhaitait de la gentillesse et un sens de l'humour.

Aucun humour ne transparaissait dans ce qu'elle avait écrit. Pas le moindre humour. C'était d'un sérieux morose. Et complètement malhonnête.

Si elle avait été honnête, elle aurait demandé : Pourriez-vous être mon mari mort le temps d'un après-midi. Pourriez-vous enfiler ses vêtements, je les ai encore. Voudriez-vous porter l'eau de Cologne qu'il portait. Pourriez-vous fumer des Export A, juste le temps d'un après-midi. Voudriez-vous boire de la bière India et faire brûler les steaks sur le barbecue, pourriez-vous être drôle, conter des blagues et laisser des provisions pour la famille, plus bas sur la route, qui n'a rien à manger. Pourriez-vous être Cal ? Pourriez-vous sourire comme lui, un sourire doux, asymétrique, et élever une famille comme lui, être courageux et galant et charmant avec mes amies, adoré de tous ceux qui vous connaissent, et pourriez-vous être aussi intelligent et aussi vif que Cal, et me faire jouir encore et encore et encore ?

Helen et Cal ne s'étaient jamais tenu la main. C'était l'une des nombreuses choses qu'elle regrettait. Ils saisissaient tous deux l'importance de conserver une certaine distance. Ils étaient ce genre d'amoureux qui auraient risqué de se perdre l'un dans l'autre, d'être totalement avalés, et il leur fallait s'en garder. Ils ne se tenaient pas la main, pas plus qu'ils ne mangeaient dans l'assiette de l'autre. Mais Helen le servait. Elle préparait le café pour Cal et, le soir, déposait ses moufles en laine sur le radiateur. Et elle pensait à lui quand il était sur la plate-forme.

L'ennui, c'est qu'on s'y habitue, songeait Helen. On s'habitue à être seule. On utilise le bout d'une fourchette pour déloger les grains de café compactés dans la machine à espresso que les enfants ont offerte à Noël. L'odeur de café froid, éthiopien ou somalien, à cinq heures du matin, qui frappe le sac en plastique dans le panier à déchets. Et les déchets semblent si réels, leurs contours paraissent tellement durs (épluchures de pommes de terre, une motte de nourriture humide pour chien, le café). Une tempête de neige faisait rage, le vent sifflait et la maison était froide. C'étaient les hauts plafonds dans ces vieilles maisons du centre. Ces maisons n'étaient jamais chaudes. Là était l'ennui, qu'elle se soit à ce point accoutumée à la solitude.

* * *

La nuit où la plateforme a sombré, février 1982

Voici ce qui est drôle : Helen avait laissé le rond allumé. Il y avait une énorme marmite sur le rond du fond parce qu'elle s'apprêtait à faire de la soupe, elle y avait jeté la carcasse de poulet, quelques oignons, et ce qui est drôle, c'est qu'elle s'est endormie sur le canapé avec son livre.

Elle avait déjà mis les enfants au lit et elle lisait *Les Raisins de la colère* et elle s'est réveillée à cause d'une crampe dans le cou. La maison était froide, toutes les lumières étaient encore allumées. La froide clarté.

Helen est allée dans la cuisine et a ouvert le robinet pour éviter que les tuyaux gèlent. Elle se sentait idiote, en y repensant. Elle n'avait pas rêvé, mais le livre était resté entre ses mains et elle avait lutté pour garder les yeux ouverts. Elle se sentait idiote comme si un muscle était noué au milieu de son front.

Elle a fait couler un filet d'eau. Si les tuyaux gelaient, il lui faudrait descendre à la cave munie du sèche-cheveux. La marmite bouillait furieusement, mais elle ne l'avait pas remarquée, et tout ce qu'elle a pu se dire, par la suite, c'est qu'elle devait être encore endormie.

Elle a éteint toutes les lumières sur son chemin. Les filles avaient mis le chauffage au maximum dans leurs chambres, et il y avait des vêtements, des petites voitures Dinky et des poupées partout sur le sol. Lulu ronflait et Helen est restée là à l'écouter un moment, et puis Lulu s'est tournée brusquement sur le côté et n'a plus émis un son.

Les draps étaient froids, et elle s'est couchée avec son sweat-shirt et son pantalon en coton ouaté. Elle s'est remise à sa lecture, mais s'est rendu compte qu'elle avait les yeux fermés. Ils s'étaient fermés tout seuls, elle a essayé de les rouvrir mais en vain. Incapable de voir les mots, elle générait elle-même l'histoire. Dans le roman, quelqu'un lui a dit d'éteindre et de dormir, elle a obéi.

Et puis elle était réveillée. Et elle entendait Cal dans la salle de bains. Elle entendait l'eau couler et elle entendait le robinet se fermer avec son *couic* singulier, et elle l'entendait qui se brossait les dents et crachait. Elle entendait le tiroir s'ouvrir sous le lavabo et il farfouillait dans les cosmétiques et elle entendit, à un certain moment, une longueur de soie dentaire que l'on tire de son étui en plastique, et le *ping* de la soie dentaire tandis qu'il la passait entre ses dents. Puis l'eau coulait de nouveau et on la fermait. Elle entendait Cal fermer le tiroir. Elle voulait se lover contre lui ; elle voulait sa chaleur. Elle avait étrangement froid. C'était parce qu'elle s'était endormie sur le canapé. Elle frissonnait dans le lit.

Le couvercle de la corbeille de la salle de bains a heurté le mur puis est retombé.

Viens voir par la fenêtre, lui a dit Cal.

Helen est sortie du lit, a mis ses lunettes et est allée à la fenêtre. Il était quatre heures du matin. Elle le sait parce qu'elle a regardé le cadran sur la coiffeuse. L'horrible radio-réveil brun où de la poussière s'était incrustée dans chacun des sillons du haut-parleur, avec de gros chiffres rouges, et qui ne captait aucune chaîne de radio. L'alarme ne fonctionnait pas non plus. Ou bien ils ne la programmaient jamais correctement. Ils la programmaient pour six heures du matin et entendaient le petit bruit, *grich-grich,* ce qui restait de l'alarme, à dix-huit heures. Pendant des jours après qu'ils l'avaient programmée, quand ils allaient à la salle de bains, ou ranger de la lessive, et surtout quand les enfants étaient dehors et qu'elle et Cal faisaient l'amour, l'alarme les faisait sursauter.

Helen s'est étonnée qu'il soit si tard, elle se le rappelle nettement, elle a songé que c'était étonnant, parce qu'elle avait l'impression de n'avoir pas dormi du tout. Et voilà que la journée allait commencer. La fenêtre était couverte de fougères de gel, enchevêtrement de vrilles gravées sur le verre, opaques ou bien transparentes. Et le vent cognait contre la maison. Elle a vu le couvercle d'une poubelle voler dans la rue et se coincer entre les branches d'un arbre.

Mais à ce moment, une gratte est apparue au sommet de la colline, beuglante, le gyrophare au sommet de la cabine a frappé les fenêtres givrées, et Helen a vu des milliers de lézardes, de cristaux et un miroitement gris flamber, blanc comme une ampoule, d'un blanc violet, pour un instant seulement, flamber si violemment qu'elle a eu mal quelque part derrière les yeux.

Elle avait mal quelque part, au plus profond de son crâne. Elle avait l'impression que la lumière l'avait transpercée, traversée, et que le motif fou du givre, s'enroulant sur lui-même à l'infini, s'était imprimé sur sa rétine.

Elle avait senti quelque chose éclater. Une extase. C'était la grossesse, avait-elle compris beaucoup plus tard. C'était la grossesse qui la faisait dormir si profondément, comme droguée, et elle était faible, ou bien les hormones avaient eu un léger effet hallucinogène, ou bien la lumière frappant le givre à cet instant s'était réfractée, chaque minuscule cristal comme un labyrinthe de miroirs, de sorte que l'intensité s'en était trouvée immensément magnifiée.

La marmite sur la cuisinière. Elle a cligné les yeux et une tache a descendu sous sa paupière, semblable au gyrophare de la gratte, blanche au centre, nimbée d'une auréole violette. Elle ne se rappelait pas exactement la marmite sur la cuisinière ; elle a sursauté, et tout à coup elle a su. Elle avait laissé la marmite sur la cuisinière. Ou peut-être avait-elle senti la fumée, et dans une seconde de panique quelque anomalie synaptique lui a fait percevoir la puanteur sous la forme d'une lumière aveuglante.

L'eau s'était évaporée, les os de la carcasse étaient noirs, l'intérieur de la marmite était noir et la cuisine était pleine de fumée. La fumée flottait au plafond et emplissait la moitié de la pièce telle une bourre de coton, d'un gris profond, et elle a retenu son souffle. Elle a ouvert la porte de derrière à la volée, le banc de neige atteignait la poignée, elle a attrapé les mitaines de four et saisi la marmite, qu'elle a lancée dans la neige sur la véranda. Elle s'est enfoncée et a disparu.

Il était quatre heures du matin. Elle a ouvert toutes les fenêtres de la cuisine, laissé la porte de derrière ouverte, où le vent s'engouffrait en hurlant. La neige tourbillonnait depuis les régions les plus éloignées de l'univers, elle virevoltait et fourmillait autour de l'ampoule nue de la véranda, scintillant près de l'ampoule, chaque flocon de neige transpercé de rose, de bleu ou de vert. La marmite en touchant la neige avait émis un *ssss* reptilien.

C'était des semaines plus tard, ou des mois, qu'elle s'était souvenue que Cal n'était pas dans la salle de bains ; elle l'avait rêvé. Mais elle avait su, sans l'ombre d'un doute, qu'il y avait une raison d'avoir peur. Elle avait su qu'il était mort.

Un jour nouveau

Une leçon, novembre 2008

Helen assiste à sa leçon de yoga matinale, chacun est absolument immobile sur son tapis, tourné vers l'intérieur à la recherche de soi. Les premiers rayons orange du soleil entrent par les grandes fenêtres givrées, s'étirant en longs rectangles ondulés sur le carrelage. Concentration défaillante. Elles forment un groupe de femmes fragiles dans leurs maillots luisants, à l'exception de l'adolescent gay, lequel porte un bandeau en Lycra et a les cheveux teints en bleu.

Lulu a parlé de yoga, alors Helen s'est mise au yoga. L'odeur de pieds et de cire à plancher et, de temps en temps, le couinement d'un pied nu sur les tapis de gymnastique bleu roi qui se déroulent avec un petit bruit sec, dégageant un relent de poussière et de sueur.

Étendez vos bras et tournez les paumes vers le ciel, dit l'instructrice, afin de pouvoir recevoir le souffle. Vous allez offrir votre cœur, leur dit-elle. Helen sent battre son cœur et s'efforce d'avoir l'air de l'offrir. Elle jette un coup d'œil autour d'elle. Il y a des expressions sur certains visages ; les femmes semblent sincèrement en train d'offrir leur cœur.

Et tendez les bras, tendez les bras pour toucher le ciel, leur dit-on. L'instructrice inspire assez bruyamment pour être entendue, et puis le groupe inspire. L'instructrice expire. Ils expirent tous.

Songez à tout ce que vous avez appris, dit l'instructrice. Et exerçons-nous à la gratitude en faisant nos étirements. Ils s'exercent à la gratitude en silence.

Ramenez votre pied gauche vers l'intérieur, dit l'instructrice quand il lui semble qu'ils ont éprouvé assez de gratitude pour l'instant. Et revenez vers le centre. Un muscle dans le derrière d'Helen s'est crispé. Ça arrive à tous les coups.

Tournez votre cœur vers le ciel, dit l'instructrice. Helen garde la posture. On s'attend à ce qu'ils nourrissent des pensées philosophiques sur leur vie pendant qu'ils font leurs étirements. Les étirements ne suffisent pas à l'instructrice de yoga. Les élèves sont censés invoquer la sagesse qu'ils ont atteinte jusqu'à maintenant. Et tenir bon. Le yoga a un aspect spirituel, a expliqué Lulu à Helen. Et Helen songe : une religion glissante, puant la levure, qui a à voir avec les sous-sols d'églises et les centres communautaires, la douleur et la libération.

Une posture facile, avec une petite variante, dit l'instructrice. Regardez par-dessus votre épaule gauche. Ils se tournent tous vers la gauche et regardent en arrière.

Voici ce qu'Helen a appris : il est possible d'être à ce point fatigué qu'on est incapable de se tendre pour toucher le ciel, incapable de respirer. On est même incapable de parler. Incapable de décrocher le téléphone. On est incapable de laver une assiette, de danser, de faire la cuisine ou de remonter sa fermeture éclair. Les enfants font un tel boucan. Ils claquent les portes. Ils font jouer de la musique à plein volume ou ils restent allongés sur le canapé à regarder des feuilletons. Ils se chamaillent, brisent des choses, perdent leur virginité ou perdent le nord. Ils ont besoin d'argent et ils ont besoin d'emprunter la voiture. Il leur manque toujours une chaussure. Vous passez les sacs d'école au peigne fin, puis la garde-robe ; toujours une chaussure. Volatilisée.

Une posture facile, avec une petite variante, regardez dans l'autre direction, dit l'instructrice. Helen laisse la douleur envahir son autre cuisse, et c'est une voix sonore. Il y a dans sa cuisse une voix qui se répand en récriminations, et dont le volume monte. Un après-midi d'avril, songe-t-elle, si froid qu'il y avait une pellicule de glace sur le bol d'eau du chien, les enfants avaient trouvé une feuille de papier à bulles dans le jardin de l'église, se l'étaient attachée sous les bras — Lulu et Cathy — et elles avaient battu des bras tout l'après-midi comme des oiseaux éclopés. Elles avaient concocté des potions en mêlant des cornichons à la moutarde, du savon à vaisselle et du gazon séché dans des pots Mason. Elles avaient le nez qui coulait ; en regardant le ciel, on aurait dit qu'il allait neiger, et puis il avait neigé.

Étirements du chat, dit l'instructrice. En ouvrant votre poitrine et votre cœur, demandez-vous : Suis-je reconnaissante ?

Ils se mettent à quatre pattes et étirent le menton vers le plafond. Ils font pointer leur derrière bien haut, puis cambrent le dos. Les derrières dans la rangée devant Helen sont tous très différents. Sanglés dans le Lycra, les derrières de la rangée de devant ont l'air décharnés et artificiels, ou bien couverts de creux, informes comme des *bean bags*. Elle est reconnaissante pour ces femmes et pour leurs derrières honnêtes, durs à l'ouvrage. Helen est reconnaissante de s'être plus ou moins gardée en forme.

Elle est reconnaissante de ce que ses enfants soient passés au travers. Ses filles se soûlaient, prenaient de la drogue. Il y avait toujours un prêtre qui avait quelque chose à dire. Il y avait un enseignant. Et plus tard, il y avait des gens qui disaient *coke,* qui disaient *mœurs légères.*

Mais tout cela était grossièrement exagéré. Après ça, je suis censée atteindre l'équilibre, songe Helen.

Et on prend la posture de la table en équilibre, dit l'instructrice. Le fondement du yoga, c'est l'équilibre.

Et je suis reconnaissante, songe Helen, pour les *blockbusters* au centre commercial en été. Les bandes sonores tonitruantes, tous ces trucs qui explosent, tous les morceaux projetés en l'air, sens dessus dessous, dans le ciel. Elle aimait la lente culbute du bois et du métal, les flammes et la fumée qui couvraient le grand écran. Elle aimait la musique assourdissante, les seaux de maïs soufflés et le fait qu'il faisait encore clair quand elle quittait le cinéma. Helen amenait les enfants au cinéma en autobus, ils montaient et descendaient l'allée en courant et tournaient autour des poteaux de chrome. Elle amenait tous les enfants du voisinage qui le désiraient tant qu'ils avaient de quoi payer. Ils passaient une heure et demie ensemble dans le noir, et elle et les enfants se sentaient unis, côte à côte dans les fauteuils quand les lumières se tamisaient. Elle était reconnaissante pour toutes les brèves évasions.

Et on fait la table en équilibre de l'autre côté, dit l'instructrice. Et ils étirent un bras et une jambe. La fesse gauche d'Helen se serre et se noue, douloureuse. Son bras se met à trembler. L'adolescent siffle doucement. Un bout de mélodie, quelque chose que, étonnamment, elle est capable de reconnaître, tiré d'une chanson de Nirvana.

Gardez votre langue collée à votre palais, respirez par le nez, ouvrez votre poitrine et offrez votre cœur, dit l'instructrice. Vous allez offrir votre cœur.

Helen est reconnaissante pour chacun de ses enfants. Mais elle est le plus reconnaissante, en ce moment, pour Gabrielle. Sa benjamine rentre à la maison pour Noël. Si John achète le billet. Il n'en restera bientôt plus, de ces billets. Elle l'a talonné. Souviens-toi d'acheter le billet à ta sœur.

Et Helen songe au berceau. Elle avait dû assembler un berceau — celui de Gabrielle — et elle était seule et elle s'était pincée entre le pouce et l'index dans le truc en métal coulissant qui permettait d'abaisser le côté, et elle n'arrivait pas à éteindre le mobile qui jouait « Ah! vous dirai-je, maman ». Quelque chose s'était coincé dans le mécanisme du mobile, il jouait sans s'arrêter.

Le berceau était impossible à assembler — le morceau identifié par un A ne se fixait pas au loquet correspondant, lui aussi étiqueté A —, alors elle avait frappé avec un marteau pour tordre la languette de métal, et puis elle lui avait foutu une raclée à coups de pied.

Elle avait continué à le bourrer de coups de pied jusqu'à ce qu'elle soit sûre de s'être cassé un orteil, et puis elle avait appuyé le garde-corps contre le cadre de la porte et avait sauté dessus, fendant deux barreaux en bois, et puis elle avait lancé le mobile sur le mur, ce qui avait eu pour effet de ralentir « Ah ! vous dirai-je, maman » dont chacune des notes s'élevait paresseusement.

C'était l'affaire du père d'assembler le berceau, c'était le boulot de Cal, et maintenant elle n'avait pas de berceau. Elle était à genoux, en train de détruire le truc à coups de poing, à crier après : le boulot de Cal ! Elle avait lancé le marteau contre le mur, trouant le gypse. Elle avait appris à ne pas lancer de marteau contre un mur. C'était l'une des choses qu'elle avait apprises, et qu'elle était reconnaissante de savoir.

Elle était restée dans le coin de la chambre à regarder avec elle ne savait quelle expression le berceau abîmé. Peut-être la même expression qu'elle arbore maintenant, le cri silencieux de muscles abdominaux trop tendus.

Helen est reconnaissante de ce que ses filles soient honnêtes envers elle. Ses filles lui disent tout. Elles lui disent tout parce qu'elle s'abstient de juger. Helen les a toujours laissées faire à leur tête. Elle ne veut pas qu'elles soient prudentes, mais elles le sont. C'est le calme sinistre qui émane d'elles parfois quand elles sont réunies dans la cuisine qui pousse Helen à douter d'elle-même. Elles s'inquiètent pour elle, et ça ne lui plaît pas.

Écartez les doigts, dit l'instructrice, de manière à avoir un fondement solide. Nous allons passer aux postures de guerrier. Ceux qui ne sont pas prêts pour les postures de guerrier, suivez simplement aussi loin que vous en êtes capables.

Je suis prête, songe Helen, pour les postures de guerrier.

Gardez le dos long, dit l'instructrice. Lulu et Cathy sont

plus grandes qu'Helen, elles ont pris des boulots sans qu'elle leur ait dit de le faire quand elles étaient à l'école secondaire, et elles lui versaient de l'argent pour le loyer. Elles étaient serveuses, ou gardaient des enfants. Elles travaillaient à l'hôtel Newfoundland. Elles avaient des uniformes, touchaient d'excellents salaires, et ça les regardait, ce qu'elles faisaient du reste de leur argent. Elles sont allées à l'université. Elles avaient une attitude pragmatique face à l'éducation supérieure : ça leur ouvrirait des portes. Elles n'avaient pas eu besoin de savoir ce qu'elles voulaient faire ; elles étaient prêtes à faire ce que tout le monde faisait, mais leur œil intérieur restait fixé sur une sorte de révolte anarchique.

Quand Cathy était au secondaire, un policier était venu frapper à la porte d'Helen, et elle avait découvert sa fille tellement soûle qu'elle avait du mal à tenir debout. Un jeune policier soutenait Cathy, et le gyrophare lançait des éclairs rouges et bleus dans tout le voisinage. Et Helen était incapable de penser autre chose que : Merci mon Dieu. Merci mon Dieu. Merci mon Dieu. Merci mon Dieu. Quatre heures du matin, et elle avait arpenté toutes les rues, était entrée dans les bars, vêtue d'un cardigan qui pendouillait sous son manteau de ski et d'un pantalon en coton ouaté, vu les foules où tout le monde était jeune, soûl, bichonné, l'air maussade, et elle avait eu l'impression de porter un panneau d'homme-sandwich où se lisait : *Mère de quelqu'un.* Mais Cathy n'était pas parmi la foule. Helen avait donné des coups de fil, marché dans le froid mordant, les étoiles étaient apparues et il neigeait.

Et puis la voiture de police, et Helen était sûre… parce qu'il lui était déjà arrivé de recevoir une nouvelle, et elle avait perçu la même chose : l'air glacial, la lumière fluorescente dans la cuisine, l'horreur qui bondit… mais Cathy était sortie de la voiture de patrouille plus ou moins par ses propres moyens ; elle était soûle et le genou de son jean était déchiré, mais elle était vivante.

Elle s'était endormie dans un banc de neige près du port, avait dit le policier. Helen avait soutenu Cathy par les épaules de sa veste de jean : la peau pâle de sa fille, ses cheveux noirs, son jean déchiré, comme tout cela paraissait comique maintenant qu'elle était en sécurité.

Merci, monsieur l'agent, je suis très reconnaissante, avait dit Helen. Le genou ensanglanté, des coulées de mascara sur le pâle visage couvert de taches de son de sa fille de quinze ans. De ses filles, c'était celle qui avait les yeux les plus bleus et un don peu commun pour les mathématiques. Une intelligence aiguë, qu'elle pouvait égarer comme une boucle d'oreille ou une clef.

L'événement s'effaça, éclipsé par son dénouement. C'était fini. Cathy était en sécurité. C'était déjà anecdotique, lardé du piquant qu'apporte une catastrophe évitée de justesse, déjà converti en histoire qu'elles raconteraient, plus tard, en pouffant : Et ce pauvre jeune agent de police, la mine qu'il faisait. Et ta mère, alors, quand elle est entrée dans ce bar, s'imagine dire Helen plus tard. Quand de l'eau aurait coulé sous les ponts, elle pouvait s'entendre dire à un souper de famille, parlant d'elle-même à la troisième personne : Et ta mère, alors, quand elle est entrée dans ce bar en pantalon en coton ouaté, complètement paniquée, à moitié folle, et la première chose qu'on sait, voilà les policiers, et tous les voisins sont à leur fenêtre, pour ne rien rater du spectacle.

Allons mettre ma petite fille au lit, avait songé Helen. Le front de Cathy avait heurté la clavicule d'Helen. Elles oscillaient doucement. Ou le luminaire, suspendu à une chaîne, oscillait. Cathy avait levé la tête, révélant ces yeux, et Helen avait su avant que Cathy ne dise un mot.

Je suis enceinte, avait dit Cathy. Et puis Helen l'avait giflée. L'empreinte de sa main.

Les filles laissaient des cheveux dans le lavabo et dans le drain, elles se rasaient les jambes et laissaient un cerne de saleté grise autour de la baignoire, elles parlaient au téléphone, les soirées qu'elles organisaient, l'odeur de cigarette froide au petit matin, et de bière, toutes fenêtres ouvertes, l'air glacial entrant dans la maison.

Et elles se disputaient, les filles ; elles se chamaillaient. Une brosse à cheveux frappait le mur, quelqu'un avait emprunté le quelque chose de quelqu'un sans demander la permission. Où est mon nouveau chandail ? Elle a pris mon chandail.

Mais que quelqu'un qui n'appartient pas à la famille s'avise de faire un commentaire désobligeant. Qu'un étranger ose dire quelque chose au sujet de l'une des filles, et voyez comme les autres volaient à la rescousse. Elles prenaient soin l'une de l'autre. Il y avait le souci de les savoir en voiture avec des garçons éméchés, le souci de la maladie, de n'avoir pas de compagnon pour le bal des finissants, ou bien elles voulaient des cadeaux coûteux pour Noël ou leur anniversaire, ou il y avait quelque injustice avec un professeur, une menace d'expulsion, ou elles voulaient un boulot, ou quelqu'un voulait les épouser. Et puis, sans avertissement, elles étaient parties. Elles avaient toutes grandi jusqu'à avoir leur propre vie, puis c'était devenu très silencieux. Helen avait eu l'impression qu'il lui faudrait lutter bec et ongles pour arriver à sortir de ce silence, mais, très vite, elle en fut reconnaissante.

Reportez votre conscience sur votre abdomen, dit l'instructrice. Relâchez les côtes flottantes. Enroulez lentement votre coccyx. Inhalez, et fléchissez vers l'arrière. Cet exercice a pour fonction d'unir le cerveau, le corps et l'esprit. Il favorise une relaxation profonde. Rappelez-vous d'offrir votre cœur quand vous expirez. Cette posture a à voir avec la force vitale plutôt qu'avec la force brute. C'est une clef permettant d'accéder à ce que vous êtes et de vous faire éprouver de la reconnaissance pour tout ce que vous avez, et elle comporte l'avantage supplémentaire de renforcer les abdominaux. Et respirez.

* * *

Verre brisé, 1987

Helen a reçu un coup de téléphone de l'hôpital quand John avait quatorze ans, on a demandé si elle était la mère de John O'Mara et elle a dit oui. On a dit qu'on appelait de l'hôpital Janeway, que John était sain et sauf mais qu'il avait subi quelques coupures que le médecin était en train de suturer.

Pas mal de points de suture, a dit l'infirmière, pantelante, peinant à suivre Helen, qui courait presque dans le corridor de l'hôpital. John était au Zellers de Topsail Road avec ses copains Neal Yetman et John Noseworthy, et ils avaient décidé de chiper des cassettes, qu'ils avaient glissées dans le capuchon de leurs manteaux, et John, son John, avait volé de petits lapins de Pâques en chocolat. Il les avait fourrés dans ses chaussettes, et un gardien de sécurité l'avait repéré en une seconde, il avait couru dans l'allée. Une alarme s'était mise à hurler et des gardiens de sécurité arrivaient de toutes les directions, trois ou quatre au moins, et à la toute dernière seconde ils ne criaient plus de la même manière, leurs voix avaient changé, ou bien ils disaient autre chose, mais John n'avait pas compris. Il allait si vite, il était à ce point surexcité qu'il avait couru droit dans une porte vitrée.

Il était passé au travers, des triangles de vitre avaient fusé, tourbillonné autour de lui, attrapant le soleil, lançant des éclairs et se fracassant sur l'asphalte, puis chaque énorme morceau avait volé en mille éclats et John avait eu d'horribles entailles sous le bras et sur les jambes, mais ça avait l'air pire que c'était, dit l'infirmière, juste quelques éraflures, en fait, l'infirmière courant derrière Helen qui filait dans le corridor — Ça a vraiment l'air pire que c'est —, mais son visage était intact, Dieu soit loué. Il était passé à travers cette vitre et ne s'était pas blessé au visage.

Après cela, John a tondu des pelouses. Helen l'a forcé à tondre. Et il a peint des clôtures. Il a tondu toutes les pelouses auxquelles elle a pu penser.

Les filles ne lui causaient pas de souci, et elles couvraient John quand elles le pouvaient. Les filles mentaient pour lui, lui prêtaient de l'argent, elles sortaient en catimini le soir pour le ramener à la maison quand il était soûl, pour qu'Helen ne s'inquiète pas, elles faisaient le ménage quand John avait organisé une fête, elles faisaient ses devoirs pour lui, et malgré tout John ne laissait pas une seconde de répit à Helen.

*   *   *

Un visiteur, juin 2008

Helen entendit John dire : Quand on y pense. De passage à la maison entre deux voyages, il tendait la main vers une pâte feuilletée. Il y a des protocoles de sécurité conçus, dit John, pour éviter que les hommes réfléchissent. Ils n'ont pas à réfléchir.

John, dit Cathy. C'était à une fête chez Helen, à l'occasion du bal des finissants de sa petite-fille Claire.

C'était hier à peine, avait dit John, plus tôt. Il avait montré à Claire la taille qu'elle avait le jour de sa naissance, en écartant les mains comme pour mesurer une truite.

Pas plus grosse que ça, dit-il.

Viens te mettre dans la photo, dit Cathy à John. Elle le bourra de coups de pied et le poussa de la hanche jusqu'à ce qu'elle l'ait forcé à quitter la chaise de cuisine. Il y avait un véritable festin dans la salle à manger. John avait cuisiné. Oignons caramélisés, pommes et brie en pâte feuilletée. Il avait enveloppé de prosciutto les plus gros pétoncles qu'il avait pu trouver. Il avait coupé en deux des betteraves miniatures et étendu de la ricotta au milieu. Il voulait cuisiner un lapin, mais ses sœurs refusaient de manger du lapin, alors il avait laissé Helen préparer la dinde.

Quelqu'un parlait du sodium dans l'alimentation du Terre-Neuvien moyen.

Je fais juste dire, dit Cathy. Regarde comme Johnny y va avec le sel.

Des légumes bouillis sans sel, dit Cathy. Elle roula les yeux. Ils étaient tous entassés dans la cuisine parce que Claire allait descendre vêtue de sa robe de bal. La fille de Cathy, Claire, qui finissait déjà le secondaire.

Les plus jeunes des petits-enfants jouaient au hockey bottine dans la rue, la porte d'entrée s'ouvrait et claquait sans cesse, et l'odeur de l'air frais.

Helen pinça le bulbe en caoutchouc de la poire à jus, aspira le gras bouillonnant qu'elle répandit sur la dinde. Ses lunettes étaient embuées. Elle remit la rôtissoire au four et leva la porte grinçante à l'aide de son pied.

J'ai un menuisier qui s'en vient, dit-elle. Pour faire les planchers, et je fais repeindre la maison.

Maman, dit Lulu. C'est merveilleux.

Helen frappait le bord des casseroles avec la cuillère en acier inoxydable après en avoir remué le contenu, puis elle se retourna face à ses enfants, les mains dans des mitaines de four marine et argent. Je veux quelque chose qui s'appelle blanc de voile pour les moulures, et pour la salle à manger une couleur qu'ils appellent café crème, dit-elle.

Les opinions ont changé sur le sel, dit Claire. Elle était là, dans l'embrasure de la porte. Elle était vêtue de rose, avec un corsage chatoyant, et la jupe était composée d'une multitude d'épaisseurs de différentes nuances de rose, et il y avait du brillant. Elle était hésitante sur ses nouveaux talons. Helen joignit les mains, toujours dans leurs mitaines de four, pour s'empêcher d'applaudir.

Je n'aime pas le rouge à lèvres, dit Claire. Elle retroussa la bouche vers le haut.

Oh, il faut que tu aies du rouge à lèvres, dit Cathy. Mets-le pour moi.

Je ne veux pas.

Ça complète l'ensemble, dit Cathy. Une petite touche de couleur.

Tu es magnifique, dit Helen.

Elle est quelque chose, pas vrai, dit John.

Cathy plaqua la main sur sa bouche. Comment est-ce que c'est arrivé ? gémit-elle. Comment est-ce que tu as pu grandir si vite ?

Je vais mettre le rouge à lèvres, dit Claire. Pour une raison ou pour une autre, maman est en train de péter un plomb à cause du rouge à lèvres.

Cathy se mit à pleurer et sortit en hâte de la pièce, tête baissée, voûtée. Ils entendirent claquer la porte de la salle de bains de l'étage. La porte se rouvrit et Cathy leur cria dans la cage d'escalier : Je veux juste qu'elle soit jolie. Est-ce que c'est un crime ? Et la porte claqua de nouveau.

Je vais mettre le rouge à lèvres, cria Claire en direction du plafond. On tira la chasse d'eau, qui fit un bruit affligé. Ils étaient silencieux dans la cuisine. Helen avait fermé le feu sous les casseroles, même le son de l'eau qui bout s'était tu, et ils pouvaient entendre une sorte d'oiseau qui pépiait dans la cour.

Cathy revint dans la pièce, égoutta les pommes de terre et s'y attaqua à l'aide du presse-purée. Elle martelait les légumes. Lulu lui tendit un bâtonnet de beurre enveloppé de papier d'alu.

C'est juste que je suis tellement fière d'elle, dit Cathy. Sa moyenne cumulative.

Je sais, dit Lulu.

Elle a eu une médaille d'excellence.

Tu nous as dit.

Je ne sais pas d'où elle tient ça.

Je sais d'où elle tient ça, dit Helen.

Je m'en fous, dit Cathy, du foutu rouge à lèvres.

J'ai mis le rouge à lèvres, dit Claire. Maman ? Tu vois ? J'ai mis le rouge à lèvres.

Il y eut un moment de silence tandis qu'ils absorbaient la vue de l'adolescente de dix-sept ans, tandis qu'ils permettaient à sa beauté d'irradier dans la pièce. Ils absorbèrent tous l'instant, ils sentaient que l'heure était grave. Et au cours de cette pause qui s'étirait, John mentionna de nouveau le champ de pétrole.

Ce que je disais, dit John, c'est que l'ennui, maintenant, c'est qu'un gars n'a plus besoin de réfléchir. Et ça peut être dangereux. Ce n'est pas bon pour l'industrie, la culture qui s'est créée autour de la sécurité. Ils sont comme une bande de vieilles femmes.

Il refusait de se la fermer, et continuait à parler de plateformes et de protocoles et de choses que personne ne voulait entendre.

La sécurité est une bonne chose, dit Helen.

Tout le monde se tut. Claire triturait son corsage et une épingle tomba sur la table.

Avez-vous entendu tomber cette épingle, dit Claire.

Je ne veux pas commencer, dit Helen.

Alors ne commence pas, maman, dit Cathy. John sait que la sécurité est importante.

Je faisais juste dire, dit John.

Ferme-la un peu là-dessus, John, dit Cathy.

Ce que je disais…

Pourquoi tu ne la fermes pas ?

O.K., champagne, dit John. Est-ce que je peux dire champagne ?

C'était le printemps, il faisait encore froid, mais il y avait du soleil, Claire était allée au salon de beauté et embaumait les produits cosmétiques.

On trinque avec ta grand-mère, dit Cathy. Helen mit son bras autour de la jeune fille et l'attira vers elle.

Ne me froisse pas, dit Claire.

Le bouchon du champagne fusa, frappa le plafond et

retomba sur la table. Un tortillon d'écume blanc jaillit de la bouteille et Cathy tendit son verre, mais John mit la bouche directement sur le col de la bouteille et ses joues se gonflèrent.

On sonna à la porte.

Il est là, dit Claire. Elle s'éventa le visage de ses mains comme si elle avait chaud et les larmes lui montèrent aux yeux. Sous le vernis de larmes, ses yeux passèrent du bleu à l'outremer, et on sonna de nouveau. En un instant, elle recouvra son sens pratique. Quelqu'un, répondez à la porte, dit-elle. Elle porta le verre de champagne à ses lèvres et plissa le nez à cause des bulles.

Ne gâche pas ton maquillage, dit Cathy. Elle est en train de gâcher son maquillage. Dites-lui de ne pas gâcher son maquillage.

Ne gâche pas ton maquillage, ma chouette, dit Helen.

Je ne gâche pas mon maquillage. Et ils se retournèrent tous pour saluer le compagnon de Claire. Mais c'était Mme Conway, qui habitait plus bas dans la rue.

Je suis venue pour te voir, dit Mme Conway. Le compagnon n'était pas arrivé. La conversation reprit de la vigueur. Helen regarda l'horloge de la cuisinière. En se rendant à la salle de bains, elle jeta un coup d'œil à la porte d'entrée et resta là, à regarder les enfants jouer au hockey bottine.

Son petit-fils Timmy dans le filet. Patience qui se préparait à tirer. La rondelle s'envola durement et frappa Timmy, qui se plia en deux, tomba à genoux et resta sans bouger. Tout le monde dans la rue s'immobilisa. Timmy porta la main à son casque comme si sa tête était trop lourde pour son cou. Puis ils étaient tous les deux à genoux, Timmy et Patience. Elle avait la main sur son épaule, sa tête penchée près de la sienne. Ils se parlaient, comme ça, agenouillés. Une voiture arriva derrière eux, phares dans le crépuscule. Solennels dans la lumière, ils étaient perdus dans quelque chose d'intime, plein d'innocence enfantine.

Puis Timmy se releva et brandit son bâton comme s'il s'apprêtait à l'abattre sur la tête de Patience et à lui fendre le crâne. Il leva le bâton si vite qu'Helen eut le souffle coupé : les deux mains au-dessus de la tête. Helen entrouvrit la porte pour crier, mais, d'un bond, Patience s'esquiva, tordue de rire, et le bâton frappa l'asphalte avec un bruit sonore, se brisa en deux. Les gamins transportèrent les filets sur le côté de la chaussée, la voiture passa puis ils les replacèrent.

Dans la cuisine, derrière Helen, la conversation se faisait de plus en plus bruyante, de plus en plus animée ; il y avait davantage de rires. Mme Conway racontait une attaque de goutte. Elle avait eu une attaque de goutte qui l'avait rendue littéralement incapable de marcher, et puis elle s'était déboîté la hanche du côté opposé. Tout le monde riait.

Le pied, et puis la hanche, dit Mme Conway. Ils hurlaient de rire. Quelqu'un frappa sur la table.

En plein centre commercial, dit Mme Conway. Avec le chariot. D'abord une affaire, et puis l'autre, dit Mme Conway.

Helen vit les lampadaires s'allumer. Ils clignotèrent et s'allumèrent, la plupart en même temps. Un ou deux s'embrasèrent après les autres. Puis un taxi monta la rue, les enfants déplacèrent encore une fois les filets et Helen se mit en retrait de la fenêtre, à peine, et le jeune homme vêtu d'un complet payait le chauffeur, elle le voyait dans la lumière du taxi, et il avait quoi ? Une demi-heure de retard ? Même pas. Vingt minutes. Elle le vit consulter un bout de papier puis regarder la maison, elle retourna dans la cuisine et on sonna à la porte.

La conversation dans la cuisine déclina jusqu'à n'être plus guère qu'un chuchotement quand John alla répondre.

Et puis, il apparut. Il entra dans une cuisine bondée et silencieuse et vit Claire qui portait à sa bouche un craquelin et un cube de fromage, son autre main en coupe pour attraper les miettes. Claire abaissa le craquelin. Comme cette robe est rose, songea Helen. Il avait fallu un mois et demi pour y broder les perles. Ils attendaient tous qu'il dise comme elle était belle, mais il absorbait la vue de Claire, et la cuisine bondée et le craquelin avec le cube de fromage très orange et le silence.

Tu es belle, lâcha-t-il, et tout le monde éclata de rire, et Mme Conway mima la démarche qu'elle avait quand elle souffrait de la goutte — traversant la cuisine, renversant du champagne — et Helen dit à tout le monde de se servir.

C'est prêt, dit-elle.

*   *   *

Formation en survie de John, 1992

Comme tous les hommes travaillant sur les plateformes, John dut entrer dans le simulateur. Il portait une combinaison de survie. Il dut s'attacher à l'intérieur. Un petit escalier menait au squelette d'un hélicoptère sur le plancher duquel étaient fixées des chaises. Vous délogiez une fenêtre. Vous tiriez le ruban et poussiez doucement des deux mains jusqu'à ce que la fenêtre de l'hélicoptère se détache et se mette à flotter. C'était l'idée. Vous poussiez doucement ou bien vous décrochiez la putain de fenêtre en la bourrant de coups de pied.

Il se mit à suer abondamment. La combinaison de survie était trop chaude, les bottes en caoutchouc, trop lourdes. C'était une grande combinaison munie de fermetures éclair pour l'aération, mais John les avait toutes montées. Il avait serré les poignets de polypropylène à l'aide de velcro. La combinaison collait à son dos et à ses mollets ; elle frottait contre son cou. Il attacha la ceinture le maintenant dans le siège de l'hélicoptère.

L'instructeur s'appelait Marvin Healey. Marvin glissa l'index sous la ceinture de sécurité et la souleva, l'éloignant du ventre de John, puis il la laissa revenir en claquant contre lui. Puis il tapota l'épaule de John.

Tu es bien attaché, dit Marvin.

Il baissa les yeux vers John et dut voir les coulées de transpiration sur son front et ses tempes. John savait ce qui allait suivre : ils immergeraient la capsule et l'eau s'y infiltrerait par toutes les fissures, montant dans la bulle de plastique jusqu'à recouvrir ses pieds, ses cuisses, son entrejambe, sa poitrine et son cou, et puis ils la renverseraient de sorte que John se retrouve la tête en bas, et son visage, son cou et le reste de son corps seraient entièrement submergés.

C'était le fait qu'on recouvrait son visage d'il ne savait combien de tonnes cubiques de terreur qui eut raison de lui. La terreur se refermait sur vous et vous écrasait, et c'était une affaire de secondes avant qu'elle n'aspire votre dernier souffle. Vous deviez vous en remettre aux autres pour vous sortir de là. Il avait perdu connaissance la dernière fois.

Perdre conscience était facile, revenir à soi était plus ardu. Reprendre conscience nécessite de l'intuition et de la foi. On ne peut forcer la foi. La honte, l'échec, les vomissements faisaient tous partie de la reprise de conscience. Vous preniez conscience de tout ce qui clochait en vous. Vous vous retrouviez retourné comme un gant, toutes vos parties les plus intimes exposées au grand jour.

L'instructeur s'était présenté sous le nom de M. Healey et il avait appelé chaque homme par son nom de famille suivi de son prénom. O'Mara, John. Comme s'il lisait de sa planchette à pince.

M. Healey dit : Je cherche un volontaire. O'Mara, John ne s'est pas porté volontaire pour passer le premier.

M. Healey fit un laïus sur la sécurité, qui changerait votre vie de manières qui n'étaient pas nécessairement évidentes au premier coup d'œil, mais un jour viendrait — promettait M. Healey — où une telle occasion se présenterait, comme dans toute existence moderne, au moins une fois, sans tambour ni trompette, et alors ces habiletés de survie seraient absolument nécessaires. Les hommes seraient reconnaissants, prédit M. Healey.

La combinaison de survie ordinaire est la meilleure amie d'un homme sur l'eau, dit M. Healey. C'est aussi simple que ça.

Tandis que M. Healey pérorait, John se souvint d'une religieuse à l'école primaire parlant d'un garçon qui était mort près de la fontaine de l'école quand ils étaient en troisième année. John était debout derrière Jimmy Fagan, attendant son tour pour boire. Tout à coup, le garçon avait titubé jusqu'à l'escalier en se tenant le côté de la tête, et s'était agrippé à la rampe comme s'ils étaient sur une mer agitée. John se rappelait le petit robinet, l'eau qui montait en glougloutant quand on tournait la poignée, et le garçon, Jimmy Fagan, sa bouche dans l'arc d'argent liquide.

Une âme simple, avait dit la religieuse. John se rappelait cela. C'était ce vers quoi ils devaient tendre : la simplicité. Pour ce qu'il en avait compris, la simplicité impliquait une sorte d'oubli. Oubliez que vous avez de l'importance. Ou que quoi que ce soit d'autre a de l'importance.

La surface du bassin derrière M. Healey luisait sous l'éclat des luminaires du plafond qui se nouait et se démêlait.

Ils devaient tendre vers un oubli égal aux stries glaciaires dont John avait appris l'existence en géographie cette année-là. Un arrachement de tout ce qui n'était pas simple.

Il faut que quelqu'un passe le premier, dit M. Healey. Il se leva deux fois sur la pointe des pieds. Il portait des chaussures de sport blanches, et elles étaient désagréablement féminines. Marvin Healey s'entraînait, et les muscles de son torse étaient semblables à ceux d'un héros de bande dessinée, il était bronzé et ses cheveux étaient d'un argenté incandescent. C'était une teinte de gris qu'on associe facilement à la sagesse.

Puis-je avoir un volontaire, demanda M. Healey. Seulement deux des dix hommes du groupe savaient nager. Ces hommes ne se portèrent pas volontaires. Ils étaient muets.

O'Mara, John, dit M. Healey. Il avait les yeux baissés vers

les noms sur sa planchette à pince. M. Healey avait révélé des informations personnelles sur lui-même à quelques reprises durant les leçons, parfois dans le cadre d'anecdotes révélatrices — il avait parlé aux hommes, par exemple, de sa phobie des oiseaux. Un jour, il était sorti d'une station-service de Bay Roberts pour découvrir une mouette perchée sur le siège avant de sa décapotable. Il était entré à côté, chez Mary Brown, pour acheter une portion géante de frites afin de convaincre la mouette de quitter la voiture. Il l'avait appelée, avait fait claquer sa langue, debout sous le soleil, tête nue, pendant près d'une demi-heure, suppliant la mouette, murmurant, priant et lançant des frites, et l'oiseau l'avait regardé, suprêmement indifférent. Et puis M. Healey avait senti quelque chose effleurer la jambe de son pantalon et, baissant les yeux, il avait découvert une cinquantaine de mouettes qui se pressaient à ses pieds. La leçon, avait-il expliqué au groupe, c'était qu'il ne fallait pas céder à la panique.

M. Healey fit un petit geste à quelqu'un dans le bureau et la capsule coula dans le bassin.

L'eau ne connaît qu'un seul impératif. Chaque goutte se rue sur elle-même, toujours. Tout ce que l'eau veut, c'est dévorer son propre ventre. Elle coule en elle-même, se fait plus lourde, plus rapide et poursuit son chemin, même en restant immobile.

Il y avait des plongeurs au fond du bassin, vêtus de caoutchouc noir, et, vus de la surface, leurs corps tremblotants changeaient sans cesse de taille, ressemblant parfois à des allumettes brûlées avant de se faire courts et trapus.

Pas un homme ne pourrait jamais survivre à l'Atlantique Nord pendant plus de cinq minutes sans une combinaison de survie convenablement ajustée, même s'il savait nager. Et les chances de survivre à un écrasement d'hélicoptère, même avec la combinaison, étaient quasi nulles. Tous les hommes savaient cela. Ils le savaient tous. Mais tous ceux qui mettaient le pied sur une plateforme de forage devaient s'extirper d'un écrasement d'hélicoptère simulé s'ils voulaient garder leur boulot.

John et sa capsule en plastique furent lâchés dans le bassin. L'eau déferla à l'intérieur, plus rapide que quoi que ce soit qui eût jamais déferlé où que ce soit. C'est une propriété de l'eau — elle bouge plus vite que vous ne le croyez. Elle bouge toute en même temps. L'eau pénétra, la tête de John était submergée et il donna des coups de pied dans la porte.

Il se rappela de détacher les courroies, ce qui était mieux que la fois précédente, et puis il perdit connaissance. Ce qui signifiait simplement qu'il lui faudrait reprendre l'exercice.

*   *   *

Un orage, 1980

Parfois Helen se rappelle que le chien avait disparu une demi-heure avant le début de l'orage. La pluie tombait droit, sans un souffle de vent. Il y avait des centaines de milliers de voiles de pluie, l'un derrière l'autre, et ensemble ils formaient un mur translucide. Les arbres au coin de la pelouse flageolaient derrière le mur d'eau comme s'ils étaient faits de gélatine. La remise était bancale. La pluie rebondissait en dansant sur les dalles. Elle frappait les pierres avec tant de force qu'elle aurait pu provoquer des étincelles. L'eau dans le bol du chien débordait. Le soir tombait et le chien détestait la pluie. Un des enfants avait oublié de fermer la porte de derrière.

Cal enfila des bottes en caoutchouc et un imper accroché sous le porche, et il prit la lampe de poche. Le cercle pâle émis par la lampe tremblait partout sur la pelouse. Il monta dans le camion, fit démarrer le moteur. Parfois le son du moteur était suffisant pour que le chien revienne. Les phares s'allumèrent, et la pluie dans leur faisceau tombait très rapidement, droite comme des aiguilles à coudre.

Helen ne pouvait quitter la maison parce que les enfants dormaient. Il y eut un éclair, qui illumina la chambre d'une lumière crue, teintée de bleu ou trop blanche. Elle se rendit à la fenêtre pour regarder, et l'éclair révéla la pluie, il dépouilla la pelouse verte de couleur de sorte qu'elle semblait grise et il alluma le côté de l'église blanche, loin sur la colline, d'un éclat soudain. L'océan vira au gris et l'écume indomptée sur les vagues était ultraviolette. C'était une claque de lumière surnaturelle qui dura trop longtemps, qui papillota puis se retira de la terre et de l'océan, et tout fut plus sombre qu'avant. Le tonnerre gronda sur une longue distance. On aurait dit qu'il grondait depuis Bell Island, de l'autre côté de l'océan. Il arriva jusqu'à la pelouse. Il gronda sur la pelouse et éclata, là, juste devant la fenêtre. Il fit cliqueter les panneaux de verre dans leurs vieux meneaux à moitié pourris. C'était la maison qu'ils avaient achetée près de la baie, où ils venaient en été quand Cal descendait de la plateforme.

Helen s'était endormie sans avoir jamais décidé de s'étendre, et elle s'éveilla quand Cal revint. Il s'appuya contre le cadre de porte et éclata en sanglots.

Je ne peux pas cesser d'y penser, dit-il. Il doit être coincé quelque part ou bien il est incapable de revenir à la maison. Il n'aime pas la pluie. Helen voulut prendre Cal dans ses bras, mais il se dégagea.

Je suis trempé, dit-il.

Ils s'étaient querellés au sujet du chien. Ils s'étaient querellés pour savoir s'il pouvait dormir sur le lit. Cal laissait des fourchettes couvertes de nourriture pour chien dans l'évier, et l'odeur donnait la nausée à Helen. Il laissait le chien lui lécher le visage. Il donnait à manger au chien à table. Cal tenait un bout de steak cuit au barbecue au-dessus de la tête du chien, qui levait les yeux et restait tout à fait immobile.

Regarde ça, disait Cal. Ne bouge pas, disait-il doucement. Le chien restait immobile, et puis un son aigu s'élevait qui venait de la gorge de l'animal, et il levait une patte, la posait par terre avant de lever l'autre patte.

Non, disait Cal. Et le chien redevenait immobile. Helen trouvait tout cela insupportable. Et puis la viande tombait, la mâchoire du chien claquait, saisissant la viande au vol, il y avait deux autres claquements mouillés de la mâchoire et la viande disparaissait. Ce spectacle ravissait Cal à un point tel qu'il poussait sa chaise de la table, se tapait sur les cuisses, le chien sautait pour venir mettre sa tête sur l'épaule de Cal et ils grognaient de concert, et Helen disait : Pas à table.

Cal se défit de ses vêtements mouillés et s'allongea dans le lit près d'elle, ses jambes étaient glacées, et ses pieds. Puis il rejeta la couverture avec un bruit de déchirure et il avait de nouveau disparu, Helen entendit la porte de derrière, le camion, et Cal qui s'éloignait.

Il revint à l'aube, Helen s'habilla et alla à son tour chercher le chien. Elle marcha pendant une heure. Ses vêtements s'étaient trempés dès qu'elle était sortie. Son jean collait à ses cuisses et à ses mollets.

Les eaux brunes de la rivière gonflée tourbillonnaient, il y avait des arbres brisés et le bois fendu paraissait très jaune dans la pénombre. La rivière coulait plus vite qu'elle ne l'avait jamais vue couler, elle était sortie de son lit, lisse et épaisse au-dessus des rochers d'où les enfants avaient l'habitude de sauter, et dangereuse. Elle s'arrêta pour humer une rose sauvage aux pétales recouverts de grosses gouttes de pluie qui sentait la cannelle et exhalait cette douceur crépusculaire propre aux roses sauvages.

Le chien est sans doute mort, songea-t-elle. C'était fou comme Cal aimait ce chien. Les gens prétendaient qu'il s'agissait d'un retriever de la Nouvelle-Écosse, mais c'était un corniaud. Brun-roux avec une queue retroussée et, après quelques étés, ils virent plusieurs chiens avec la même queue dans le quartier. C'était un joli petit chien, mais il lui arrachait le bras quand Helen essayait de le promener en laisse. Débordant d'énergie. Lorsqu'il voulait sortir dans la cour, le chien jappait à la porte en bondissant sur place.

Quand Helen revint à la maison, la pelouse était couverte d'eau et seule la pointe de chacun des brins d'herbe mouchetait la surface vitreuse, et la pluie avait presque cessé. Elle tombait encore, mais elle tombait en silence, et le soleil, les nuages et le ciel bleu se reflétaient sur la surface vitreuse par-dessus la pelouse. L'odeur de la fumée du poêle à bois était très forte. Tout sentait frais. Les enfants étaient levés, Cal était en train de faire cuire des œufs brouillés et il ne se retourna pas quand elle entra.

Je sais qu'il est probablement mort, dit Cal. Mais je ne peux pas l'imaginer.

On va tous monter dans la voiture, dit Helen.

S'il n'était pas mort, il serait revenu à l'heure qu'il était. Cal déposa les œufs sur de petites soucoupes en plastique ornées d'une image de Big Bird. Il avait mis au four une assiette de rôties qu'il sortit, oubliant qu'elle était chaude, et il laissa tomber l'assiette sur le four et agita vivement la main, se tenant le poignet.

Maudite assiette, dit-il.

Il servit les œufs et donna des rôties à tout le monde, versa du jus aux enfants, et il y avait du café, dont il versa deux tasses.

Tout le monde dans le camion, dit Helen.

Laisse-les manger, dit Cal.

Tout le monde dans le camion, dit-elle. Les enfants grimpèrent un à un, firent glisser la portière pour la fermer et puis baissèrent la vitre. Une fumée s'élevait maintenant de la terre tout entière.

Vos ceintures de sécurité, dit-elle. Le soleil était sorti, plus chaud, des lambeaux de vapeur flottaient au-dessus de la route et un banc de brume bas traversait la baie. Ils appelaient tous le chien tandis qu'ils roulaient. Cal conduisait lentement, et puis Cathy poussa un cri.

Il est là, cria-t-elle.

Au début, le chien resta sans bouger et on aurait dit qu'il était mort, sans aucun doute, mais il leva la tête et Cal se rangea. Ils descendirent la rive escarpée en courant, et le chien était blessé. Il était étendu dans une flaque d'eau, et le froid, et son pelage trempé, et on aurait dit qu'il allait mourir même s'ils l'avaient trouvé. Le pelage jaune-blanc d'une patte de derrière avait été raclé jusqu'à l'os, et il frissonnait violemment, à peine capable de bouger, et Cal le souleva pour lui parler.

Cal dit : Ça va aller, on ne va pas te laisser mourir.

Cal les conduisit tous chez le vétérinaire, et ils revinrent à la maison à la fin de la journée. Il avait fallu un long moment pour se rendre chez le vétérinaire à Carbonear, aussi y avaient-ils laissé le chien pour la nuit. Sa patte était cassée, mais il n'avait pas de blessures internes, et ça leur coûterait deux cents dollars.

Quand ils rentrèrent à la maison, il faisait noir, et Cal alluma. Il tenait Lulu endormie dans ses bras. Helen et lui couchèrent les enfants. Puis ils redescendirent au rez-de-chaussée et les œufs brouillés étaient encore dans les soucoupes Big Bird, et le jus d'orange intouché dans trois petits verres. Ils restèrent plantés là tous les deux à regarder la table. L'ampoule suspendue au-dessus était dépourvue d'abat-jour.

Les œufs, les assiettes Big Bird, le jus et l'odeur qui vient après la pluie — Helen se rappelle que toutes ces choses l'avaient amenée à croire pendant un instant qu'elle entrait dans une scène de musée, un tableau d'une vie perdue : Un port, Terre-Neuve, *circa* 1980.

* * *

La petite amie de John, 2005

John a eu deux relations qu'il qualifierait de sérieuses. La question des enfants s'est présentée avec les deux femmes. Elles étaient toutes deux tombées amoureuses de lui sans croire tout à fait qu'elles ne réussiraient pas à l'amener à force de persuasion ou de ruse à embrasser la paternité.

Les deux fois, la rupture avait pris la forme d'une discussion irrévocable. La fin avec Sophie avait eu lieu dans son appartement au sous-sol ; ils venaient juste de peindre la cuisine en vert pâle et la peinture était parfumée. Pour toujours par la suite l'odeur de la menthe lui rappellerait l'heure tardive, les murs nus, et la manière dont Sophie s'était glissée contre l'un deux, laissant une trace dans la peinture fraîche. Elle s'était assise par terre, les épaules voûtées, coudes ramenés entre les genoux, les poignets relâchés de telle sorte que ses mains pendaient mollement près de son visage.

Elle était secouée de violents sanglots, mais il y avait très peu de bruit. John avait tenté de lui tapoter ou de lui lisser les cheveux, mais elle avait chassé sa main d'une claque. Elle avait levé les yeux, le visage luisant de larmes et de morve, rose de férocité.

Tu vas être tout seul, avait-elle dit. Un vieux bonhomme excentrique tout seul avec personne pour changer ton sac à colostomie, tu n'auras même pas un chat, ou bien tu vas avoir trente chats qui vont chier sur le plancher de la cuisine. Tu vas puer la solitude.

Il avait quitté l'appartement sans prononcer un mot de plus. La nuit était tombée pendant qu'ils peignaient. Les cieux s'étaient ouverts. La pluie fouettait les trottoirs et rebondissait sous les lampadaires. Elle coulait en ruisselets dans le caniveau, s'accumulait contre une cannette de boisson gazeuse puis poursuivait son chemin en entraînant des feuilles brunes. Elle couvrait la rue d'une laque qui brillait sous le reflet de phares en mouvement. Les chaussettes de John étaient trempées dans ses chaussures. Ce qu'il ne ressentait pas, c'était du regret ou du chagrin. Il se sentait euphorique.

Il avait aimé Sophie ; ou il avait apprécié sa cuisine et la marijuana qu'elle faisait pousser dans le placard de sa chambre. Un grand placard avec des lampes au néon. L'intense odeur verte et les feuilles qui chatouillaient quand vous y entriez. Les plants étaient presque aussi hauts qu'elle, et la moitié d'un joint suffisait à vous faire voir des étoiles. Elle avait une façon de frotter les feuilles puis de porter les doigts à son nez pour les humer qu'il trouvait érotique. Elle affirmait pouvoir dire des choses en humant les feuilles. Elle parlait comme si les plants avaient une vie intérieure et il ne lui posait pas de questions parce qu'il avait peur de ce qu'elle pourrait répondre. Sophie parlait une langue ésotérique où il était question de watts, de semences et d'eau, et elle s'occupait de ces plantes avec un sentiment qui frôlait le respect.

Elle vendait son herbe à un prix raisonnable ; c'était important à ses yeux. Elle aimait l'aspect social de la rencontre avec ses clients. Elle aimait les heures secrètes passées paresseusement en compagnie de chômeurs, de professeurs d'université ou d'avocats à la retraite. Ils parlaient politique et moyens de changer le monde.

John admirait la façon dont elle dressait la table : chandelier trapu et terni, nappe mexicaine tissée à la main avec une rayure d'un rose outrancier au milieu. Elle avait un faible pour les cocktails à la mode et pour la viande de gibier qui était pleine d'os minuscules et qu'elle faisait cuire en croûte. Ou bien elle était végétarienne pendant des semaines. Parfois, la surface entière de sa table de cuisine était couverte de chanterelles mises à sécher. Elle fréquentait des boutiques d'aliments naturels minables où elle achetait des céréales et des épices dont John ignorait l'existence, et elle parlait de mettre sur pied un quatuor de chant d'harmonie. Si elle avait un don, c'était celui d'harmoniser. Elle était plus intelligente que John et avait une façon de plisser les yeux en attendant qu'il saisisse.

Mais un bébé ; dans sa crise de larmes pour réclamer un bébé, Sophie paraissait possédée. John avait pensé qu'il leur faudrait un prêtre ou quelque autre saint homme du même acabit pour l'exorciser. Il lui avait semblé avoir un aperçu de ce que Sophie serait un jour : recroquevillée, les paupières gonflées, l'air malade contre la peinture fraîche légèrement teintée de vert. Ça n'avait rien à voir avec la nudité du dos de Sophie dans sa robe à paillettes noire ou avec le son de sa flûte en fin d'après-midi — choses qu'il adorait. Elle désirait un asservissement qui les enchaînerait tous les deux. Elle voulait mettre de côté toute son élégance pour un machin criard, barbouillé de sang. À la vue du sang, John s'évanouissait.

Le trajet de son appartement jusqu'à la ruelle ce soir-là le trempa jusqu'à l'os. Il attendit que la voiture se réchauffe, envahie par l'odeur du vieux manteau de tweed qu'il avait sur le dos. On aurait dit que Sophie avait été emportée par la pluie.

Et elle n'avait pas téléphoné, même s'il s'était attendu à ce qu'elle le fasse et qu'il avait songé à changer de numéro.

Il l'avait vue dans la rue, pendue au bras d'un gars qui portait une guitare dans le dos. Elle avait semblé folle de joie de le revoir. Tout signe de férocité avait disparu. Elle lui avait fait l'accolade d'un bras, sans se détacher tout à fait du musicien. Elle avait présenté John, le décrivant comme un *super bon ami,* et n'avait livré aucune information susceptible d'identifier le musicien, qui la tirait pour qu'elle le suive.

On est en retard, avait expliqué Sophie à John. Elle avait haussé les épaules, comme si être en retard était un petit caprice qu'elle partageait avec le musicien, une adorable lubie à laquelle ils étaient inexplicablement vulnérables en tant que couple.

Après l'avoir rencontrée ainsi par hasard, John avait eu brièvement mais sincèrement le cœur brisé. Il voyait ce qu'il avait perdu : l'écharpe rugueuse qu'elle enroulait autour de son cou ; elle était gauche et trop grande ; elle avait un appareil photo, était toujours en train de se forger quelque souvenir ; une fois, il l'avait vue entortiller le papier d'aluminium du paquet de cigarettes de quelqu'un pour en faire un cygne en origami. Il avait trente-deux ans à l'époque ; qu'avait-il contre les enfants ? Il se surprenait à regarder les porte-bébés. C'était le fait que les enfants n'étaient pas portatifs qui l'effrayait. Pas assez portatifs. Il s'était creusé les méninges, mais n'était pas parvenu à se rappeler le nom du musicien.

Après Sophie, Jonn avait découvert qu'il aimait à coucher avec des femmes plus jeunes. Plus jeunes de cinq, dix ans. Ces jeunes femmes n'étaient pas pressées d'être enceintes ; elles militaient ferme pour s'en protéger. Il adorait leur Facebook, leurs téléphones portables roses et leurs slips en coton, plus athlétiques et bon enfant que sexy, avec des plaisanteries plus ou moins rigolotes gribouillées sur le derrière. Il adorait les centaines de photos qu'elles prenaient d'elles-mêmes en tenant leur appareil photo à bout de bras, leur Mike's Hard Lemonade et leurs fringales de frites sauce à minuit, les bouteilles de bière vides sur les tables en Arborite et en chrome fatiguées qu'elles dénichaient à l'Armée du Salut et menaçaient régulièrement de vendre sur eBay pour une fortune. Il aimait leur brillant à lèvres aux saveurs d'enfance (melon d'eau, gomme à bulles), et leur empressement à décortiquer une idylle ou une bagarre.

Au lit, elles étaient rapides/lentes, à la fois timorées et infatigables, ombrageuses uniquement par jeu, et, par-dessus tout, généreuses. En fin de compte, elles semblaient assez peu préoccupées d'elles-mêmes. On aurait dit qu'elles avaient toutes lu Dale Carnegie et qu'elles espéraient arriver à leurs fins en se montrant amicales. Il découvrait qu'elles étaient en nombre plus que suffisant, et il n'en avait jamais assez.

Les parents de John, avant la mort de son père, avaient passé du temps dans la région de la baie et avaient fini par acheter au bord d'un lac une terre où ils allaient les week-ends. John aimait la riche intensité de ces soirs d'enfance, sa mère et son père sur le quai, tenant des verres en plastique ou des tasses en émail contenant du rye et de la glace. Le bikini crocheté de sa mère, son bronzage profond. Ses parents le regardaient pêcher et buvaient, parfois en discutant, parfois en silence. Quand ils lui parlaient, ils le faisaient tout doucement, sachant que leurs voix portaient sur la surface étale. Il pouvait entendre la ligne à pêche d'un voisin à l'autre bout du lac, se dévidant, tranchant l'air.

Ses parents avaient été plus ensemble que séparés. Ils avaient grandi ensemble ; ils n'avaient faits qu'un. John ne désirait pas la même chose pour lui-même.

* * *

Rendez-vous galant, 2006

Toujours est-il que, après plusieurs courriels, Helen avait eu un rendez-vous. Elle avait dit qu'elle porterait un imper violet et serait au bar, et c'était horrible d'être assise là toute seule avec son gin tonic.

Tous les yeux étaient posés sur elle, devinant l'imposture. Tous savaient qu'elle n'était pas à sa place dans un bar. Elle était un morceau de viande suspendu à un crochet et qui attend le client. Elle était allée chez Halliday l'après-midi même, le boucher avait ouvert la porte du réfrigérateur-chambre et elle avait vu ce qui devait avoir été, à un certain moment, une vache, suspendue à un crochet.

Elle avait senti l'air glacial, chargé de minéraux. L'odeur de rouille du sang gelé, et elle avait vu les écheveaux de gras jaunes. Le boucher était sorti, s'était tapé dans les mains et les avait frottées d'avant en arrière, puis il avait posé un steak sur la planche à découper en acier inoxydable et avait allumé la scie, et il avait coupé la viande en cubes pour elle. De petits cubes raides avec des fibres de gel dans la chair purpurine, et Helen comprend à ce moment que c'est d'elle-même qu'il s'agit, c'est son propre cœur qui va et vient sous la lame.

Son cœur battait bruyamment dans sa poitrine et elle

aurait menti en prétendant qu'elle n'était pas émoustillée. Pas une de ses amies n'aurait le cran de faire ça, rester sur ce tabouret de bar, à attendre. Elle ne connaissait personne capable de se prêter à cela.

La pauvre jeune serveuse derrière le bar — elle s'efforçait de faire comme si Helen n'avait rien de bizarre. Elle s'efforçait de faire comme si jamais de sa vie elle n'avait entendu parler de solitude, de décrépitude, de pourriture, d'asticots ou de quelque chose de plus lent et de moins digne, ce besoin dans l'âge mûr de toucher quelqu'un. La barmaid parla de la température et de ses cours à l'université, elle babilla de tout et de rien, et Helen ne cessait de dire : Pardon ? Parce qu'elle était incapable de saisir une pensée du début à la fin ; elle avait trop peur.

Quand les clients entraient dans le bar, il y avait une bouffée de froid parce qu'il neigeait dru, et la circulation était difficile par ce genre de temps. Helen s'était assise là où elle pouvait voir la porte et elle compta sept hommes qui auraient pu être Heathcliff.

L'homme qu'elle attendait se faisait appeler Heathcliff et il était vendeur d'assurances, mais quelqu'un lui avait un jour dit que les femmes aimaient les types littéraires. Elles aiment croire que vous êtes sensibles, avait-il écrit à Helen.

Il avait avoué tout cela à Helen et il n'y allait pas de main morte avec les émoticons. Ils s'étaient écrit tous les jours pendant trois mois, Helen et Heathcliff.

Dix-neuf personnes étaient entrées dans le bar pendant qu'Helen attendait, et sept des dix-neuf auraient pu être lui. Il y avait sept Heathcliff possibles, ils étaient entrés, avaient bu un verre et étaient repartis, et aucun d'eux ne l'avait regardée. Ils s'étaient assis tout seuls sans enlever leur manteau, la barmaid avait déposé un verre devant eux, et ils avaient bu, penchés au-dessus du verre comme s'ils craignaient que quelqu'un s'en empare.

Ou bien ils avaient enlevé leur manteau et un collègue de bureau était venu les retrouver, et ils avaient bu une bière en vitesse parce que leur femme les attendait. Leur femme avait préparé à souper. Ils acceptaient un verre vide avec leur bière, mais ils ne buvaient pas dans le verre ; ils buvaient directement à la bouteille, ils la reposaient avec détermination et d'un mouvement d'épaules se coulaient dans leur manteau.

Un homme dans un manteau sergé chevron avec un foulard en cachemire bourgogne et des gants noirs s'appuya contre le bar près d'Helen, et bien sûr elle crut que c'était lui.

Quel temps, dit-il.

Est-ce que ça empire ? demanda-t-elle. La barmaid déposa un shooter devant l'homme qui pela un billet d'une liasse et dit à la barmaid : Je veux que tu me fasses un serment solennel. Tu ne m'en donneras pas un autre même si je te tords le bras.

La fille roula les yeux et Helen vit qu'ils flirtaient, même si l'homme était de trente ans l'aîné de la barmaid. La fille était heureuse de flirter. Elle ne pouvait avoir plus de vingt ans et Helen se sentit ridiculement réchauffée par ce flirt. C'était comme s'ils l'incluaient, et la fille roulaient les yeux pour le bénéfice d'Helen, et n'était-ce pas drôle — le temps de chien et l'homme plus vieux éclusant le shooter d'une lampée et reposant le verre d'un geste ferme. Son téléphone portable sonna, il le sortit de sa poche, regarda le numéro, l'éteignit et le remit dans sa poche.

C'est ma femme, dit-il. Il haussa légèrement les épaules et la fille derrière le comptoir eut un petit sourire satisfait. C'était le genre d'homme qui voulait que la barmaid sache ce qu'il avait l'habitude de boire. Ce n'était pas Heathcliff, parce que Heathcliff n'avait pas de femme.

L'homme expira bruyamment et Helen perçut l'odeur du scotch et de la menthe, et sous ces odeurs quelque chose de mauvais. C'était juste une bouffée de menthe et de scotch et une odeur amère, l'odeur d'un long après-midi passé enfermé dans un bureau, enfermé dans quelque entreprise louche.

Maintenant, dit l'homme. Donne-m'en un autre, ma belle. La fille fit un petit numéro, croisa les bras, ferma les yeux et releva le menton, un numéro d'affectation. Elle faisait semblant d'être inflexible.

Ne m'oblige pas à venir te trouver derrière le comptoir, dit l'homme.

La fille poussa un profond soupir théâtral et versa l'alcool.

Parce que ça me dérange pas une miette de venir te trouver, dit l'homme. Il souriait. Ce n'était pas Heathcliff.

Et l'idée vint à Helen que Heathcliff était venu et puis reparti. Elle fut lente à l'accepter. Elle était hébétée.

Heathcliff était venu, il l'avait regardée et ne l'avait pas trouvée jolie. Cette façon d'agir était à ce point étrangère à ce qu'elle savait être un comportement humain correct qu'elle était incapable de la concevoir, même si une certaine part d'elle-même la reconnaissait exactement. Elle alla à la salle de bains, s'agenouilla devant la cuvette sale et vomit. Le sol de la salle de bains était couvert de neige fondue et les genoux de ses bas nylon étaient trempés ; un gravillon s'enfonça durement dans son genou. Ce qu'elle vomissait, c'était l'idée que vieillir n'avait aucune importance. Parce que ça avait de l'importance. Ça avait une grande importance, c'était impossible à stopper et en elle tout vomissait cette pensée.

Helen avait lu un courriel entier portant sur la souffrance qu'avait éprouvée Heathcliff en se faisant retirer une verrue plantaire. Elle avait compati. Il avait eu peur et elle avait écrit sans attendre pour demander comment s'était passé le traitement au laser.

Ils s'étaient aventurés sur le terrain de l'érotisme en ligne. Elle avait avoué certains fantasmes. Il avait dit ce qui lui plaisait. Elle avait été fleurie et subtile ; il avait été sans détour et cliché.

La porte du bar se referma sous l'effet du vent. Le vent s'empara de la porte et la ferma avec fracas.

Heathcliff n'écrivit jamais plus, et Helen ne lui récrivit pas. Mais la grotesque banalité et la profonde intimité du courriel au sujet de la verrue plantaire la taraudèrent pendant des mois.

*   *   *

De retour sur le marché du travail,
années quatre-vingt-dix

Suivit, après la mort de Cal, quand les enfants eurent grandi, un boulot dans un bureau, et Helen dut apprendre à se servir d'un ordinateur. Tous les autres employés avaient vingt ans de moins. Le satané audit, le satané audit. Pendant dix ans, elle avait eu un patron qui la hélait dans les couloirs : Hé, voilà la vieille peau. Trevor Baxter était américain et il voulait être drôle.

Helen détestait les ordinateurs. Elle ne faisait rien d'autre que travailler et dormir. Elle tombait endormie dans la voiture. Elle tombait endormie dans une file d'attente à la banque, le porte-monnaie qu'elle tenait à la main se vidait. Elle souffrait de dépression, dit le médecin. Elle était en ménopause. Il prescrivit la méditation transcendantale. Il prescrivit la confession et la Sainte Eucharistie. Un voyage, ça ne vous tente pas ? demanda-t-il.

Trevor Baxter disait : Voilà la vieille peau, avec cinq minutes de retard, à ce que je vois. Debout dans l'embrasure de la porte de son bureau, regardant sa montre.

La vieille peau est encore en retard, claironnait-il.

Helen ne se plaignait pas parce qu'elle savait que la femme de Trevor Baxter était en train de le laisser et qu'il avait le cœur en miettes. Il était incapable de se faire cuire un œuf, lui avait-il déjà avoué en sanglotant derrière son bureau. Il était incapable de plier ses chaussettes quand elles sortaient de la sécheuse. Il errait tout seul dans sa maison vide ; il ne dormait pas. Il n'avait pas fermé l'œil depuis des mois.

Les enfants ont pris sa part à elle, avait-il dit à Helen. Les enfants lui adressaient à peine la parole. Sa belle-sœur l'avait apostrophé au supermarché, stridente et vengeresse.

Tellement grippe-sou que tu vendrais ta mère, avait craché la belle-sœur.

Trevor Baxter avait grandi dans la pauvreté. Il refusait d'y sombrer de nouveau. Toutes ces dépenses. Il connaissait la valeur de l'argent. La laisser faire ce qu'elle voulait avec une carte de crédit ? avait-il reniflé. Pas de danger.

Trevor était rentré chez lui un soir pour découvrir que la table de la salle à manger avait disparu, ainsi que les chaises et la moitié du service de couverts, et des choses manquaient qu'il lui fallut trois semaines pour remarquer. Sa femme avait emporté le tire-bouchon. Elle avait pris les mitaines de four. La salière qu'on se transmettait depuis quatre générations dans la famille de son père. C'était lui qui gagnait l'argent pour tous les deux ; dans son esprit, c'était pour tous les deux. C'est ainsi qu'elle avait pris la moitié de ce qui leur appartenait. Il ne pouvait rien faire pour l'arrêter. Elle avait pris la moitié, mais il avait tout perdu. Voilà le calcul.

Bien sûr, Helen avait pitié de lui ; mais sous la pitié couvait une irritation colossale.

Tu avais quelqu'un, voulait-elle lui crier. Elle avait envie de le battre. Elle voulait le frapper au visage, et à chaque coup elle lui aurait dit : Tu avais quelqu'un ; tu avais quelqu'un.

On retourne au boulot, dit Trevor Baxter.

Helen poussa la boîte de kleenex vers lui, il en prit un et moucha bruyamment son nez mouillé, gris et poilu, le secouant de droite à gauche dans le mouchoir, l'essuyant d'un côté et de l'autre. Elle vit qu'il était laid ; l'homme le plus laid, le plus difforme qu'elle eût jamais vu, et il resterait seul à jamais, et Helen resterait seule à jamais aussi.

Plus tard, ce matin-là, il ouvrit la porte et cria dans le couloir : Où est la vieille peau avec mon mémo ?

Les filles au bureau étaient jeunes, et elles étaient d'avis qu'Helen faisait preuve de jugement. Helen pouvait résoudre les disputes d'un hochement de tête ; elle faisait preuve d'intuition et se montrait magnanime devant les petites blessures, les mesquineries et les sautes d'humeur qui se répandent tels des feux de prairie dans un bureau ; elle faisait la collecte pour les cadeaux quand il y avait un shower. Helen possédait une chose dont elles étaient dépourvues, une chose à laquelle elles aspiraient mais qu'elles n'auraient su nommer. Elles auraient été mortifiées d'apprendre qu'il s'agissait de l'expérience. Elles ne voulaient pas avoir de l'expérience. Helen était triste, et les jeunes femmes ne comprenaient pas la tristesse, mais elles la respectaient. Un coup avait été infligé, en plein cœur de la cible, sans avertissement, et Helen en avait gardé des cicatrices. Si une telle chose devait arriver à l'une d'entre elles, elles voudraient survivre comme l'avait fait Helen. Elle n'était pas sévère ; elle ne prodiguait pas de conseils ; elle refusait de juger. Les filles du bureau estimaient qu'Helen était ce que leurs grands-mères auraient appelé une dame.

Ces jeunes femmes avaient raté le féminisme par une demi-décennie. À leurs yeux, une dame était une femme ayant atteint une modeste illumination spirituelle, vaguement romantique et généreuse, accomplie dans le domaine des arts ménagers — qu'elle évitait néanmoins au bout du compte. Helen se montrait généreuse dans chacun de ses gestes, et les jeunes femmes du bureau voyaient qu'elle n'en était pas diminuée. Les filles savaient que le mari d'Helen avait perdu la vie lors du naufrage de l'*Ocean Ranger,* mais elles ne faisaient pas le lien avec la femme chargée de la liste de paie.

Un jour, Joanne Delaney entra dans le bureau d'Helen et referma la porte derrière elle. Les yeux de Joanne Delaney brillaient.

On a toutes décidé de sortir, dit-elle. On va toutes sortir ensemble. Nous sommes toutes prêtes, jusqu'à la dernière. Nous ne le laisserons plus te parler de la sorte, Helen. On le fait pour nous toutes.

Pendant que Joanne Delaney parlait, Trevor Baxter appela : Où est la vieille peau ? Où est-elle ?

Mais Helen prit la situation en main. Calme-toi, dit Helen. Je suis capable de m'occuper de lui.

*   *   *

Qui est là ? 1995

Est-ce qu'on va se chicaner pour un bol à salade ? dit Cathy. Il y avait deux grands bols à salade parfaitement identiques. Cathy extirpa le bol du fond de l'armoire et essuya la poussière à l'aide d'un essuie-tout.

Maman, est-ce que je peux avoir ça ?

Pourquoi est-ce que tu ne prends pas tout, dit Helen. Claire avait cinq ans et commençait la maternelle, et Cathy avait un nouvel appartement. Ils étaient tous allés jeter un coup d'œil et c'était un trou à rats dégueulasse. Une moquette qui sentait les pieds et on entendait quelqu'un de l'autre côté du mur qui ouvrait un tiroir, et le cliquètement des couverts.

On ne peut pas péter ici, avait dit Helen. Sans que le monde entier soit au courant.

Cathy avait suivi des cours du soir et terminé sa onzième année, et puis elle s'était inscrite à l'université Memorial de Terre-Neuve. Elle avait fait nursing. Helen avait dit nursing et Cathy avait fait nursing. Tous les livres étalés sur la table de la salle à manger. Helen leur préparait à souper et puis elle faisait la vaisselle tandis que Cathy étudiait. Helen allait coucher Claire.

Elle et Claire lisaient *Bonsoir Lune* et *Thomas et ses amis,* elles lisaient Beverly Cleary et Amelia Bedelia et Five-Minute Mysteries. Elles lisaient et relisaient sans se lasser *1001 Fois qui est là,* où les réponses étaient écrites à l'envers au bas de la page. Orange tes affaires que je ferme l'armoire. Cantaloup, t'es pas chien. C'est Citron, pas sept troncs.

Voici quelle avait été l'approche d'Helen en matière de parentage : parce que je l'ai dit.

Parentage : le mot n'existait même pas quand Helen le pratiquait, pour ce qu'elle en savait.

Helen ne prenait pas de tranquillisants. Ses enfants ne l'auraient jamais deviné, mais voici quelle avait été son approche en matière de parentage : elle était là pour eux. Son médecin avait parlé de pilules, et elle avait dit non. Helen était là, matin, midi et soir. Voilà son approche. Elle avait voulu mourir. Elle n'était pas morte.

L'infirmière communautaire avait dit à Cathy, enceinte, quinze ans : Adoption. Elle avait dit que l'Église catholique offrait du soutien aux jeunes filles dans sa situation. Elle n'avait pas dit *avortement.* Les infirmières communautaires ne disaient pas *avortement* en ce temps-là.

Elle parlait à Cathy, mais elle regardait Helen.

Les autres enfants longeaient les murs à cette époque. Ce fut une période où ils étaient tranquilles dans leurs chambres. Ils étaient tranquilles à table au souper. Ils étaient tranquilles pendant que Cathy vomissait derrière la porte de la salle de bains. Ils pouvaient entendre ses hoquets, ils entendaient son vomi frapper l'eau de la cuvette et puis la bouilloire se mettait à frémir et le bruit était comme un rugissement. Gabrielle exigeait de savoir ce qui se passait. John en poignardait ses petits pois. Les dents frappaient l'assiette, *ping, ping, ping, ping.* Et puis il laissait bruyamment tomber sa fourchette.

Helen cousait une robe de mariée pour celle qui serait bientôt la bru de Louise, et John s'était appuyé mollement contre le cadre de la porte. Elle laissa la machine aller jusqu'au bout de la couture, l'aiguille s'était fendue, puis elle déposa ses lunettes et dit : Qu'as-tu à dire pour ta défense ?

Rien, dit John.

Je fais de mon mieux, dit-elle. Au prix d'un grand effort, John s'imprima une poussée pour s'éloigner du cadre de la porte, puis il traversa le couloir et la porte-moustiquaire claqua.

Où est-ce que tu t'en vas ? cria-t-elle derrière lui. Mais il était déjà parti.

Cathy avait élevé l'enfant avec Helen, et maintenant Cathy avait un appartement à elle. Helen avait soulevé la question des dépenses, mais elles savaient toutes deux que ce n'était pas une question d'argent. Voilà comme on remercie, songeait Helen. C'est comme ça qu'ils disent merci de nos jours.

Parce que c'est mon bol, voilà pourquoi, songeait Helen. Parce que si j'ai envie d'avoir deux putains de bols exactement semblables, j'aurai deux putains de bols. Parce que je l'ai dit. Mais elle ne dit rien de tout cela.

J'ai vu l'échographie sans le faire exprès, lui avait révélé Cathy avant la naissance de Claire. Elle avait téléphoné à Helen de l'hôpital. Elle était dans un de ces corridors sombres, à un téléphone public nauséabond fourmillant de microbes.

Je l'ai vu, dit Cathy. Ils n'étaient pas censés me le montrer, mais la technicienne a tourné l'écran.

Elle n'avait pas voulu qu'Helen assiste à l'accouchement.

Je veux être là, avait dit Helen.

Je ne veux pas que tu sois là, maman.

Pourquoi pas ?

Parce que, voilà pourquoi.

L'agitation grandissait au fur et à mesure que la date de l'accouchement approchait. Helen voulait y assister, mais Cathy ne cédait pas.

Pourquoi ne pourrait-on pas l'élever ensemble ? dit John. Personne ne souffla mot. Je demande simplement parce qu'on est censés être une famille, non ? Est-ce que ce bébé-là ne fait pas partie de notre famille ?

Cathy versait de l'eau dans son verre et l'eau déborda, imbibant la nappe, et elle continua de verser.

Regarde ce que tu fais, dit Helen. Voilà le parentage : laissez-les faire ce qu'ils ont à faire.

C'est assez dur comme ça, dit Cathy.

Le soir où Cathy avait téléphoné de l'hôpital, Helen était en train de coudre des paillettes sur la robe de mariée, il y en avait de vastes grappes sur le corsage, et elles étaient toutes cousues à la main. Cathy n'était pas rentrée après l'école et il faisait noir. Il neigeait, et de la chambre de John s'élevait la musique de Pink Floyd, qu'elle détestait. Lulu était au patinage artistique. Gabrielle était chez les louvettes. La lumière de la lampe frappa une paillette, allumant comme un petit feu sur l'étoffe, le téléphone était posé à côté d'elle et elle avait senti qu'il allait sonner juste avant qu'il ne sonne.

J'ai perdu mes eaux, dit Cathy. Je voudrais que tu sois là.

Moi aussi, dit Helen.

Je veux ma mère, dit Cathy.

J'arrive.

Ne viens pas, dit Cathy. Il faut que je fasse cela toute seule.

Et Helen n'avait pas eu de nouvelles avant le lendemain matin. Helen n'avait pas dit : S'il te plaît, garde le bébé. Elle avait passé la nuit debout et n'avait pas dit : S'il te plaît, garde le bébé. Elle avait travaillé à la robe de mariée. John était descendu au matin et Helen était encore sur sa chaise.

Elle a eu le bébé, dit Helen.

Garçon ou fille, demanda John.

C'est une petite fille, dit Helen. John alla dans la cuisine et elle l'entendit sortir une assiette, elle l'entendit baisser la manette du grille-pain, ouvrir le frigo, puis elle l'entendit briser l'assiette.

Lulu entra dans la pièce.

Elle a eu le bébé ? demanda Lulu. Elle bâillait, les paumes enfoncées dans ses orbites, et elle portait une nuisette. Elle va bien ?

Elle va bien. Elles vont bien toutes les deux.

Après celui du matin, il n'y eut pas d'autre coup de téléphone, aussi Helen appela un taxi. Cathy était peut-être en train de signer des documents d'adoption. Il fallait qu'Helen se rende là-bas. Elle interviendrait. Elle convaincrait.

Le taxi était arrivé quand le téléphone sonna et que Cathy dit : Maman, elle a les oreilles de papa.

J'arrive, dit Helen.

Je la garde, maman.

Oui, ma chouette ?

Elle a plein de cheveux.

Cathy et Claire avaient vécu chez Helen, qui éprouvait un amour paisible pour sa petite-fille. Elle lui faisait la lecture tous les soirs. Elle disait à Cathy : Sors. Va t'amuser.

Helen n'avait pas été sévère avec Claire parce qu'elle n'en avait nul besoin. Elle lui confectionnait des robes ornées de fronces et de broderies. Ses propres filles, elle les avait habillées en garçons. Il fallait les endurcir ; c'était sans doute ce qu'elle croyait. Il fallait qu'elles soient prêtes. Ç'avaient été des fillettes avec des taches d'herbe sur les genoux et de la terre sous les ongles.

Mais pour Claire, elle avait acheté des socquettes blanches avec de la dentelle. Elle avait confectionné à Claire trois robes taillées selon un même patron, citron pâle, rose pâle et bleu pâle, les fronces et les broderies avaient nécessité des siècles de travail, il y avait une boucle dans le dos et un col Peter Pan, et elle avait acheté des chaussures en cuir verni. L'une des pires disputes qu'elle ait eues avec Cathy : Helen avait emmené Claire se faire percer les oreilles quand la fillette avait trois ans. Deux clous en or.

Ils devaient lui avoir parlé. Quand Claire eut cinq ans, les enfants d'Helen, des adultes, devaient s'être réunis pour discuter. Ils avaient sans doute pris Cathy à part et l'avaient copieusement haranguée sur le fait qu'il lui fallait déménager. Personne ne veut rester coincé à prendre soin d'une vieille dame. C'est ce qu'ils devaient lui avoir dit.

Cathy, elle va te sucer toute ton énergie, devait lui avoir dit Lulu. Ça va pour l'instant, mais dans dix, vingt ans, tu ne seras plus capable de partir.

Sauve-toi pendant que tu peux, lui avait sans doute conseillé John. John devait avoir dit à Cathy de prendre un appartement. John donnait de l'argent à Cathy. John rendait la chose possible.

Le chagrin avait été monstrueux. La seule chose qui était plus grande que le chagrin, c'était le désir que les enfants n'en soupçonnent rien.

Je suis fatiguée de te suivre à la trace pour ramasser tes affaires, avait dit Helen à Cathy. Ou : Ce sera bien d'avoir de nouveau de la place.

Helen avait peur de se retrouver toute seule. Elle alla chez le médecin parce qu'elle avait le souffle court, et le médecin lui parla inhalateur. Le médecin lui parla tranquillisant doux. Somnifères. Helen avait peur d'être cambriolée. Elle avait peur des fantômes. Et s'il y avait une urgence médicale ? Toc toc, qui est là ? Personne.

Mais Helen ne dit rien à Cathy.

Elle dit : Prends le bol. Oui, tu peux avoir le bol.

On est juste à deux rues d'ici, dit Cathy. On est juste au coin.

Helen était au sous-sol à trier de vieilles assiettes, Cathy descendit et vint près d'elle. Le sous-sol avait une odeur humide et minérale. Les murs étaient en pierre, et il y avait des sacs à dos sentant le renfermé dont ils s'étaient servis en voyage, une pile de valises et des boîtes de décorations de Noël. Elles avaient déménagé la majorité des affaires de Cathy plus tôt cette semaine, et Helen fouillait dans une boîte à la recherche d'une spatule. Il n'était pas question que Cathy achète une spatule neuve quand il y en avait une en trop.

C'est du gaspillage, avait-elle dit.

Helen avait passé des jours à fourrager dans des boîtes à la recherche de la spatule. Elle avait trouvé un porte-clefs avec une feuille de marijuana enchâssée dans un plastique transparent et un pantalon en velours côtelé que portait Cathy quand elle avait sept ans — deux tons, violet et bourgogne. Cathy était stupéfaite qu'il soit si petit. Il y avait une tasse en plastique Disney avec des étoiles et de minuscules chaussures en plastique qui flottaient vers le haut ou vers le bas quand on l'inclinait, et Cendrillon dans sa robe. La spatule était posée près d'Helen sur le sol en ciment. Elle était tachetée de rouille. Helen était à genoux, elle serrait quelque chose dans son poing et son poing était contre sa poitrine.

Elle ouvrit la main. C'était un rouleau de film. Elle avait trouvé un rouleau de film non développé.

Ça date de Dieu sait quand, dit-elle à Cathy.

Quand Helen alla chercher l'enveloppe de photos à la pharmacie, elle s'assit dans la voiture et prit son temps avant de l'ouvrir. Elle se contenta de rester là, à regarder une femme avec un bambin dans un chariot d'épicerie, et tous ses sacs qui volaient dans le vent, de grosses gouttes de pluie frappant le pare-brise. Les ronds de pluie gros comme des pièces de un dollar.

Les deux premières photos montraient des trembles. Juste le sommet des arbres et beaucoup de ciel vide, javellisé.

La troisième photo montrait Cal aux régates. Il était vêtu d'un chandail en coton ouaté avec un capuchon d'un bleu passé et il avait enfilé le porte-bébé gris en velours côtelé.

Qui était-ce ? Est-ce que c'était John, dans le porte-bébé ? Ça devait être John. Cal portait des lunettes de soleil noires, il y avait une foule tout autour de lui, et le soleil et l'eau derrière, et des paillettes de soleil roses à cause de l'angle de la lumière ou parce que le film était trop vieux.

Trois paillettes de lumière, l'une dans l'autre, rose et jaune et blanche, flottant près du soleil. Cal tenait un cornet de barbe à papa rose dont le contour était surexposé, blanc comme une ampoule électrique.

Et bien sûr Cathy rencontra quelqu'un. Mark Hamlin vivait dans l'appartement du dessous. Docteur en musicologie, les cheveux longs jusqu'aux omoplates. Il plut à Helen dès qu'elle posa les yeux sur lui.

*   *   *

Helen et Louise en Floride, 1998

Louise avait déposé quatorze portions de plats mijotés dans le congélateur pour son mari, chacune identifié par un bout de ruban-cache indiquant la date où elle devait être dégelée. Elle et Helen étaient parties en Floride. Elles buvaient au bord de la piscine, se promenaient sur la plage et lisaient à longueur de journée. Elles se faisaient à manger parce qu'elles avaient loué un studio muni d'une cuisinette et elles connaissaient tout le monde. Tous les Terre-Neuviens venaient à St. Pete's pendant l'hiver. Les Murray y étaient en même temps que Louise et Helen, ainsi que les O'Driscoll et les Roach. Meredith Gardiner était là ; elle avait rencontré un riche veuf propriétaire d'un condominium. Meredith les avait invitées à souper.

Helen et Louise se contentaient de s'allonger sur la plage, l'eau était tiède, et elles devinrent très brunes, et elles magasinèrent pour leurs petits-enfants. Elles achetèrent des ensembles-shorts, des tubas, des masques et des chaussures en plastique transparent avec des lumières rouges dans les talons.

Un jour, alors qu'elles émergeaient d'une rampe d'accès,

Louise, qui était au volant, hurla : Mais qu'est-ce qu'ils font, ces imbéciles ?

Le soir était tombé, et les phares qui viennent dans leur direction, qui s'esquivent, les voitures qui raclent le muret de ciment, les gerbes d'étincelles qui jaillissent.

Tu es dans la mauvaise direction, hurla Helen en retour.

Louise appuya sur l'accélérateur et sur le frein en même temps, et la voiture tourna trois ou quatre fois sur elle-même, traversa le terre-plein central, la roue avant côté passager s'affaissant durement, la tête d'Helen heurta le pare-brise, et puis la voiture rebondit, et l'arrière frappa peut-être quelque chose. Les klaxons hurlaient tandis qu'elles filaient à toute allure, et puis leur voiture était orientée dans le bon sens. Elles se faufilèrent, il y eut encore des klaxons, Helen regarda derrière et vit quelques autos se tamponner dans leur sillage. Louise continua de rouler ; elles ne ralentirent pas. On ne peut pas ralentir sur ces autoroutes. Elles ne ralentirent pas jusqu'à ce qu'elles se garent dans le stationnement d'un comptoir de restauration rapide — lequel, un McDonald's, un Arby's ou un Wendy's ? Un de ces endroits, et Helen et Louise restèrent assises, mais on aurait dit que la voiture continuait à tourner lentement sous elles. Helen abaissa le pare-soleil, examina son visage dans le miroir, et du sang coulait de ses cheveux à son front, et elle était très blanche.

Après, pendant des mois, Helen s'éveillait et avait l'impression que son lit tournait tel un lent carrousel dans un parc désert, avec juste un souffle de vent. Elle se rappelait, enfant, qu'elle s'agrippait des deux bras au carrousel, renversant la tête en arrière de façon que la cime des arbres trace une roue paresseuse, avec tous les nuages au centre.

* * *

Ce que vous voulez, dit l'instructeur, c'est vous insérer doucement.

Je m'insère, dit Helen. Je suis en train de m'insérer.

L'instructeur dit : Vous allez vouloir signaler.

La blouse d'Helen, trempée sous les bras, collait à son dos. Les autres voitures étaient très brillantes sous le soleil qui frappait leurs capots rouges, leurs capots bleus, le chrome.

Voilà, dit Jim Picco, l'instructeur de conduite. C'est très facile. Quand on est une étudiante adulte.

Helen fit un saut vers l'avant, la ceinture de sécurité coupa son élan et elle rebondit en arrière.

C'était… dit Jim. J'ai dû me servir de mon frein parce qu'on se dirigeait vers le poteau de téléphone. Rangez-vous.

Je suis incapable de faire ça.

Vous étiez en train de dévier dans l'autre voie.

Je suis trop vieille.

Vous ne pouvez pas dévier.

Vous n'avez pas la moindre putain d'idée, dit Helen.

Jim souleva légèrement son pelvis et tira sur les plis de son pantalon tracés au fer à repasser, de manière qu'ils soient bien droits. Il tâta les poignets de sa chemise, en extirpa un de l'intérieur de son veston. Puis il se frotta le cou et serra les mains sur ses genoux. Madame O'Mara, vous allez prendre un moment, dit-il. Et puis vous allez signaler, vérifier votre angle mort et regarder dans vos rétroviseurs. Et puis vous allez vous insérer dans la circulation.

Jim Picco avait des poils gris et rudes sur le menton, et Helen avait l'impression qu'ils s'étaient dressés sous l'effet de la peur, parce qu'elle ne les avait encore jamais remarqués. Il se frotta vigoureusement les cuisses.

Je suis prêt, dit-il. Êtes-vous prête ?

Helen activa le clignotant comme Jim l'avait dit. Elle

embraya. Jim se tourna, regarda derrière, se redressa et roula les épaules, puis il dit qu'elle pouvait y aller, et elle posa le pied sur l'accélérateur, mais elle appuya trop fort sur la pédale et elle avait mis la voiture en marche arrière plutôt qu'en marche avant, et ils furent projetés vers l'arrière, les pneus crissant, puis ils firent un bond et s'arrêtèrent d'un coup sec, et elle rebondit durement contre la ceinture de sécurité, tout comme, observa-t-elle, M. Picco.

Madame O'Mara, dit-il. Puis-je vous appeler Helen?
Oui, dit-elle.
Helen, il faut aller vers l'avant.

*   *   *

Souque à la corde, 1978

Cal faisait partie de l'autre équipe. En plaisantant, les parents empoignèrent la lourde corde dans l'herbe et il se glissèrent les uns à côté des autres en faisant attention aux coudes et à l'endroit où ils mettaient les pieds. Ne me marche pas dessus.

Helen était derrière le père de Felix Brown. La secrétaire de l'école, qui avait un enfant souffrant de paralysie cérébrale inscrit en première année, était derrière Helen. La secrétaire était tout en muscles. Et puis il y avait Monique LeBlanc, qui affichait un air de petite fille coquettement désemparée, et Maggie Ferguson, et le mari de Maggie, Brad. Les jumelles Ferguson, sur la ligne de touche, regardaient leurs parents. Elles avaient des cannettes de boissons gazeuses et des pailles en plastique qui formaient des lunettes, elles émergeaient en tortillons des cannettes et passaient derrière leurs oreilles avant de redescendre le long de leur mâchoire jusqu'au coin de leur bouche. Elles aspiraient à l'unisson et la boisson orange montait dans le tube transparent, faisait le tour d'un œil, puis de l'autre, puis disparaissait. Les parents bavardaient, se bousculaient en rigolant.

Le ciel était d'un bleu vif marbré de nuages, et le jaune des boutons-d'or brillait dans l'ombre à la lisière du champ, comme si on les avait couverts de laque. Le soleil tapait dur sur le crâne des parents et tachetait le champ d'émeraude et de vert lime, et sous les arbres c'était un vert très, très profond. C'était la première journée où il faisait bon. Une bouffée de saucisses mises à bouillir et de petits pains ramollis.

Il y eut une traction d'essai de l'autre côté et le côté d'Helen avança d'un pas ou deux, en trébuchant, avant de tirer à son tour. Elle n'en revenait pas que Cal soit dans l'autre équipe.

Hé, qu'est-ce que tu fous là, lui cria-t-elle. Pourquoi est-ce que mon mari est de l'autre côté ? Mais Cal ne l'entendait pas.

Il y eut un sifflet strident. Parents, attendez le drapeau, s'il vous plaît, dit la monitrice d'éducation physique. Du calme, s'il vous plaît. Elle prononça ces paroles d'un ton ironique, et les enfants, ravis de voir leurs parents grondés de la sorte, se plièrent en deux de rire.

La première olympiade de John. Il était en maternelle et avait déjà remporté un ruban pour la course en sac.

Plus tôt ce matin-là, on aurait cru que tout allait être annulé. Il faisait froid et le ciel était couvert depuis des jours. Un brouillard comme du ciment mouillé dégoulinait de Signal Hill.

Mais on avait dit à la radio que les olympiades auraient lieu quand même, on avait débité la liste de toutes les écoles et prévenu d'apporter des collations et des chapeaux pour se protéger du soleil.

Dégagement au milieu de la matinée, avait-on dit à la radio. Ensoleillé et vingt degrés tout l'après-midi.

Helen avait suspendu de la lessive dans la cour très tôt, l'odeur des lilas était puissante et elle avait senti le vent tourner. Les feuilles dans les érables étaient soudain plus claires. Les choses changent en un instant, avait-elle songé. Les choses changent sans raison apparente.

Ce soir-là, quand Helen mit John au lit, il lui demanda : Est-ce qu'on rêve encore quand on est mort ?

Elle était en train de lui lire une histoire et elle déposa le livre sur sa poitrine et ferma les yeux. Elle avait une douleur et elle savait exactement pourquoi. Le sifflet strident avait percé l'air brumeux et elle avait été surprise de la force avec laquelle l'autre côté avait tiré. Ils tiraient de toutes leurs forces, et elle avait perdu l'équilibre. Elle avait décidé de tirer en retour. Helen s'y était mise tout entière. Elle avait planté ses talons dans l'herbe et dans la boue sous l'herbe. Elle avait serré les dents, tiré le plus fort qu'elle pouvait et n'avait pas cédé.

Son équipe s'était inclinée vers l'arrière, il y avait un nœud au milieu de la corde qu'il fallait tirer au-dessus de la pointe d'un pylône, et le nœud petit à petit se déplaçait de leur côté.

Helen et les autres parents de son côté étaient tous inclinés loin vers l'arrière, genoux fléchis, le derrière près du sol, et soudain ça lui avait paru drôle que Cal soit dans l'autre équipe. Qu'est-ce qu'il faisait là ? Comment avaient-ils été séparés ? Elle s'était penchée légèrement vers l'extérieur et avait vu son visage. Il avait les yeux fermés, la lèvre supérieure retroussée, révélant toutes ses dents. C'était la manière dont sa tête était renversée en arrière : elle avait été prise de convulsions, en proie à des crampes de rire. Les crampes s'étaient frayé un chemin dans son corps entier et elle avait abandonné. Elle avait cessé de tirer parce qu'elle était affaiblie par des spasmes de rire silencieux, et, sans savoir comment, elle s'était fait mal au cou.

Helen n'en avait pas fait de cas. Elle et son équipe s'étaient redressés, et les enfants lançaient des encouragements et sautaient sur place et criaient Maman ou criaient Papa. Son équipe s'était redressée et elle s'était inclinée vers l'avant et le nœud s'était rapproché petit à petit du pylône dans l'autre direction. Le sifflet avait percé l'air et le drapeau orange s'était abaissé en papillotant. Quand Helen avait lâché la corde, ses mains la picotaient. Elle avait dû les ouvrir et les refermer.

Les yeux d'Helen étaient clos, le livre d'histoires était ouvert sur sa poitrine, et elle dit à John : Quand on est mort, on est mort. Il n'y a rien d'autre. Absolument rien.

Elle avait oublié qu'elle parlait à un enfant de cinq ans. Elle n'avait pas eu conscience de parler tout haut.

Rien, répéta John. Son ébahissement emplit la chambre. C'était comme si la journée, avec son soleil éblouissant, ses feuilles qui ondulaient, ses vilains boutons-d'or, ses rubans et toute cette excitation, était entrée dans la chambre portée par un vent décapant, puis s'était évanouie. John s'était redressé sur un coude et regardait l'obscurité vide devant lui.

* * *

La manuelle, novembre 2008

Lulu lui avait fait acheter une manuelle parce qu'on obtient une ristourne et qu'elles consomment peu d'essence.

L'environnement, maman !

Helen revient en voiture de son cours de yoga, elle est au sommet de Long's Hill au feu rouge, et elle a un autobus dans le cul. Elle se contrefout de l'environnement. Vert. Le feu est vert. Elle écrase l'accélérateur, le moteur cale et la voiture roule vers l'arrière, et l'autobus fait crier son klaxon. Il klaxonne et klaxonne encore. Elle redémarre et écrase de nouveau l'accélérateur. Relâche la pédale d'embrayage, un grincement métallique puis les pneus qui crissent, le moteur cale et la voiture recule. Frein à main, le fichu frein à main, et est-ce que cet autobus va lui laisser un peu de place ? Il s'approche tant qu'il peut et fait de nouveau retentir son klaxon.

Helen se penche vers l'avant, quelque chose mord, des pièces émettent un couinement porcin. Deuxième, elle se souvient de la deuxième. Vas-y, bordel, vas-y. Le frein à main ! Relâche le fichu. Deux petits bonds et puis elle est partie. Tout va bien. Helen file à toute allure jusqu'au prochain feu rouge.

La veille, aux nouvelles, on racontait l'histoire de deux femmes qui étaient sorties d'un Magic Wok sans payer, et que la serveuse avait prises en chasse. Les femmes disaient à la caméra de télé qu'elles n'avaient pas de remords.

Je ne regrette rien, disait une des femmes. Sortant de la salle d'audience, menottée. Une dure à cuire. La machine à coudre d'Helen était en marche, mais elle l'avait arrêtée pour regarder. Et puis à la fin de la couture, un point zigzag.

Quelqu'un a mis l'Islande en vente sur eBay. Les marchés s'effondrent, Harper et Dion, Obama et McCain, ils parlent d'Afghanistan, ils parlent de Gaza. Le règne du Tigre d'émeraude tire à sa fin.

Helen regrette la foutue manuelle, voilà ce qu'elle regrette. Une Yaris argent. Toute neuve.

La veille, en regardant la télé, Helen a tranché le fil à l'aide de ses dents et placé une minuscule robe de velours sur la planche à repasser pour y aplatir la couture. La plus vieille des sœurs de Patience, Elizabeth, avait eu un bébé et Helen était en train de confectionner une robe en velours rouge à offrir au poupon à Noël. Avec un jupon blanc en dentelle. Un bonnet assorti. Né depuis trois jours, et déjà le bébé avait une chevelure pleine, noire et duveteuse, et des ongles roses. Elizabeth avait déposé le bébé dans les bras d'Helen. Oh, mon doux. À qui le bébé ? À qui le petit coco ? Elle allait courir de l'autre côté de la rue avec le cadeau dès qu'elle aurait terminé l'ourlet.

C'est une question d'entraînement, avait dit Lulu. Les manuelles sont agréables à conduire.

Helen se rappelle de Lulu rentrant à la maison à seize ans, montant l'escalier et fermant doucement la porte de la salle de bains. Qui était cet imbécile de petit ami ? Aaron quelque chose. Ou Andrew. Helen ne l'aimait pas une miette. Une réflexion snobinarde qu'il avait faite. Helen avait frappé à la porte de la salle de bains et attendu. Elle avait appuyé le front sur la porte et appelé Lulu. C'était une remarque sur le fromage industriel. Andrew Quelquechose, qui avait déclaré sur un ton désinvolte que sa famille n'avait jamais mangé de fromage industriel.

C'est juste du celluloïd et de la sciure de bois, avait-il affirmé. Au moment exact où Helen posait sans cérémonie le contenant format familial de parmesan de la marque Sans Nom au milieu de la table. Cathy s'en était emparée, l'avait incliné au-dessus de son spaghetti, en avait frappé le fond, plusieurs claques énergiques. Cathy n'aimait pas Aaron — ou Andrew — non plus.

Helen posa la main sur la porte de la salle de bains comme pour percevoir l'humeur de sa fille à travers le bois. Puis elle tourna la poignée et entra. Lulu était en train de se tamponner la paupière à l'aide d'une débarbouillette humide pour enlever son eye-liner, et elle était ivre morte. Elle tira sur l'œil jusqu'à ce qu'il ne soit plus qu'une fente.

Est-ce qu'Aaron t'a raccompagnée jusqu'à la maison ? demanda Helen.

Andrew.

Est-ce qu'Andrew t'a raccompagnée jusqu'à la maison ?

Andrew avait raccompagné une autre fille chez elle ce soir-là. Pas Lulu, avec son vernis à ongles blanc, son rouge à lèvres blanc, ses cheveux sombres teints d'un noir mat. Un anneau dans le nez, une tarentule tatouée sur l'épaule. Ou, plus tard, elle s'était rasé la tête comme un jambon quadrillé, toutes les cases d'une couleur différente, et elle s'était piqué des épingles à couche un peu partout, et pendant un certain temps, elle avait enfilé un soutien-gorge par-dessus ses vêtements, peint à l'aérosol, raide et métallique, incrusté de gros bijoux en plastique, comme une héroïne de bande dessinée.

Lulu était soûle ce soir-là, et refusait de l'avouer. C'était un entêtement qui venait du côté de Cal. La dernière chose à laquelle elle s'accrochait, ce refus de plier devant le trou noir de l'ivresse. Ça empêchait Lulu de bafouiller. Elle tirait sa paupière inférieure vers le bas en essayant d'effacer le maquillage, son œil était injecté de sang et vitreux, l'intérieur de la paupière rouge vif. Et qu'y pouvait Helen, il fallait les laisser faire leurs propres expériences avec l'alcool, se faire piétiner le cœur dans la boue, se faire cracher dessus ; il fallait qu'elles apprennent.

Mais Lulu avait-elle pris ses précautions ?

L'œil erra sur le visage d'Helen réfléchi dans le miroir, et Lulu n'avait jamais semblé si triste et si stoïque, décidée à paraître aussi peu ivre que possible ; l'eau tombait en cataracte dans le lavabo.

T'es-tu bien amusée, demanda Helen.

Et l'œil se regarda lui-même (l'autre était plissé, fermé) et Lulu déposa la débarbouillette et cligna. Quand elle parla, elle s'adressait surtout à elle-même, d'une voix qui à la fois consolait et exigeait : Oui, je me suis bien amusée. Et ça va aller.

Et ça avait été. Maman, lâche la pédale d'embrayage. Tu sens cette vibration ? Ça vibre quand c'est le temps de la lâcher.

Le look punk de Lulu avait disparu du jour au lendemain. Aujourd'hui, elle porte des talons aiguilles et des vêtements en tweed, songe Helen en changeant les vitesses de la satanée Yaris ; Lulu s'entraîne au gym et fait claquer sa gomme. Tout ce qu'elle fait est catégorique et assuré. Elle s'est inscrite à un cours du soir pour apprendre à poser du gypse.

Il y a des choses qu'on ne peut apprendre qu'en les faisant, a expliqué Lulu à sa mère. Des choses qu'on ne peut savoir sans sacrifier un ongle de pouce, ou dire la vérité alors qu'il faudrait mentir. Elle avait eu une succession d'amoureux, et de longues périodes de célibat.

Lulu a une expression — front plissé, lèvres serrées — qui indique qu'elle est en train de régler quelque chose qui a à voir avec l'argent. Elle coupe les cheveux parce qu'elle adore couper les cheveux, mais c'est de la gestion du spa qu'elle tire tous ses profits. Elle fait des voyages d'achat dont elle revient avec des caisses pleines d'argile, d'éponges luffas et de baumes qu'on applique sur les parties les plus délicates et qu'on pèle. Elle fait avec la cire chaude des choses qu'elle refuse d'expliquer à Helen. Maman. Tu ne veux pas savoir.

Le massage est sa spécialité. Lulu croit que tous les chagrins et les blessures s'accumulent dans la chair et peuvent en être expulsés à l'aide d'huile pour bébé chaude et d'une bonne fessée. Des coups de karaté, du tranchant de la main, rapides et sans pitié, sur les fesses, les cuisses et les mollets grisâtres d'hommes et de femmes qui se laissent gagner par la raideur de la quarantaine. Les pouces de Lulu sont célèbres en ville. Ce qu'elle peut faire avec ses pouces. Les victimes du coup de fouet cervical ne jurent que par elle. Les athlètes en proie à des entorses mystérieuses, les nouvelles divorcées qui sanglotent de façon incontrôlable. Lulu pétrit la chair crispée de larges épaules enragées et les force à se détendre. Elle a trois caissons de bronzage qui se referment comme des cercueils sur les clients nus. Tout le monde quitte le spa doré et passé à la pierre ponce, débarrassé de ses soucis et de ses cellules mortes, fleurant bon l'épicéa.

Gabrielle et Cathy se plaignent que le caractère flamboyant de Lulu dépasse les bornes quand elle boit ; Lulu est têtue et d'une sincérité aiguë. Malgré son mordant, ses sœurs peuvent lui mentir facilement parce qu'elle ne s'y attend jamais. Lulu s'attend au meilleur de la part de chacun. Elle s'attend à ce que les gens soient généreux, à ce qu'ils disent la vérité et travaillent fort.

Ses sœurs tolèrent les sautes d'humeur de Lulu, orages ou tempêtes, parce qu'elle leur donne de l'argent, des conseils, et se charge de leur indiquer le chemin à suivre pour obtenir le meilleur en toutes choses. Les filles d'Helen ont en commun de se montrer inflexibles quand il est question de règles. Les filles d'Helen ont le dessus. Et John… John est en route vers la maison pour Noël.

Je vais avoir un tout-petit comme toi bientôt, dit Helen à la robe pour le nourrisson d'Elizabeth. Je vais avoir un petit-enfant tout neuf.

* * *

Lunch d'affaires à New York, novembre 2008

La seule femme à une table d'hommes, la bouche pleine, elle lève sa fourchette à escargots, une limace grise et mouillée pendue au bout. Elle a la limace dans la bouche et ses lèvres sont luisantes de jus de limace. John est étonné de constater qu'il trouve cela érotique. Du beurre. C'est le beurre à l'ail qui rend le menton de la femme graisseux, et elle essaie de dire quelque chose, mais elle a la bouche pleine. Elle secoue un escargot sur une petite fourchette, pour faire taire les hommes. C'est Natalie Bateman de Neoline Inc., et elle présente une campagne de publicité faisant la promotion du développement à grande échelle du forage marin. L'entreprise de John a demandé des soumissions et Neoline Inc. est arrivée bonne première.

Du beurre et les sécrétions d'un organisme bouilli, tout muscle. John s'efforce de penser à un muscle du corps humain qui est de la même taille qu'un escargot. Natalie se trémousse sur son siège en remuant la petite fourchette. Les hommes attendent. Un à un, ils tombent dans un silence agité.

John songe à la manœuvre de Heimlich. Il a déjà fêlé une côte à une dame de soixante-seize ans parce qu'il la croyait étouffée. Winnipeg. C'était à Winnipeg. Elle riait, voilà tout, avait dit sa fille âgée de soixante ans.

C'était un rire, grand imbécile, avait crié la fille.

John avait renversé une chaise, et la nappe avait suivi, et tous les serveurs qui observaient, les assiettes qui tombaient, et il était à l'œuvre, en train d'exécuter la manœuvre de Heimlich, parce qu'il était témoin d'un étouffement. La mort avait son poing autour du cou décharné de cette vieille dame et John était là pour intervenir.

Brute ! avait crié la fille, tranchante comme une hache de guerre.

Les chaussures orthopédiques noires de la dame frappaient mollement contre ses tibias. Elle ne devait pas peser plus de trente kilos. Un homme non loin, sa serviette de table rentrée dans son col, et sa fourchette et son couteau tout droits dans ses poings. L'indignation incarnée, immobile, bouche bée, paralysé par une stupeur acerbe. Plus tard, cet homme viendrait offrir sa carte à John. Un avocat et un témoin, dit-il. Ce n'était pas une serviette de table dans le col de l'homme : c'était une cravate.

La fille avait menacé de poursuivre. John avait agressé une femme de soixante-seize ans. Un effort raté né du désir sincère de faire le bien. Un rire. Ce son, c'était un rire : d'horribles croassements de joie qui sifflaient comme un tendon de bœuf dans la gorge de la femme.

Natalie Bateman met ses doigts devant sa bouche, et mastique et mastique et roule les yeux comiquement parce que c'est une tablée d'hommes interrompue par une fourchette miniature. Ses yeux s'emplissent d'eau, elle prend une gorgée de champagne et John voit qu'elle est belle. Elle lui rappelle quelqu'un. Quelqu'un à qui il tient.

Natalie dit : Nous planifions une série de publicités réalisées partout sur la planète, spécifiquement indigènes, extrêmement indigènes, montrant des cocktails élégants, des fêtes sur des toits, des fêtes de plages. Nous pensons à Bondi Beach, et à des sous-titres, quelque chose de très, très international, qui vient chercher ce truc, ce truc ethnique, la connexion. Zoom, on est en Thaïlande ; zoom, on est en Alaska ; zoom, au Nigeria. Voyez-vous ce que je veux dire, zoom, zoom, zoom, la caméra survole la Terre entière en un instant, tout le monde fait la fête ensemble, blablabla, filmé à gros grain, très esthétisé, et on finit par un plan du soleil. Natalie enfourne l'escargot dans sa bouche, ferme hermétiquement les lèvres, elle remue la petite fourchette d'une main et se couvre la bouche de l'autre. Attendez, attendez, attendez, poursuit-elle : Les machins, les tours de forage ou je ne sais quoi, les silhouettes des plateformes sur l'océan apparaissent en fondu, avec de la musique, bien sûr. Quelque chose de wagnérien.

La journée a été longue, John a la gueule de bois et il se rend compte que la femme à l'autre bout de la table avec la fourchette à escargots — Natalie — lui rappelle quelqu'un. Il la regarde plisser le nez quand elle boit à sa flûte de champagne. Les bulles la chatouillent et maintenant il sait de qui il s'agit : Natalie lui rappelle une religieuse qui lui avait enseigné à l'école secondaire. Natalie a une forme de bonté, lui semble-t-il, malgré la connerie publicitaire. De la bonté.

Ce que John se rappelle de l'école secondaire : une religieuse avec de la poussière de craie partout sur son costume en polyester. Il descendait au genou, ce costume — une blouse blanche immaculée dessous, et un court voile sur la tête de la religieuse. Il pouvait voir ses mains sur le pupitre, tandis qu'elle se penchait sur lui, parce qu'elle avait tout essayé avec lui.

Elle avait écrit au tableau et sa robe tout entière avait gigoté, ses chaussures robustes et ses bas nylon. Elle avait tracé le chemin menant à la réponse, et aux yeux de John c'était comme du ski nautique. Elle le traînait derrière elle, et tous les muscles de sa tête lui faisaient mal, et les skis frappaient les dures ornières de l'eau, et c'était plus facile de laisser tomber ; ou il n'avait pas le choix, et il coulait, alors que la religieuse poursuivait son chemin. Puis elle s'était retournée et avait vu qu'elle l'avait perdu. Elle avait posé les mains à plat sur le pupitre et s'était penchée sur lui.

Géométrie pythagoricienne. John comprenait qu'il existait, en théorie, une infinité de plans et qu'ils pouvaient tous être identifiés par A ou par B. La religieuse avait quelques poils blancs et raides au menton. Elle avait des manières masculines et elle était gentille. Elle n'arrivait pas à lui enseigner les mathématiques : John était imperméable. Mais en elle il voyait comment la bonté est générée. C'est ce qu'elle avait fait retentir dans son crâne. Elle avait fait retentir la volonté d'être bon, de prendre soin de ses sœurs, de sa mère, du chien.

Elle s'était penchée sur lui et le regard de la religieuse avait soutenu son regard. Les corridors de l'école étaient presque vides, l'écho d'un casier que l'on referme violemment avait résonné.

Et puis ça l'avait frappé, la réponse. Il retiendrait la réponse uniquement le temps qu'il fallait pour l'écrire à l'examen. Dehors, il faisait soleil et les arbres étaient pleins de petites feuilles neuves, un vert innocent qui s'assombrirait au fur et à mesure que passerait l'été. L'été s'annonçait clair, et maintes choses allaient arriver parce que le secondaire était terminé, mais elles n'étaient pas encore arrivées. John et ses camarades de classe attendaient en file. Attendaient que des choses arrivent.

La sorcière venait toujours visiter John en rêve, mais moins souvent, et il l'acceptait. Il y avait une tristesse monstrueuse dans le monde, et il fallait la regarder en face.

Natalie Bateman sirote son champagne et ferme les yeux. Elle a, pour ramener ses cheveux derrière ses oreilles, un geste posé qui lui donne l'air sincère. C'est comme si cette religieuse du secondaire, songe John — qui entrouvre inconsciemment la bouche pendant que Natalie arrache un autre escargot à la fourchette avec ses dents, et la referme tandis qu'elle referme la sienne, ses lèvres pleines et humides —, c'est comme si cette religieuse lui avait ouvert le front pour y déposer une noix de géométrie et de bonté derrière l'os. Il s'était senti meurtri par la puissance et la détermination de son regard. Elle enseignait les mathématiques, mais John voyait que ce n'étaient pas les mathématiques. C'était la religion. Quand elle écrivait au tableau, elle se couvrait de poussière blanche, le résidu des réponses. John voyait que, si les réponses étaient spectrales, elles possédaient néanmoins certaines propriétés physiques, et les réponses avaient retenti à travers la religieuse et elle était couverte de leur résidu d'un blanc pur.

Et John avait songé : elle ne devrait pas avoir le droit de faire ça, planter la dure noisette de l'amour dans ma tête. Il allait peut-être exploser. Mais il l'avait implorée. Il avait imploré sa miséricorde. Et la religieuse s'était penchée sur lui et avait dit : Ah, mon grand. Ce qu'elle disait toujours aux élèves qui avaient fait un effort pour suivre mais n'y étaient pas arrivés. Et elle avait pris la décision, et John l'avait vue la prendre. Il l'avait vu dans ses yeux, et puis il avait su. La connaissance tombait de son crâne sur sa copie d'examen, et quand il s'était levé après l'examen, elle avait disparu.

Natalie Bateman fait passer un paquet à tout le monde autour de la table, une enveloppe noire et brillante qui se replie d'ingénieuse façon, munie de pochettes et d'encarts — des tirages grand format des lieux de tournage et des biographies du personnel clef : concepteurs, acteurs, réalisateurs, responsables du repérage. Il y a le détail des biens livrables, des budgets types et des story-boards.

Le soleil se couche et John regarde sa montre. Il sera à bord d'un avion à destination de Toronto à vingt et une heures. Il a des choses à faire. Il a vu un t-shirt blanc dans la vitrine d'une boutique, pas plus grand que sa main. *I Heart New York*.

À la maison

Helen invisible, novembre 2008

Helen est au Village des Valeurs, avec son téléphone qui vibre contre sa hanche. Louise appelle pour dire que la police procède à des exercices de contrôle d'émeutes dans le stationnement près de chez elle.

Ils se préparent à des émeutes, dit Louise. Ils font cela tous les ans. Les infirmières vont peut-être déclencher une grève. La moitié des flics sont mariés avec des infirmières. Ils ont leur bouclier et leur casque à visière et ils avancent tout d'un bloc. Si les infirmières se déchaînent, ils vont les frapper sur la tête avec ces matraques qu'ils ont. Je suis là dans mon auto juste pour regarder. Ces chevaux, Helen, quels animaux adorables.

Le fils de Louise est policier. Sean, le fils de Louise, est un coureur de fond aux cheveux argentés qui fait le ménage de la maison et prépare le café pour sa femme tous les matins et le lui apporte au lit. Sherry Aucoin. Et il prend soin de Louise sans rechigner. Sean déneige pour sa mère pendant l'hiver, va lui chercher ses médicaments et installe son ordinateur. Il s'occupe de sa plomberie, répare la lumière sensible au mouvement au-dessus de la porte de derrière et répand du sel dans son allée.

Ce qu'ils font, Helen. Ils font un boucan, dit Louise.

Je suis en train de regarder un chandail en cachemire, dit Helen.

Ils frappent leur bâton sur leur bouclier, un effet de tambour, et c'est très menaçant, dit Louise. Très excitant.

Je paye pour ces minutes, dit Helen. Elle se retourne pour

se débarrasser de la friture sur la ligne. J'ai pris ce téléphone pour les urgences.

Est-ce qu'on va aller voir des comptoirs de cuisine aujourd'hui, demande Louise. Helen a découvert une maille sous le bras du chandail. Le chandail est orné de perles, rose, et très doux. Elle y enfouit son visage et il sent le parfum. Quelqu'un a porté ce chandail, songe-t-elle.

Louise, je refuse de gaspiller plus de minutes, dit Helen. Viens me retrouver à la quincaillerie dans une heure. Et elle raccroche.

Il y a une grande femme voûtée un peu plus loin dans l'allée, dont les cheveux noirs permanentés sont si rares qu'on voit la peau blanche de son crâne. La femme est en train d'essayer un manteau. Elle se regarde de pied en cap, lissant la fourrure d'une main, de l'autre main tenant le col fermé près de son cou.

Très joli, dit Helen. La femme fait tournoyer légèrement le manteau. Elle prend une pose. Puis elle laisse retomber les bras.

On a eu huit morts par chez nous depuis septembre, dit la femme. Je viens de Flower's Cove, dans la péninsule Nord. C'est beaucoup de monde pour une petite communauté. Je suis ici avec mon amie Alice, et je me suis dit : c'est un joli manteau. Elle passe de nouveau la main dans la fourrure.

Il a l'air très chaud, dit Helen.

Est-ce qu'on achète ces choses pour se remonter le moral, demande la femme. Elle se rapproche d'Helen à ce moment. Ses yeux vitreux se perdent dans de douces poches de peau, veinées de minces fils lie-de-vin. Elle a une dent cerclée d'or et son haleine sent la gomme à la menthe verte.

À Flower's Cove, j'imagine qu'il vous faut un manteau chaud, dit Helen. La manche du chandail rose est chiffonnée dans son poing.

Le dernier, c'était le prêtre, murmure la femme. Elle se retourne vers le portant et entreprend de faire glisser rapidement les cintres de métal sur la barre, s'interrompant lorsqu'un éclat rouge jaillit. Il s'est pris une crise cardiaque sur le parvis de l'église. Il était de la ville. En était originaire.

Vraiment? C'est horrible, dit Helen.

Si j'étais menue comme vous, dit la femme. Elle désigne d'un geste de la tête le chandail dans la main d'Helen. Je me gâterais. Elle examine encore plusieurs cintres et s'arrête à quelque chose d'argent qui accroche la lumière.

Parce que la vie est courte, dit-elle. La vie est très, très. Elle sort le chemisier argent et le dépose dans son chariot.

Helen songe à Louise disant : Je ne suis pas emballée. Louise n'était pas emballée par une nuance de taupe qu'Helen lui avait montrée à la quincaillerie la semaine précédente. Elles étudiaient les échantillons et elles avaient élagué la pile, et Helen avait dit qu'elle voulait quelque chose de frais et de propre. Elle tenait l'échantillon de peinture à bout de bras.

Louise avait soulevé ses lunettes à double foyer attachées à une cordelette autour de son cou et les avait enfilées. Elles avaient toutes deux levé les yeux vers le plafond pour détermi-ner sous quel genre de lumière elles considéraient l'échantillon. Puis Louise avait secoué la tête et ôté ses lunettes.

Je ne suis pas emballée.

Helen songe à sa petite-fille, Claire, venue lui rendre visite quelques jours plus tôt. Claire avait sonné à la porte et elle était restée là, le soleil dans ses cheveux, à regarder la rue, et puis elle s'était retournée et avait appuyé son visage contre la vitre de la porte et avait bloqué la lumière avec ses mains en coupe, le nez écrasé, plat et blanc. Elle regardait Helen en face sans la voir.

Helen était invisible. Claire la regardait en face et ne voyait rien du tout.

Et maintenant Helen songe à Barry, qui travaille en ce moment même dans son salon. *Je suis emballée,* songe Helen. Elle éprouve un serrement de surprise. Comme si un poing s'était refermé sur son cœur. Elle ressent du désir. Mais aussi quelque chose de plus complexe et dangereux que le désir. Quelque chose de plus profond.

Un compagnon, songe-t-elle. L'envie d'avoir un compagnon.

Gâtez-vous, dit la femme en désignant du menton le chandail qu'Helen a à la main.

Oh, je ne peux pas, dit Helen. Elle remet le chandail sur le portant.

* * *

Une séance, novembre 2008

John a quitté la réunion d'affaires bien arrosée et marche plusieurs coins de rue en direction de son hôtel. À l'extérieur d'une boutique de babioles, quatre punching bags gonflés, à l'effigie de George Bush et lestés de sable, s'inclinent, titubent et se tamponnent les uns les autres dans le vent. Il a commencé à neiger. John est censé acheter un billet d'avion pour Gabrielle, mais il a besoin d'un café. Il a besoin, toujours, d'une pause avant de se séparer de son argent.

John a besoin d'une pause pour réfléchir au bébé.

Il fait très, très froid à New York.

Il entre en trombe dans un café où les employés portent des récepteurs dans l'oreille et des bonnets pointus. Ils régentent la file pour qu'elle avance rondement, désignant un commis derrière le comptoir en disant : Inez est prête à prendre votre commande maintenant. Ou : Jasmine, au bout, vous attend.

Une femme demande à John si elle peut s'asseoir avec lui parce que le café est bondé. Elle descend la fermeture éclair de son manteau et soupire si profondément qu'elle retombe sur elle-même comme un gâteau.

On se prépare pour Noël à New York, et dans une vitrine

de l'autre côté de la rue il y a des mannequins vêtus de robes de soirée rouges, une cheminée dorée et une pyramide de boîtes dorées. Les reflets des taxis jaunes flottent dans la vitre comme des carpes géantes.

La femme assise en face de John dans le café explique que son métier est de parler aux esprits. C'est un travail épuisant, dit-elle. Elle jette un coup d'œil au comptoir où sont disposés la crème et le lait, dit qu'il lui faut du sucre et qu'elle va aller en chercher. Mais elle plisse plutôt les yeux et reste tout à fait immobile.

Je sens une énergie, dit-elle à John. Qui vient de vous.

Laissez-moi aller vous chercher du sucre, dit John. Qu'est-ce que vous voulez ? Du sucre ?

Je pense que vous avez perdu quelqu'un, dit la femme. Elle se lève. Elle s'apprête à émettre un jugement sur John et sur tout ce qu'il est ; mais une ambulance passe à tombeau ouvert dans la rue et elle est distraite. La sirène hurle et la lumière rouge du gyrophare balaie la femme, une fois, deux fois, disparue.

John pense aux hommes et aux femmes qui dormaient sur le vol qu'il avait pris à Singapour, le soleil rouge se déversant dans leurs fenêtres. La mâchoire pendante, la bouche ouverte ; l'abandon concentré, durement gagné, sur leur visage. Était-ce hier seulement ? Le monde au sol était semblable à un rêve qu'ils auraient conjuré ensemble.

Je vais aller chercher le sucre, dit la femme. John remarque qu'elle porte un pantalon de jogging d'un noir délavé et des sandales en plastique fendillées avec des socquettes de sport et un manteau en duvet lilas dont les poignets sont cerclés de saleté. Elle revient à la table en agitant un sachet de sucre entre le pouce et l'index.

Vous êtes en communion avec les morts, disiez-vous, dit John.

La femme verse le sucre et tire à petits coups sur la ficelle du sachet de thé. Les esprits viennent à moi, dit-elle. Elle sourit à John et se frotte les mains au-dessus de la vapeur montant du thé.

Alors, avec des bougies, demande-t-il. Il songe à Jane Downey au Hyatt de Toronto. John lui a retenu une suite et il a une réservation pour lui. Une chambre séparée. Allaient-ils coucher ensemble ? Il n'a jamais fait l'amour avec une femme enceinte. Jane Downey avait dit qu'il pourrait sentir le bébé bouger.

Il n'y a qu'à poser la main sur mon ventre, avait-elle dit.

Je n'ai pas besoin de bougies, dit la femme du café à John. Il renifle le parfum de son thé à la framboise.

Vous entendez des voix, dit John.

Les esprits se révèlent d'eux-mêmes, dit la femme.

Et vous organisez des séances.

Séance est un mot dépassé, dit la femme. On parle de *channelling* de nos jours.

Et ça coûte quelque chose, dit John.

La femme tire le sachet de thé hors de la tasse et le laisse tomber sur une pile de serviettes en papier. Une tache rouge se répand immédiatement. Je n'ai pas le choix, dit-elle.

John sort une carte bancaire de son portefeuille, la tourne et la retourne sur la table et se cure les dents avec ; puis il se rend compte de ce qu'il est en train de faire et il la range. Il n'arrive véritablement à penser à rien d'autre qu'au bébé. Il lui vient des pensées folles. Il songe : Pourquoi ne pas épouser Jane. Ou : N'y va pas, et tout ça va disparaître.

Il songe qu'il faisait clair pendant vingt-quatre heures, la semaine qu'il avait passée en Islande avec Jane, et il a l'idée folle que c'est la lumière qui l'a fécondée. La lumière leur avait fait quelque chose à tous les deux. Leur avait troublé l'esprit. Ils étaient partis en randonnée et avaient mangé de l'agneau au dîner en buvant du vin, et il y avait une lumière orange sur les éclats acérés de lave durcie, et Jane notait des histoires de berserks dans son carnet tandis que le guide parlait.

Je suis simplement curieux de savoir comment ça fonctionne, dit John à la femme dans le café.

Tout est à la surface avec vous, dit-elle. Je vois déjà des choses. Des choses dans votre passé. Des choses dans votre avenir.

Quelles choses, dit John.

La femme hausse les épaules. Des formes, dit-elle. Des couleurs. Je vois la tristesse et la perte. Sans même faire d'effort.

C'est assez impressionnant, dit John. Sans faire d'effort.

Elle lève le regard de sa tasse et John voit qu'elle a les yeux verts. Elle a un regard intense, théâtral. Sa peau est laiteuse et ses sourcils épais dessinent un arc. Plus jeune, elle a dû être belle.

Quelque chose se prépare, dit la femme. John sort un billet de vingt dollars de son portefeuille et le fait glisser sur la table jusqu'à la voyante.

Qu'est-ce qui se prépare, dit-il. Jane avait une aptitude infinie à la générosité, voilà ce qu'il se rappelle. Ou bien il la confond avec toutes les autres femmes. Jane et lui ont passé une semaine ensemble. Jane était anguleuse. Mince. Cheveux couleur cannelle, boucles indomptées.

Toute sa vie adulte, John a évité de devenir père. Il a fallu se montrer furtif et quelque peu sournois. Il a fallu une volonté aiguë alors que le moment exigeait un abandon langoureux. Il a pratiqué la retenue. Il a gardé ce qu'il voulait, ce qu'il voulait *véritablement* de sa vie, au centre de ses pensées, même dans les spasmes de l'orgasme. Il a toujours tenu les rênes d'un poing serré.

Je vais vous dire ce que l'avenir vous réserve, dit la voyante. Elle n'a pas touché l'argent. Le billet gît au milieu de la table. Quand la porte s'ouvre, il se soulève un peu et se déplace légèrement.

John songe qu'il ne veut peut-être pas savoir ce que lui réserve l'avenir. Il a beaucoup réfléchi à la nature du temps et au fait qu'une vie peut se terminer beaucoup trop vite si l'on n'est pas prudent. Le présent se dissout continuellement dans le passé, a-t-il compris il y a longtemps. Le présent se dissout. Il se consume. Le passé est virulent, vorace, et tout peut être dévoré en quelques secondes.

Là réside l'énigme du présent. Le passé l'a déjà infiltré ; le passé y a établi son camp, déployé ses soldats chargés de récurer à la brosse à dents tout ce qui forme le *maintenant*, et plus vous y pensez, plus il se dissout rapidement. Le présent n'existe pas. Le présent n'a jamais existé. Ou, autre manière de l'envisager : votre vie pourrait continuer sans vous.

John avait pris plaisir à faire l'amour à une femme magnifique à Reykjavik. Cela est vrai. Il faisait soleil toute la journée et toute la nuit. Il ne s'était pas arrêté pour y réfléchir.

En y repensant, John a l'impression qu'il avait été dans le présent en compagnie de Jane. La semaine entière s'était déroulée au temps présent. Peut-être est-ce cela, l'amour. Voilà le genre d'idées folles qu'il nourrit.

Jane et lui sont allés au Blue Lagoon et ont enduit leur visage d'argile blanche, car on leur avait dit que cela les guérirait. Ils avaient ri, parce qu'il leur semblait qu'il n'y avait rien à guérir. Tous les deux juraient ne s'être jamais mieux portés.

Reste chez moi, avait dit John à Jane. Je t'en prie. Parce que c'était agréable et que le soleil durait, ne déclinant que légèrement vers les quatre heures du matin, et il n'y avait pas grandchose d'autre à faire. Il avait regardé la cascade éclabousser la tête de Jane et ses mains tandis qu'elle les levait au-dessus de sa tête, l'eau tombait en une pellicule brillante sur son visage, elle avait la bouche ouverte, ses cheveux étaient collés à son crâne. La pointe de ses seins dans le maillot de bain rouge. La courbe de sa hanche. Il avait vu l'ombre de son nombril. Les dures ficelles de la cascade avaient fait couler l'argile blanche de son visage en ruisselets.

De lourds voiles de vapeur s'étaient levés, et l'on pouvait

oublier un instant la puanteur du soufre avant que la brise ne la ramène, décuplée.

Anthropologie, avait dit Jane.

Il avait dit : Rappelle-moi.

L'étude de l'humanité, avait dit Jane. Rituels, symbolisme, pratiques magico-religieuses, classe, sexes, parenté, tabous. La façon dont on bouge et parle, dit-elle. Ce qu'on mange, ce qu'on boit, ce qu'on voit en rêve et ce qu'on fait de notre merde. Comment on baise et comment on élève les enfants. Tout ça.

C'est Jane, avait-elle dit au téléphone. Comme s'il allait se souvenir.

Vous avez perdu quelqu'un dans le passé, dit la voyante. Puis elle saisit la main de John. Ses ongles s'enfoncent dans son poignet, assez fort pour percer la peau. On dirait qu'elle a une mini-attaque. Ses yeux se sont révulsés et ses paupières tremblent. Le blanc de ses yeux. Ça dure une vingtaine de secondes. Puis les muscles de son visage se détendent. John voit un peu de salive à la commissure de ses lèvres. Elle a les pupilles dilatées.

La voyante appuie ses doigts sur ses yeux et courbe la tête. Quand elle lève enfin les yeux, elle est désorientée. Ou bien vous allez perdre quelqu'un dans l'avenir, dit-elle.

Elle voit qu'elle tient le poignet de John, et le lâche.

* * *

Robes de mariées, novembre 2008

Helen a une commande à terminer avant la nouvelle année. Chaque robe est unique. Ce sont des robes simples et seyantes. Ses clientes sont pour la plupart à la fin de la quarantaine ou dans la cinquantaine et elles ne veulent rien de virginal et rien de ridicule. Pas plus qu'elles ne veulent ces costumes raides qu'elles ont portés pour assister à des conseils d'administration au cours des vingt dernières années. Ses clientes sont radiologues, ingénieures ou chirurgiennes, ou elles travaillent à l'université.

Elles ont une peur bleue de la dentelle. De la dentelle ou de tout ce qui est doux, ça les fait se sentir encore jeunes et jolies. C'est un risque immense. Ça les obligerait à se rappeler qu'elles s'abandonnent à l'amour ; il leur faudrait poser leur scalpel, leur maillet et leur cotte de mailles.

Les mariages sont coûteux de nos jours. Les fleurs doivent être tropicales, cireuses, démesurées et vaguement anthropomorphes. Les vidéographes sont de jeunes hommes qui ont fait les Beaux-Arts à Montréal ou en Nouvelle-Écosse, de jeunes hommes aux cheveux mi-longs. Helen a l'impression qu'ils écoutent des formes de punk plus douces, plus lyriques. Le genre de jeunes hommes qui hochent toujours la tête légèrement à contretemps de ce que vous êtes en train de dire. Hochent la tête d'un air absent pendant que vous exposez votre point de vue, comme s'ils étaient impatients que vous en veniez au fait.

Les clientes d'Helen sont surtout des amies d'amies, et souvent elle assiste à leur mariage. Les robes qu'elle confectionne lui inspirent un sentiment : elles sont sacrées. Elles ont de l'importance aux yeux d'Helen. Pas les robes de bal de fin d'études, bien qu'elle adore les émeraudes, les magenta, les rouges et les cobalt de cette année. Les robes de bal ne sont que décolletés et jupes bouffantes. Les robes de bal sont tapageuses, innocentes et putassières à parts égales, presque ironiques.

Mais les robes de mariées sont importantes. La moindre couture. Coquille d'œuf, corail ou gris perle, rien de brillant, des robes qui bougent, qui sont confortables et faites pour durer, qui couvrent plus qu'elles n'exposent.

Aujourd'hui, Helen coud dans la cuisine, Barry travaille sur le plancher dans le salon. Pendant un certain temps, au début, elle avait offert à Barry ce qu'elle se préparait pour le lunch, mais il avait dit qu'il n'aimait pas s'interrompre.

Je ne mange pas avant d'avoir fini pour la journée, avait-il dit.

L'éthique de Barry voulait qu'il travaille jusqu'à ce que le boulot soit terminé. Il aimait l'idée de serrer les dents pendant l'heure du lunch.

Je suis têtu, avait-il dit.

Il applique une ligne de calfeutrage dans une fissure du cadre de la porte et la lisse avec le pouce. Assise à sa machine à coudre, elle regarde le pouce de Barry se déplacer sur la fissure. Quelqu'un l'appelle sur son téléphone portable, songe-t-elle, qui a besoin d'être conduit quelque part. Quelqu'un se sent la liberté de lui réclamer, de demander. Ce doit être une amoureuse ou une épouse.

Elle regarde le pouce de Barry enfoncer le calfeutrage dans la fissure et elle pense encore une fois ce que toute femme adulte pense d'elle-même : qu'elle est encore celle qu'elle était à seize ans.

Ce n'est pas une pensée. Helen revient à ses seize ans ; elle *a* seize ans ; la timidité et l'émerveillement. Ça la submerge un instant. Et puis c'est disparu. Elle a quarante-neuf ans, cinquante, elle a cinquante-deux ans. Cinquante-six. Le monde l'a trahie, l'arthrite dans ses poignets.

Elle a une profonde soif d'être touchée. Car Helen a découvert que ce qui se passe lorsqu'on n'est pas touchée, c'est la même chose qui se répète : on n'est pas touchée. Et ce qui se passe quand on n'est pas touchée est le plus sale des secrets, le plus méprisable : on oublie de le désirer.

On oublie, songe-t-elle. On oublie si profondément que le désir est oblitéré. Un froid puissant, oblitérant, s'abat.

Le seul remède, c'est de psalmodier : Je veux, je veux.

Elle a seize ans et elle remarque la ceinture usée de Barry et son jean barbouillé de plâtre, et ses cheveux sont plus argent que gris, il s'y trouve toujours des fils noirs et ils sont un peu longs, et il ne parle pas. Un vieux hippie. Il a déjà laissé entendre qu'il aime bien fumer un joint de temps en temps. Ce n'est pas un buveur, ou c'était un buveur et il a laissé l'alcool derrière lui. Elle a l'impression qu'il a laissé maintes choses derrière lui, et de la sorte ils ont quelque chose en commun.

Ils sont trop vieux pour l'amour. C'est ridicule. Pendant un instant, elle les voit en train de baiser : poils pubiens gris, peau plissée, articulations qui craquent. C'est une comédie grotesque, cette faim. Elle est affamée de tendresse physique — ce choc lui scie les jambes, là, à sa machine à coudre, et elle s'interrompt au-dessus de son point, serrant le tissu, ce choc l'étourdit ; elle est étourdie de désir.

Mais Barry et elle ne sont pas trop vieux pour la menuiserie, pour gagner leur vie, pour coudre des robes, pour les tempêtes de neige, les suées nocturnes, les menaces de la banque et les enfants et les petits-enfants qui pleurent. On fait appel à eux. On s'attend à ce qu'ils participent. Peut-être cela devrait-il être fini, mais ce n'est pas fini. Ce n'est pas fini.

Et voici la vérité sans fard : Helen veut coucher avec lui. Elle se fiche de savoir de quoi elle a l'air (en fait, elle n'est pas si mal sous un certain éclairage), elle se fiche de tout sauf du fait qu'elle veut, peut-être, coucher avec cet homme, qui est un inconnu, qui fume, qui répond au téléphone. Et quel danger, quel danger : je veux, je veux.

Barry et elle sont ensemble de la sorte dans la maison vide depuis des semaines. Tim Hortons pour le café au milieu de la matinée, et puis de nouveau l'après-midi. Barry ne monte pas à l'étage ; il n'utilise pas la salle de bains d'Helen. Helen imagine qu'il y a un code secret des menuisiers pour ce genre de choses : n'empiétez pas. Il fume sur la terrasse derrière la maison. Et Helen s'est surprise à le regarder de la fenêtre du deuxième étage. Le dessus de sa casquette de baseball noire et blanche.

Elle est en train de coudre des plis d'une ceinture et se pique le doigt. Sa découverte : elle est satisfaite juste de l'avoir regardé fumer.

Helen prend un bain de soleil, 2007

Les enfants avaient acheté un billet d'avion à Helen pour la fête des Mères.

Maman, il faut que tu voies l'Europe, avait dit Cathy.

Assez de Floride, avait dit Lulu.

Elle se trouvait donc sur une plage grecque en compagnie de Louise. Elle regardait un jeune homme dans un catamaran, le ventre de la voile touchant presque l'eau, son corps penché de l'autre côté, par-dessus bord, il n'y avait que ses pieds à l'intérieur du bateau, tirant énergiquement sur la voile.

Est-ce qu'il n'est pas trop au large ? demanda-t-elle à Louise. Mais Louise dormait.

Il y avait un navire de pêche à l'ancre juste un peu plus loin. Le navire de pêche montait et descendait, luttant avec vigueur contre les vagues qui claquaient. Chaque fois que la proue s'élevait, un voile d'eau tombait du câble auquel était fixée l'ancre.

La plage était calme, mais il y avait un couple un peu plus bas. Un homme et une femme, l'âge d'Helen environ. Ils étaient allongés côte à côte, absolument immobiles.

Finalement l'homme roula sur le ventre, plongea la main dans son sac à dos et en sortit une bouteille d'eau. Helen entendait la bouteille se cabosser et se froncer tandis qu'il buvait.

Le catamaran retomba durement sur l'eau et vira, la voile glissa de l'autre côté et l'homme plongea rapidement sous la bôme.

Je pense qu'il n'a tout simplement pas le contrôle de ce truc, dit Helen. Mais Louise ne broncha pas.

Et puis la femme plus bas sur la plage se releva pour s'asseoir près de l'homme, lui prit la bouteille d'eau, but et la lui redonna. Elle avait les cheveux courts, teints d'un blond cuivré, que le vent écartait de son visage, et l'on voyait ses racines sombres autour de son front, et elle plissait les yeux dans le vent. Elle avait le visage très bronzé. On aurait dit qu'elle était en vacances depuis longtemps. Helen regarda le catamaran filer en direction de la plage. Il rebondissait durement sur les vagues.

La femme avait une pomme et un petit couteau, elle tournait la pomme et un ruban de pelure battait dans le vent. Elle coupa la pomme en deux. L'homme ôta sa casquette de base-ball bleu marine, passa la main sur sa tête et remit la casquette. La femme lui tendit la moitié de la pomme et elle mangea l'autre moitié.

Et le catamaran toucha la plage, glissa hors de l'écume, l'homme en descendit d'un bond, trotta à côté et le tira énergiquement sur la grève.

Le couple assis plus bas sur la plage, ç'aurait pu être Cal et elle, songea Helen. Cal et Helen auraient pu vieillir ainsi, ne pas avoir à parler avant que la pomme ne soit finie, s'assoupissant sur la plage, s'éveillant, l'un après l'autre, et puis parlant, reprenant la conversation là où ils l'avaient laissée des heures plus tôt.

Le couple avait discuté et en était venu à une sorte d'entente, estimait Helen. Ils avaient dit quelque chose sur l'un de leurs enfants, ou sur un voisin, ou sur une question bancaire ou ayant à voir avec la voiture. La femme avait fini une histoire commencée des heures plus tôt, la reprenant au milieu d'une phrase. Puis ils s'étaient levés et avaient secoué leurs serviettes. Les serviettes avaient claqué bruyamment. Ils avaient tout remis dans leur sac et s'étaient éloignés en marchant sur la plage. La femme s'était arrêtée, avait enfilé une sandale et puis l'autre, et après quelques pas elle s'était penchée pour ajuster la courroie au-dessus du talon. L'homme l'avait attendue.

Si Cal était sur la plage avec elle, songea Helen, il aurait trente et un ans. Il avait trente et un ans quand il est mort. Et elle serait comme elle était maintenant, la peau de sa poitrine chiffonnée comme un vieux mouchoir, tannée, constellée de taches brunes, et la chair pendant sous ses bras, ses mains arthritiques et les rides profondes au coin de ses yeux. De minces lignes imprimées au-dessus de sa bouche.

Helen serait profondément gênée de son âge, et elle s'émerveillerait de la beauté de Cal.

Le temps nous a séparés, songea-t-elle. Elle avait continué sans lui. Elle aurait été assise près de lui, aurait pelé la pomme et elle aurait eu l'impression d'être sa mère. Les morts ne sont pas des individus, songea-t-elle. Ils sont tous pareils. C'est pourquoi il est tellement difficile d'en rester amoureux. Tels des hommes qui entrent en prison et sont dépouillés de tous leurs effets personnels, vêtements, bijoux, les morts sont dépouillés de la personne qu'ils étaient. Rien ne leur arrive jamais, ils n'ont ni changé ni grandi, pourtant ils ne sont pas restés pareils non plus. Ils ne sont pas ceux qu'ils étaient quand ils étaient vivants, songea Helen.

L'acte d'être mort, si l'on peut appeler ça un acte, les a rendus très difficiles à aimer. Ils ont perdu la capacité d'étonner. Il aurait fallu une puissante mémoire pour aimer un mort, et ce n'était pas sa faute si elle n'y arrivait pas. Elle essayait. Mais nulle mémoire n'était assez puissante. Voici ce qu'elle savait désormais : nulle mémoire n'était assez puissante.

Qu'est-ce que tu fais, demanda-t-elle. Louise était en train d'ôter le haut de son bikini. Ses seins en jaillirent mollement, blancs comme des pommes de terre, les mamelons foncés, couleur foie, aussi durs que des noyaux.

Quand est-ce que ces lolos vont voir le soleil si je ne le fais pas maintenant ? dit Louise. Elle se recoucha sur le dos, plantant ses épaules dans le sable sous la serviette.

Les enfants sont venus, *bang, bang, bang,* comme ça, songea Helen.

Dépêche-toi d'en finir avec les couches, avait dit sa belle-mère. C'est mieux de les avoir tous d'un coup. Et c'était comme un claquement de doigts. Tout était fini. Au début, on aurait dit que ça durerait toujours. Et puis en un clin d'œil c'était fini.

Le cerf-volant, 1977

Laisse aller, criait Cal. Laisse aller, laisse aller. Il était sur la pelouse avec John, quatre ans, et l'enfant lâcha le cerf-volant comme on lui disait, et le cerf-volant bondit et fendit le ciel au-dessus de sa tête, d'un côté puis de l'autre. John mit ses bras devant son visage.

Quand le cerf-volant rencontra l'air, il fit un bruit semblable à une brusque inspiration — surprise, peur ou exaltation. Puis le *snap* et le plastique ridé. Le cerf-volant fendit de nouveau l'air, et cette fois il s'éleva plus haut, puis, après un nouveau bond, plus haut encore, et puis il fut très haut dans le ciel.

Cal ramena la corde, rejetant son bras derrière son dos. Il tirait à petits coups énergiques ou bien il tractait avec tout le corps, en se penchant en arrière comme s'il dansait le limbo.

Le cerf-volant piqua du nez et puis, par dépit, fusa plus haut encore.

Cal attacha la ficelle à la corde à linge et il tourna le coin de la maison. Helen entendait le *chink* de sa pelle frappant la pierre. Pendant un moment, la ficelle du cerf-volant resta lâche, mais elle se tendit et le cerf-volant n'était plus qu'un point. La pelouse était vaste, trempée de rosée, et des épilobes se balançaient au fond du jardin. Les graines flottaient au-dessus de la pelouse.

Leur maison de Salmon Cove. Helen a une photo de John datant de cette époque. Un t-shirt bleu marine, un short rouge, ses boucles blondes et ses lèvres teintées de violet par un popsicle.

Cal avait amené les enfants à la plage pour offrir un répit à Helen. Il avait trouvé un cerf-volant Barbie Doll en plastique coincé entre les pierres, déchiré, aux couleurs passées. Il était rose et arborait les cheveux blonds et le sourire blanc de Barbie.

Lulu était sur les épaules de Cal, et Cal avait assis John et Cathy dans un chariot en bois qu'il tirait, il tenait le cerf-volant abîmé en montant la route de gravier poussiéreuse.

C'est le genre de choses dont Helen se souvient, des bribes d'après-midi qui se précisent jusqu'à ce qu'elles se dessinent trop vivement. Des lambeaux. La manière dont les enfants grimpaient sur Cal. Se jetaient sur lui. La manière dont ils l'escaladaient. Il les chatouillait. Leur faisait faire des balades sur son dos. Racontait des histoires. Il jouait à l'avion. Couché sur le dos, les jambes dans les airs, leurs petites cages thoraciques posées sur ses chaussettes de laine grises. Planant.

Cal répara le cerf-volant dans le jardin avec du ruban adhésif, John observait Cal avec une grande attention et Cal lui expliquait comment on répare un cerf-volant, l'aérodynamique, et peut-être l'étrangeté de Barbie et de son sourire brillant et morne.

Helen était à la fenêtre de la cuisine, en train d'observer l'océan à l'aide de jumelles. Elle voyait Bell Island, un bleu fumeux, aux contours effacés, de l'autre côté de la baie, quelques fenêtres le long de la côte qui brillaient comme du mica. Puis le scintillement tapageur de l'océan. Il lui semblait qu'elle entendait des baleines et elle s'efforçait de les trouver. Les jumelles étaient lourdes et sentaient le neuf, comme le coûteux étui en cuir dans lequel on les rangeait. Quand elle y regardait et tournait la roulette au centre, les taches floues de lumière sur chaque vague se précisaient, chaque étincelle aussi dure que le diamant, et après un long moment, elle vit enfin les baleines. La queue de la mère s'abattit sur l'eau. C'était une queue bleunoir d'où l'eau dégouttait en un voile clair, et la baleine émit un jet de vapeur, et près de la mère se trouvait le baleineau, petite tache noire sous l'écume, né quelques jours plus tôt, leur avait dit un pêcheur.

Helen abaissa les jumelles à temps pour voir la déchirure rose. Le cerf-volant piquait vers le sol, un plongeon violent et délibéré. Le plastique vibrait et on aurait dit une flèche s'abattant sur la tête de John.

Il tomba en claquant, heurta l'épaule de John et lui couvrit le visage, et John lâcha un cri de peur. Il ferma les yeux, ses poings étaient serrés à sa taille et il lança un cri strident à l'intention de son père.

Cal apparut derrière le coin et prit John dans ses bras. Il mit la main derrière la tête de John et la couvrit de sa poitrine. Cal se balança avec lui. Tout était fini en une minute, et oublié. John se tortilla pour descendre des bras de Cal et disparut derrière la maison. Tout était oublié comme si ce n'était jamais arrivé. Laisse aller, laisse aller.

*　*　*

Helen en Grèce, 2007

Pour rentrer, Helen et Louise faillirent rater leur vol de l'aéroport d'Héraklion en Grèce à Stanstead en Angleterre. Elles avaient découvert qu'elles étaient à la mauvaise porte et elles avaient dû courir. On dit à Louise qu'elle devait laisser sa bouteille d'eau à la sécurité, ou bien elle pouvait la boire sur place, et elle posa son sac sans ménagement, dévissa le bouchon et porta la bouteille à ses lèvres, et la tête renversée loin en arrière, elle but un long moment, de l'eau coulant aux commissures de ses lèvres, le *glouglou* du liquide audible, pendant que les gardiens de sécurité l'observaient. De grosses bulles montaient dans la bouteille en plastique et finalement Louise l'abaissa, revissa le bouchon et la laissa tomber dans la poubelle, puis elle s'essuya la bouche du revers du poignet. Les hommes dirent : *Is okay. Is okay. Go, go, go.*

Mais Louise déclencha l'alarme, dut faire demi-tour, retirer ses chaussures puis s'asseoir pour les remettre.

Elles étaient les dernières à monter dans l'avion, qui fut

retardé pendant deux heures sur le tarmac, et elles n'eurent que trois heures dans un hôtel Best Western de Stanstead avant de sauter dans un autobus à destination de Heathrow. On leur avait donné une chambre avec un grand lit, Louise prit une douche et Helen s'endormit tout habillée, se réveillant toutes les vingt minutes, terrifiée à l'idée qu'elles aient trop dormi. Elle bondit du lit à quatre heures du matin quand le téléphone sonna et attrapa le combiné, craignant que quelqu'un soit mort, mais il n'y avait qu'un bourdonnement à l'autre bout, et puis de la musique, et c'était l'appel de réveil.

Nous étions dans un jacuzzi à l'extérieur, et de la neige tombait sur nos cheveux, racontait une femme au chauffeur de l'autobus les menant à Heathrow. Son amie et elle étaient montées dans l'autobus après Helen et Louise, et l'une d'elles marchait en s'appuyant sur deux cannes. Elle pantelait, empourprée par l'effort déployé pour grimper les trois marches depuis le trottoir, et elle lança à la cantonade : Vous occupez pas de mes bouts de bois. Elle saisit le poteau de chrome, agita l'une des cannes et s'assit lentement sur son siège.

Le chauffeur leva une manette et son fauteuil s'enfonça avec un sifflement pneumatique, il sortit une planchette à pince où il raya quelques lignes au stylo. Il rangea la planchette et parla dans un microphone à main. Prenez vos sièges, mesdames, dit-il.

Ils s'ébranlèrent de la gare d'autobus et après un moment le chauffeur parla de nouveau dans le microphone, il dit qu'ils arriveraient à l'aéroport de Heathrow dans une heure et quart. Il dit que l'autobus était muni d'une cabine de toilettes au fond, qu'il était interdit de fumer et qu'en Angleterre les ceintures de sécurité étaient obligatoires à bord des autobus, et il les pria tous de les boucler. Cet autobus va rouler à soixante milles à l'heure, dit-il. Il arrive que les roues quittent la chaussée.

Louise était tombée amoureuse. Elle n'avait pas prononcé le mot *amour*. Elle n'avait rien dit à Helen. Mais Helen savait.

Leur dernière soirée en Grèce, Helen et Louise avaient mangé dans un restaurant adjacent à l'hôtel. Il était recommandé dans le guide touristique. Elles avaient commandé une salade grecque, et Louise avait demandé de la pieuvre et avait été étonnée, quand elle était arrivée, de constater à quel point ça ressemblait à une pieuvre. Les minuscules ventouses et les tentacules violets se déployant dans l'assiette.

Je vais essayer des choses, avait dit Louise, que je n'ai jamais essayées avant. Elle avait décidé de commencer par les sardines.

Le pêcheur vient juste d'en apporter, avait dit le serveur. Il avait fait un petit mouvement de son stylo en direction de l'océan pour montrer combien elles étaient fraîches. Juste maintenant, avait-il dit. Il avait froncé les sourcils et hoché la tête pour signifier à quel point Louise avait été bien avisée de choisir les sardines.

Helen n'avait jamais eu recours à un guide touristique auparavant, et elle avait été stupéfaite de trouver le restaurant à l'endroit exact où le guide disait qu'il était situé. Louise et elle avaient été étonnées de découvrir les frères jumeaux *affables* dont le guide disait qu'ils étaient les propriétaires, juste derrière le bar, en tout point pareils si ce n'est que l'un portait une chemise rose et l'autre une chemise blanche.

On pouvait s'asseoir dehors sous un toit de chaume, et le soleil du soir lançait des épées à travers les tiges tressées. Les gens du coin étaient assis à des tables en bois sur les trottoirs des deux côtés de l'étroite rue pavée. Ils sirotaient une boisson ambrée et trouble dans des shooters. Les rares voitures qui passaient leur frôlaient presque les genoux. Des hommes au visage brûlé par le soleil, aux joues larges et grêlées, au nez spongieux qui retombait au-dessus de leur lèvre supérieure. De vieilles femmes courtaudes toutes de noir vêtues, avec des mouchoirs noirs, appuyées sur des cannes. Les vieilles femmes marchaient au milieu de la rue, la circulation s'immobilisait derrière elles et l'odeur des pots d'échappement restait suspendue dans l'air, et des géraniums se découpaient sur le stuc blanc et les volets cobalt.

L'homme à la chemise rose avait servi Helen et Louise. Il avait des poches sous les yeux, un stylo et un calepin, et il écoutait tandis que Louise lui disait ce qu'elles voulaient toutes les deux, même si son téléphone portable sonnait dans la poche de son pantalon. Il avait continué à sonner, alors Louise s'était interrompue et avait attendu, et l'homme avait soupiré, fermé les yeux et sorti le téléphone, et il avait plissé le front, il avait parlé, écouté et commencé à se mettre en colère, il avait écouté, s'était éloigné de leur table et n'était pas revenu avant un long moment.

L'autre serveur avait appporté une corbeille de pain et deux bières qu'elles n'avaient pas commandées, et il y avait de l'huile d'olive et du vinaigre sur la table, à verser sur tout.

Enfin, le premier serveur était revenu, il s'était léché le doigt, avait feuilleté son calepin et demandé à Louise si elle voulait son poisson frit ou rôti.

Frit, je pense, avait-il dit sans lui laisser la chance de répondre.

Ma sœur, vous savez, avait dit le serveur à Louise. Elle appelle, qu'est-ce que je peux faire ?

Je sais ce que vous voulez dire, avait dit Louise. Il y avait aux pieds d'Helen un chat avec des taches blanches, caramel et noires et des yeux verts. Il avait appuyé son dos contre les barreaux de la chaise et, tandis qu'il se retournait pour s'éloigner, silhouette efflanquée se pavanant d'un pas raide, la tache de fourrure noire au-dessus de l'une de ses omoplates montait et descendait. Puis le chat s'était arrêté afin de déloger quelques puces de sa patte de derrière. Martelant le carrelage avec une sorte de douce violence.

L'océan était sombre, sauf pour une ligne d'écume blanche qui faisait presque la longueur de la grève, s'approchait et s'éloignait, s'effaçait et revenait. Le serveur ne cessait d'apporter des bières à Louise et à Helen, et la rue était de plus en plus animée, il y avait des touristes hollandais et quelques vieux Britanniques avec des chaussettes aux genoux, et Louise avait posé la main sur sa poitrine et étendu l'autre main pour qu'Helen se taise. Les yeux de Louise s'étaient emplis de larmes, elle avait toussé et s'était frappé la poitrine de son poing.

Quoi ?

Une arête. Louise avait toussé et toussé et vidé le verre d'eau d'Helen. Puis elle s'était levée et avait disparu.

On n'est pas censé faire ça, avait dit Helen.

Je reviens tout de suite, avait répondu Louise d'une voix sifflante. Et elle était réapparue, des larmes abondantes coulant sur son visage, et le serveur en rose était revenu, il rapportait du pain, et il avait tiré une chaise et frotté le dos de Louise.

Il dit : Une arête de poisson, on mange du pain.

Elle en avait mangé.

Partie, avait-elle dit.

Vous voyez. Je vous l'avais dit. Le restaurant était presque vide et le fond de l'air commençait à se rafraîchir. Mais le serveur restait là, à parler à Louise de sa sœur, de sa participation majoritaire dans le restaurant, et de sa mère dont il se rappelait qu'elle disait, pendant toute son enfance : Une arête de poisson, on mange du pain. Il s'était tapoté la tempe.

Ça, je m'en souviens, avait-il dit.

Je pense que je vais y aller, avait dit Helen.

Vas-y, avait dit Louise. Le serveur avait bondi et était revenu avec deux shooters et une petite carafe.

Vous êtes mariée ? avait-il demandé.

Mon mari est mort il y a deux ans, avait répondu Louise. C'était un très cher homme. Nous nous aimions beaucoup.

Eau forte, avait-il dit. Il avait versé un verre à Louise et s'en était versé un.

Je vais monter, avait dit Louise à Helen. Dans un petit moment.

Mais le serveur en chemise rose et elle avaient fini dans la chambre voisine de celle d'Helen, et au matin Helen était sortie sur son balcon et ils étaient sortis sur celui du serveur.

Ils étaient séparés par un mur de stuc blanc, et le ciel était bleu au-dessus de leur tête, et l'océan devant Helen, et tous les toits blancs, et dans la rue des hommes mélangeaient du ciment dans une bétonnière où l'argile culbutait avec un bruit mouillé, et Helen avait vu que son ombre était très bleue sur le mur blanc. Elle reconnaissait les boucles de ses cheveux, la monture de ses lunettes de soleil et même son verre d'eau avec l'arc de lumière à l'intérieur qui chatoyait sur le mur. C'était une ombre aux contours nets. Puis elle avait entendu ouvrir les portes en bois donnant sur le balcon voisin, et c'était Louise. Helen entendait Louise et le serveur qui parlaient.

Elle était incapable de distinguer leurs paroles, mais elle les avait entendus dire quelque chose au sujet du soleil. Il lui semblait que Louise parlait de la lumière glorieuse. Louise était parfois théâtrale. Je pourrais boire cette lumière, disait probablement Louise.

Helen avait entendu leurs couverts et leurs assiettes. Le serveur habitait l'hôtel, semblait-il, et il y gardait des couverts et une plaque chauffante. Ou bien ils avaient commandé à déjeuner au restaurant.

Helen avait entendu Louise secouer un sachet de sucre. Elle était incapable de distinguer leurs paroles, mais elle entendait le sachet se balancer d'avant en arrière entre le doigt et le pouce de Louise, et les granules qui tressautaient. Et sa sœur avait cinquante-huit ans, si Helen ne se méprenait pas. Elle avait entendu Louise déchirer le sachet de sucre. Helen n'avait pas fait un geste ; on aurait eu l'impression qu'elle écoutait.

En ce moment, Louise descendait l'allée de l'autobus en se tenant aux dos des sièges, et le chauffeur la regardait dans le rétroviseur. L'Angleterre ressemblait à l'Angleterre en se déroulant derrière les vitres teintées. C'était luxuriant, verdoyant et il y avait un champ de moutons. C'était comme si Thomas Hardy et D.H. Lawrence avaient noté exactement ce qu'ils avaient vu et que tout était resté pareil, ou comme si quelqu'un avait lu ces livres et fait en sorte que le paysage soit identique à ce qui était dans les livres. Il y avait des arbres, des haies, des murets de pierre et des moutons. Les moutons, éparpillés sur les collines vertes, apportaient une touche d'authenticité.

Louise entra dans les toilettes et elle resta à l'intérieur de la cabine un long moment, et puis des cris retentirent à l'arrière de l'autobus. Louise braillait d'une voix stridente en donnant des coups de pied dans la porte des toilettes et Helen bondit, et le chauffeur se rangea, puis tout le monde se retourna dans son siège. La porte de la cabine des toilettes s'ouvrit violemment, rebondit et se referma, et Helen criait : Louise, Louise, Louise.

La porte s'était ouverte à la volée, il pleuvait abondamment à l'intérieur de la petite cabine, et Louise hurlait d'une voix stridente. Sa blouse pâle était plaquée sur sa poitrine et l'on voyait la dentelle de son soutien-gorge, et quand elle tira sa blouse pour la décoller, le tissu revint se souder à sa peau, il y avait de petites poches d'air emprisonné à l'intérieur de la blouse, ses cheveux étaient plaqués sur son crâne et son mascara coulait sur ses joues.

Jésus-Christ, dit Helen. Elle tenait sa sœur par le bras et scrutait son visage. Elle cherchait du sang, une plaie due à une balle ou une coupure, mais il n'y avait rien. Louise était trempée comme une soupe. Et la pluie continuait de tomber dans la cabine, et s'écoulait des toilettes en ruisselets qui allaient s'élargissant, et les gens assis à l'arrière se mirent à soulever les bagages qu'ils avaient posés par terre et à glisser prudemment leurs chaussures de côté. À faire des petits pas prudents de côté.

Le chauffeur prit le micro et sa voix était détendue. Plus tard, pour le décrire, Louise et Helen parleraient d'un ton de chambre à coucher. Une voix pleine de sarcasme, hilare.

Il est formellement interdit de fumer dans les toilettes, dit la voix.

Brièvement, le chauffeur et Louise restèrent debout au bord de la route. Louise avait les bras croisés et elle tapait du pied. Elle hochait la tête. Le chauffeur montrait l'autobus du doigt, et puis il montrait la route et il avait des opinions, apparemment, sur le sens du devoir, les convenances et les dangers de fumer en général. Il était partisan de l'action punitive, et il avait des idées bien arrêtées sur l'air pur, la fumée secondaire et l'importance de respecter les règles à bord des transports en commun quand on visitait le Royaume-Uni.

On aurait dit que Louise prenait ces vues en considération pour la toute première fois. On aurait dit qu'elle n'en avait jamais entendu parler auparavant.

Les gens derrière Helen faisaient la moue, désapprouvaient, se haussaient dans leur siège pour observer puis se laissaient retomber, et une femme dit à voix haute, pour le bénéfice d'Helen, qu'elle avait un avion à attraper.

Louise remonta à bord de l'autobus et ramassa ses affaires ; elle ramassa son sac à main, sa valise et son petit manteau.

Continue, Helen, dit-elle. Je vais te retrouver là-bas.

Je reste avec toi, dit Helen.

Helen, tu restes ici, dit Louise. M'entends-tu ? On ne va pas donner à ce salaud la satisfaction de nous jeter dehors toutes les deux.

Ils laissèrent Louise au bord de la route. Helen la regarda tirer la petite poignée rétractable de la valise, et elle la regarda mettre le sac sur ses roulettes et l'incliner, et elle regarda le sac tressauter derrière Louise sur le gravier. L'autobus s'ébranla, deux grandes gerbes de poussière s'élevèrent et Louise disparut.

Des heures plus tard, dans la salle d'embarquement à l'aéroport de Heathrow, Helen se laissa tomber dans une chaise et devant elle se trouvait un jeune Indien — il avait l'air indien — cramponné à un attaché-case, dormant à poings fermés.

Un sac à dos était posé près de lui, sa joue reposait contre un coin de l'attaché-case, il avait la bouche ouverte et un fil de salive reliant sa lèvre supérieure à sa lèvre inférieure tremblait à chacune de ses inspirations, et il tenait ferme l'attaché-case, mais ses lunettes étaient de travers. Une branche des lunettes collait à son visage, bizarrement de guingois, et l'un des verres était à la hauteur de son sourcil.

C'était un sommeil décidé qui le rendait vulnérable, et Helen éprouva un ridicule élan d'amour pour lui. Ou était-ce pour quelqu'un d'autre et elle n'arrivait pas tout à fait à savoir qui. Et puis elle se rappela Louise couverte des nuages de poussière soulevés par l'autobus qui s'éloignait.

Le bruit dans la salle d'attente montait et descendait par vagues, il y avait des caisses enregistreuses, des bébés qui pleuraient, des couples endormis l'un par-dessus l'autre, des voix douces qui rappelaient de surveiller ses bagages, des portes qu'on annonçait. Il montait et descendait par vagues et Helen était incapable de se concentrer, et les lunettes du jeune Indien menaçaient de dégringoler de son visage.

Une femme vêtue d'une veste couleur citron fluorescent arriva, munie d'une longue perche terminée par une pince qu'elle manipulait en serrant une manette à même la poignée. Les mots *Employée d'entretien* étaient écrits au dos de la veste de la femme, et elle tendit la pince sous le siège de l'Indien endormi, saisit une serviette en papier chiffonnée qu'elle retira sans toucher au pantalon de l'homme, et elle laissa tomber la serviette dans le chariot à déchets qu'elle tirait derrière elle. Helen pensa que l'employée d'entretien s'était immiscée dans les rêves de l'homme et en avait retiré un épisode crucial. Elle avait extrait chirurgicalement la clef, le point tournant dont tout dépendait, directement du rêve de l'homme. Ou était-ce de son rêve à elle.

La serviette avait fait office de bouchon, et l'univers entier allait être aspiré en un grand maelström jusque dans un univers parallèle, et Helen eut cette idée, ou bien elle la rêva. Elle se laissa gagner par le sommeil.

La serviette en papier avait tenu tout en place, exactement, tout ce qui venait avant et tout ce qui suivrait serait mal aligné, et elle ferait aussi bien d'oublier ça, jamais elle ne rentrerait chez elle, et elle s'éveilla en sursaut, et quand elle ouvrit les yeux l'Indien avait disparu et, dans son siège, juste en face d'Helen, une tasse de café à la main, il y avait Louise.

J'ai fait du stop, dit Louise.

* * *

La peinture d'Helen, novembre 2008

Barry dit que le rouge était une couleur impossible. Il espérait qu'elle ne songeait pas à du rouge.

Le nombre de couches, dit-il. Une dame de Cowan Heights avait voulu repeindre un salon déjà peint en rouge et il avait fallu dix couches.

Barry avait accepté de rester pour se charger de la peinture en fin de compte.

Aussi vrai que vous me voyez là, dit Barry. Il examina les murs enduits de mastic, il avait une règle en acier inoxydable qu'il tapait sur sa cuisse en parlant.

Ces derniers temps, on voit beaucoup de brun foncé, dit-il. Il y avait des silences quand Helen et lui parlaient. Ils prirent le temps d'imaginer des murs bruns. Ils avaient le loisir de le faire parce qu'ils n'étaient pas pressés, parce que tout, le moindre énoncé, pouvait être retourné sens dessus dessous et contenir plus d'une signification.

Chocolat, qu'ils appellent ça, dit-il.

Je pensais à une couleur claire, dit Helen. Barry approuva de la tête.

Coquille d'œuf, dit-elle.

Il avait travaillé sur le continent, dit Barry. Un gars lui avait demandé de construire un manoir à la campagne au bord d'un lac, et il avait recouvert le sol de marbre noir. Il était adolescent à l'époque.

Cette maison, dit-il. Il secoua la tête comme s'il n'arrivait pas à croire ses propres capacités. Du marbre noir sur le sol, répéta-t-il. Il lui arrivait de se montrer loquace pendant ses pauses. Il aimait réfléchir à son travail, et puis il racontait des bribes de son histoire. Il y était toujours question de construction. Il était question de s'attaquer à quelque chose à coups de scie à refendre, ou de marteau, ou de pied-de-biche.

Il pensait à Toronto dans les années soixante-dix quand il parlait d'argent. Quelle abondance. Il lui était arrivé de travailler deux ou trois mois d'affilée sans prendre une journée de congé. L'argent.

Comme cueillir le fric dans les arbres, dit-il. Il avait une façon de plisser les yeux et de regarder au loin quand il parlait. Ses yeux étaient d'un gris qu'Helen n'avait jamais vu, et elle devait avouer qu'elle le trouvait bel homme. Elle ne l'avait pas dit à Louise. Elle ne l'avait pas dit à ses filles. Les yeux de Barry étaient gris, et ils ne changeaient pas à la lumière du jour. Ils n'étaient pas parfois bleus, parfois noisette.

Aujourd'hui, elle lui a préparé un sandwich et a disposé des bâtonnets de carotte et des olives dans l'assiette. Elle voulait rendre l'assiette appétissante. Quelqu'un l'appelle sur son portable et lui demande des choses, interrompt son travail, et quand il raccroche il est absolument perdu dans l'échange. Il chante tout bas pour lui-même.

Barry Kielly aime la personne qui est à l'autre bout du fil. C'est un amour apaisant, tranquille, face auquel Helen est estomaquée de se découvrir si territoriale et si déçue. Il lui est arrivé, en quelques occasions, de s'asseoir au milieu de l'escalier pour écouter. Ou bien elle a cessé de coudre pour écouter. Aujourd'hui, elle suspend son geste avec le Windex qui couine et elle écoute. Sans avoir conscience d'écouter ; tendant l'oreille.

Elle lui a préparé un sandwich parce qu'elle s'en préparait un pour elle, mais elle s'est prise à éplucher des carottes en plus. Une garniture. Elle confectionnait une garniture pour les assiettes, et quand vous vivez seule, vous êtes étrangère à l'idée de garniture. Vous êtes étrangère à quelque ornementation que ce soit. Parce que vous n'existez pas : il y a la télé, votre sœur Louise, les robes de mariage et les petits-enfants ; il y a les soucis au sujet de John. Il y a Noël. Mais Helen ne met pas de garniture dans les assiettes.

Helen et Barry sont tous deux absorbés par leur ouvrage et la précision qu'il requiert. Et Helen écoute Barry. Elle trace des patrons, coupe le papier de soie brun, l'épingle sur le tissu, utilise les ciseaux coûteux et pose les morceaux sur le dossier des fauteuils. Il y a des piles de *Vogue*, de *Bride* et de *Cosmo*. Elle dessine au crayon ou au fusain. Elle a une pelote à épingles en forme de tomate et un panier à couture en osier comprenant des compartiments gigognes, des aiguilles et une doublure en satin, dont on dirait qu'il date d'une autre époque.

Les gens aiment l'idée d'une robe de mariage cousue main parce qu'elle constitue une sorte de talisman.

Depuis un certain temps, quelques-unes de ses mariées sont lesbiennes, et elles se marient à bord de bateaux dans le port ou sur des falaises balayées par le vent, et les volants et les boucles les laissent froides, mais elles veulent être belles elles aussi, et sans ironie.

Mon fils voulait nous acheter les billets d'avion, a dit Barry. Allez, papa, on va monter à Toronto pour le match. Sa mère était une femme contrariante. Je ne prétends pas comprendre les femmes. On est montés là et, un après-midi, j'ai dit : Allons chercher la maison. J'ai dû conduire pendant quatre ou cinq heures et pensez-vous que j'ai réussi à trouver cette maison ?

Des milliers de maisons, toutes exactement pareilles. On ne l'a jamais trouvée.

C'est maintenant le crépuscule, et Helen est devant le miroir de la salle de bains, une boule d'essuie-tout détrempé dans les mains. Elle était une jeune femme, songe-t-elle. Quand Cal est mort.

Au début, vous croyez que vous ne serez pas seule pour toujours. Vous pensez que l'avenir est sans fin. L'enfance a paru sans fin. Au rez-de-chaussée, la scie rugit et Helen entend un bout de bois tomber par terre. Et donc l'avenir sera sans fin, et on ne peut le passer seul.

Mais elle a appris que c'est possible : ne pas rencontrer quelqu'un. Le passé cède, il s'incline, il continue à jamais. L'avenir ne cède pas. Il est possible que le passé se soit craquelé, le passé est tombé en miettes par terre, ce qui reste est l'avenir, et de cela il y a bien peu. L'avenir, c'est le petit bout du bâton.

* * *

Une bénédiction, novembre 2008

Jane marche dans le crépuscule tandis que le mercure descend, et il s'est mis à neiger. Des guirlandes de Noël suspendues en travers de Spadina Avenue. Tout est illuminé. Elle est déjà passée devant deux pères Noël de l'Armée du Salut munis de cloches et de globes en plastique pleins de billets fripés.

Tout à l'heure, elle est passée devant une chorale d'au moins trente hommes et femmes chantant en latin dans les marches de l'église en pierre à l'intersection de Bloor et d'Avenue Road. Ils étaient vêtus de toges rouge et blanc, et leur haleine planait en nuages dans l'air. La chef de chœur ramenait ensemble les doigts de ses deux mains et puis les écartait comme si elle tendait une ficelle invisible, et la musique avait eu un raté. Un silence soudain, chacun retenant son souffle. La chef avait hoché la tête une fois, deux fois, levé les mains, et les voix avaient de nouveau résonné deux fois plus fort.

Jane ne s'arrête pas parce qu'elle a froid aux pieds, mais elle garde l'œil ouvert dans l'espoir d'apercevoir un taxi. Elle verra John au matin et elle est remplie d'appréhension. Pourquoi lui a-t-elle téléphoné ? Elle a peur de ce qu'il va dire. Elle est excitée.

Un homme enveloppé dans une volumineuse courte-pointe arrête Jane et brandit une liasse de papiers. C'est un roman que j'ai écrit dans un cours d'insertion au marché du travail, dit l'homme. Il agite un peu la liasse.

C'est un livre sur la rédemption, dit l'homme. La glorieuse lumière qui entre dans le monde avec bébé Jésus.

Jane ouvre son sac à main, en sort une poignée de monnaie. L'homme tourne la tête et tousse fort. Il a les bronches pleines de mucus. Jane peut l'entendre. L'homme a des dreadlocks, rouille et grises et blanchâtres, qui pendent sur ses épaules, et un voile de neige lui couvre la tête.

Tout ce qu'il me faut, c'est qu'on me donne ma chance, dit l'homme. Il est décharné, et cette maigreur lui confère une allure aristocratique, et dans l'un des verres de ses lunettes à monture noire se reflète l'étoile blanche d'un lampadaire qui flamboie.

Toutes les boutiques ferment et Jane constate que la circulation se fait moins dense. L'homme s'est accroupi dans l'entrée d'une charcuterie où une rangée de poulets très jaunes sont suspendus tête en bas dans la vitrine, et sur un lit de gazon artificiel sont posés des plateaux d'argent couverts de glace où l'on voit des steaks sombres marbrés d'écheveaux de gras ainsi qu'un bol en inox plein de cœurs de porc.

L'Enfant Christ, dit tranquillement l'homme en regardant par-dessus l'épaule de Jane plus bas dans la rue. Est venu dans un monde de ténèbres et de damnation éternelle et il a apporté la lumière.

Jane lisse les pages du roman de l'homme sur sa cuisse. Elle remarque que son écriture est régulière et pleine de points durs qui mordent dans le papier ligné. Le roman parle du mouvement rastafari.

L'homme a plongé la main sous la courtepointe et il triture quelque chose. Jane entend son souffle qui se fait haletant, mais elle se fiche de savoir ce qu'il triture. C'est peut-être le froid, ou les hormones, ou bien c'est parce qu'elle sera bientôt mère, ou c'est la chorale qui beugle dans le noir dans une langue morte — elle ne sait pas ce que c'est, mais elle éprouve de la compassion pour cet homme. Elle s'occupera de John quand il sera là. Jane lui dira : voilà, c'est comme ça.

La semaine passée, dit l'homme d'une voix sifflante. La semaine passée, j'ai accueilli le Saint-Esprit dans mon cœur. De sous la courtepointe, il sort un inhalateur qu'il porte à sa bouche, il appuie sur le bouton et prend une profonde inspiration. Il a les yeux exorbités.

Jane feuillette quelques pages du roman de l'homme, inclinant le papier sous la lumière des lampadaires. Elle chasse de la main quelques flocons de neige.

Ne mangez rien qui ait un visage, dit le roman de l'homme. Il y est question du bien et du mal et d'une lumière pure qui brisera le cœur des hommes, le réduira en poussière, et la poussière s'envolera, portée par le vent. Elle lit une ligne qui dit : *À vos enfants, et aux enfants de vos enfants, et d'eux naîtra un enfant, et cet enfant sera la lumière du monde.* Le bébé de Jane fait une pirouette, un coup de pied dans le ventre, un autre dans la colonne vertébrale.

Je demande simplement de quoi faire photocopier ces pages, dit l'homme. Pour faire les premiers pas dans le monde de l'édition. J'ai juste besoin d'un coup de main. La semaine dernière seulement, je suis né une deuxième fois.

Jane ouvre son sac à main et donne un billet de vingt dollars à l'homme. Il le chiffonne dans son poing et ramène le poing sous la courtepointe. Jane pense qu'il doit avoir mis l'argent dans sa poche, parce qu'il tend maintenant la main pour reprendre les pages de son roman.

Dieu vous bénisse, dit-il.

* * *

Le poulet de Cornouailles de John, novembre 2008

John mange des escargots dans un restaurant, ils sont noyés dans le beurre à l'ail et le persil, et il a une petite fourchette pour les extraire de leur coquille, mais l'ustensile ne cesse de se courber comme un spaghetti bouilli et son professeur de mathématiques du secondaire est à l'autre bout de la table. Puis il remarque que l'un des escargots est sorti de sa coquille et a laissé une trace visqueuse sur la bordure blanche de l'assiette, où il se déplace, très lentement.

Il glisse l'escargot dans sa poche et l'oublie, mais il se retrouve ensuite dans un taxi parcourant les rues de New York, et quelque chose de gros et de mouillé est coincé dans sa poche et a trempé la jambe de son pantalon, et il doit batailler dur pour le sortir de sa poche serrée, et c'est un poulet de Cornouailles. Il est plumé et froid, comme s'il sortait du congélateur.

John sait instinctivement que le poulet est doué de pensée. Il a un élan d'amour pour l'animal. Un geyser d'amour, et le besoin de le protéger. Il sait que le poulet n'a pas encore fait l'apprentissage du langage, mais c'est une chose qu'il peut aimer de tout son cœur, et bien que ce soit d'une certaine façon monstrueux et donc mal, vraiment mal, de l'espérer, il espère tout de même. Il espère qu'un jour peut-être le poulet parlera et l'aimera en retour.

Il se rend compte qu'il se peut qu'il soit en train de rêver, et il se rappelle de mettre en application ses techniques de rêve lucide. S'il essaie de lire dans un rêve, tous les caractères lui apparaîtront comme du charabia. Alors il saura sans équivoque qu'il est endormi. Une douleur physique causée par le chagrin irradie dans sa poitrine, un amour si profond, si aigu et si solitaire qu'il le paralyse.

Il sent qu'il commence à baver. Il voit les documents d'identité du chauffeur de taxi sur le tableau de bord et il essaie de les déchiffrer, mais ils sont en arabe, et comme il ne sait pas lire l'arabe, il ignore si ce qui est écrit est du charabia ou non. Ignore s'il est en train de rêver.

Puis il traverse un édifice en courant, une école abandonnée. Il découvre le poulet tremblant dans le coin d'une ancienne salle de classe. Il a été attaqué par un chat. Il a plusieurs plaies ouvertes et il saigne. John passe la main sur la peau froide et hérissée du poulet, bleu-blanc. Ici et là, il sent de petits piquants, aux endroits où l'on a laissé des bouts de pennes quand on a plumé l'animal. Il tente de le bercer dans ses bras, et il pleure. Il plonge le doigt dans l'une des blessures qu'a infligées le chat. Il plonge le doigt profondément dans la plaie, et c'est tiède et mouillé à l'intérieur, et quand il ressort son doigt, son ongle est ourlé de sang, il y a du sang sous l'ongle et autour de la cuticule.

Il s'éveille d'un coup : l'avion vers Toronto, dans le ciel nocturne. Il est effrayé et fébrile. Il veut se rendre là-bas. Il veut arriver.

* * *

L'appel téléphonique, février 1982

Le téléphone sonna et réveilla Helen. Lui disant d'allumer la radio.

Es-tu en train d'écouter la radio ?

C'est ainsi que les familles ont été informées : C'est à la radio. Allume la radio.

Personne de la compagnie pétrolière n'a téléphoné.

Voici ce qui a dû se passer : il n'y avait pas une heure que les hommes étaient morts que la compagnie avait déjà mis les relations publiques sur le coup. Ils avaient des avocats. Helen imagine la réunion dans la salle du conseil. Ou peut-être tout s'est-il passé au téléphone. Elle imagine le genre de vocabulaire utilisé.

Ou bien c'était l'horreur. Bien sûr, il y avait l'horreur, et cela les avait rendus insensibles. À quel moment des mots tels que *situation* entrent-ils dans le vocabulaire ? Parce qu'Helen croit que c'est ainsi qu'ils envisageaient la chose. Elle croit qu'ils voulaient *gérer la situation.*

Et la furie de la tempête à l'extérieur de la fenêtre de la salle du conseil. Les voiles de neige effaçant tout dehors, et puis tout refaisant surface. Le vent rugissait et la basilique disparut dans une bourrasque de neige et revint. Le contour des édifices s'esquissait dans le blanc à la faveur d'une accalmie du vent et puis le reste des édifices apparaissait. Gower Street s'évanouissait et revenait à chaque bourrasque hurlante. Le vent était une gomme à effacer qui fonctionnait à l'envers, effaçant tout le blanc, révélant les édifices en grisaille, imprécis et barbouillés.

S'ils s'étaient réunis dans la salle du conseil, il devait y avoir une patère dans le coin. Helen a besoin de se représenter ce moment. Il y aura une carafe d'eau. Ont-ils vraiment une carafe d'eau ? Quelqu'un est-il allé dans la cuisinette au bout du couloir pour remplir la carafe ? Y a-t-il un minifrigo avec des glaçons et des contenants Tupperware portant des noms et des dates scotchés sur les couvercles ? Oublions la carafe. Et maintenant ils parlent. Helen veut voir. Elle veut entendre.

Ou il y a eu une série d'appels téléphoniques. Elle ne sait pas. Comment ont-ils décidé de ne pas avertir les familles ?

Mais Helen ne peut aller plus loin. Car comment en sont-ils arrivés à cette idée : *N'appelons pas les familles.*

Comment en sont-ils venus là ?

Et en outre : Comment une telle idée fut-elle énoncée à voix haute, articulée, formulée ?

La compagnie travaillait à manipuler l'opinion publique. On ne connaissait peut-être pas les techniques de manipulation à cette époque, songe Helen, mais ils pensaient manipulation. Inventant au fur et à mesure (plus tard, beaucoup plus tard, quelqu'un dirait : Nous aurions dû faire certaines choses différemment ; mais c'était aussi de la manipulation).

Ou bien personne ne savait comment informer les familles. Ils ne géraient pas la situation. Ils étaient en état de choc. Les bons jours, Helen arrive à croire qu'ils ne savaient pas ce qu'ils faisaient.

C'est ainsi que les familles ont appris par la radio que ceux qu'ils aimaient étaient morts. Et on ne l'avait pas cru, parce que, évidemment, la compagnie aurait téléphoné.

Helen avait appelé Louise, incohérente. Elle avait crié : Cal est mort, Louise. Cal est mort. Et elle avait raccroché violemment.

Tim Brophy, le voisin, était venu. Helen l'avait vu par la fenêtre de la cuisine, qui se frayait un chemin entre les bancs de neige.

La neige se soulevait en voiles scintillants, voletait, s'enroulait sur elle-même, et elle entendait des pneus couinant sur la route. Les pneus brûlaient et couinaient, le moteur rugissait, c'était un matin tellement magnifique, et ses genoux avaient cédé sous elle. Les arbres étaient enveloppés dans la glace et le soleil allumait des étincelles sur toute la longueur des branches. Le soleil semblable à une vieille pièce de dix sous dans le ciel, terni, mat, derrière toute cette neige qui volait. Les genoux d'Helen refusaient de la supporter. Le monde entier vous submerge, vous fait éclater en deux ; le monde est plus grand que vous ne le croyiez, et plus lumineux.

Ce n'était pas qu'elle était imperméable à la beauté, car tel n'était pas le cas. La beauté avait inondé ses pupilles, son nez, ses oreilles et la totalité de ses cellules, et elle avait la conviction que ce qui était en train d'arriver ne pouvait pas se produire, et elle se cramponnait à cela.

Les Brophy avaient entendu, et Maureen Brophy avait envoyé Tim, voilà ce qui se passait. Tim se frayant un chemin, sa casquette plissée dans son poing. Il n'avait pas boutonné son manteau. Il se dépêchait, vit Helen.

Maureen était incapable de l'affronter, songea Helen. Elle était sûrement debout devant l'évier en train de laver la vaisselle, ou bien de nourrir le bébé dans la chaise haute, et elle devait avoir dit : Vas-y, toi, Tim.

Tim aurait protesté, et Maureen se serait retournée d'un bloc, lui aurait montré la porte du doigt comme à un enfant ou à un chien, et il n'y aurait pas eu moyen d'argumenter.

Maureen se serait redressée, parce que la tragédie exige que certaines personnes restent normales. Il faut que quelqu'un prépare un plat mijoté pour la jeune veuve. Maureen pensait à préparer un plat mijoté pour Helen.

La même chose se déroulait à la grandeur de l'île parce que la radio diffusait la nouvelle. À l'université, des étudiants avaient un père sur la plateforme, des frères sur la plateforme, et quelques professeurs apportèrent des télés empruntées au service audiovisuel dans les salles de classe. On appelait des parents sur le continent ; on réservait des billets d'avion. L'idée que des hommes s'étaient noyés dans cette froide obscurité était stupéfiante et cauchemardesque, et la compagnie avait dit que leur truc de merde ne coulerait jamais, peu importe les circonstances.

Maureen n'a aucune intention de se rendre chez Helen.

Une fois qu'il a eu quitté sa cuisine, Tim était pressé d'arriver chez Helen, et le manteau blanc scintillait. Magnifique, glacial et semé de lumière. Pour le reste de sa vie, Helen se souviendra de la beauté de la neige, et du ciel, et comme tout cela l'avait submergée de telle sorte qu'elle était incapable de distinguer la beauté de la panique. Elle a décidé à ce moment-là, et croit toujours, que beauté et panique sont une seule et même chose.

Elle a oublié les enfants ; les enfants dormaient. Le choc l'a ramenée à une époque avant les enfants. Avant tout, excepté sa rencontre avec Cal et, bien que ça semble idiot et inventé de toutes pièces, bien que ça semble totalement faux, elle avait décidé de l'épouser la toute première fois qu'elle avait couché avec lui. C'est à moi, voilà ce qu'elle avait songé. Continuons à faire ça.

Panique et beauté sont enchâssées l'une dans l'autre, toujours, copulant dans le but de créer davantage de beauté et davantage de panique, et tout le monde tombe à genoux devant elles. C'est un accouplement démoniaque, angélique.

Tous ceux qui avaient écouté la radio le matin savaient que les hommes étaient morts, ils avaient tenté d'imaginer leur mort sans y parvenir. Tim Brophy était assis dans la cuisine d'Helen, toujours vêtu de son manteau, ses bottes gouttant sur le linoléum.

Le téléphone sonna et il répondit, c'était Louise qui rappelait. Louise rappelait parce qu'Helen lui avait raccroché au nez. Helen ne savait pas ce qu'elle faisait.

Plus tard, Helen dirait : Je ne savais même pas que je t'avais appelée.

Louise rappela et Tim répondit, et Louise pensa que Tim était Cal. C'était une erreur étonnante parce que la voix de Tim ne ressemblait pas du tout à celle de Cal.

Louise dit : Cal, je pense qu'Helen est en train de perdre la tête ; elle a dit que tu étais mort.

Louise oubliait que Cal était sur la plateforme.

Et Tim Brophy dit : C'est Tim Brophy, le voisin. L'*Ocean Ranger* a sombré et ça a l'air qu'il n'y a pas de survivants. Tout le truc a coulé.

L'équipage à bord du *Seaforth Highlander* a vu les hommes dans l'eau. On est toujours hanté par quelque chose, et c'est ce qui hante Helen. Les hommes à bord du *Seaforth Highlander* étaient assez proches pour voir certains des hommes dans les vagues. Assez proches pour leur parler. Les hommes criaient avant de mourir. Appelaient à l'aide. Imploraient Dieu, ou sa miséricorde, ou confessaient leurs péchés. Ou disaient juste qu'ils avaient froid. Ou bien ils criaient simplement. Des sons.

Les câbles sont gelés, disaient les hommes à bord du *Highlander* aux hommes à l'eau. Les hommes sur le *Highlander* se sentaient obligés de relater tous leurs efforts de sorte que les hommes agonisants auraient la certitude qu'on ne les avait pas abandonnés. Et les membres de l'équipage du *Highlander* risquaient eux aussi d'être projetés à la mer, mais ils étaient restés sur le pont glissant, dans le vent violent, prenant les vagues en plein visage, essayant de se cramponner et de ne pas céder à la peur. Ils étaient restés dehors parce qu'on ne baisse pas les bras quand il y a des hommes à la mer, même si cela signifie qu'on risque soi-même de perdre la vie.

On est en train de couper les câbles.

Avez-vous coupé les câbles ?

Le salaud est couvert de glace.

Dépêchez-vous.

Et il devait y avoir eu un moment, songe Helen, où tous ces cris échangés n'avaient plus pour but de modifier le cours des événements, parce que tout le monde, des deux côtés, savait que le cours n'en serait pas modifié. Les hommes à la mer savaient qu'ils allaient mourir et les hommes à bord savaient que les hommes à la mer allaient mourir. Mais ils avaient continué à essayer quand même.

Et puis tous ces cris n'avaient plus visé qu'à ne pas les laisser seuls. Car qui veut regarder un homme se faire avaler par un océan déchaîné sans l'appeler. Ils avaient lancé des cris aux hommes dans l'eau. Ils avaient tenté de les atteindre à l'aide de grappins. Ils les voyaient et puis ils ne les avaient plus vus. C'était aussi simple que ça.

* * *

John dans la salle à manger, novembre 2008

Dans la lumière de fin de matinée, John se brosse les dents et reste un moment à contempler son reflet. Il était minuit hier soir quand il a passé les portes tournantes pour s'enregistrer dans cet hôtel de Toronto. Il n'aime pas sa chemise mais n'a pas le temps de la changer. Il s'en extirpe en vitesse en se tortillant, et un bouton se détache et rebondit sur le comptoir. Il enfile un chandail en cachemire. Sa mère lui a offert un chandail en cachemire noir à Noël l'an dernier.

John passe la main sur son visage et reste immobile, comme ça, les yeux fermés, en proie à l'excitation et au décalage horaire. Il a la nausée. Puis il tapote ses poches, et son portefeuille est dans sa poche arrière et la clef magnétique est dans son portefeuille et il passe la porte et attend l'ascenseur et descend deux étages, et trois filles entrent, et l'odeur du shampoing, et le foutu truc remonte deux étages et les filles sortent, et puis il descend jusqu'au hall.

On l'accueille à l'entrée du restaurant et des yeux il fait le tour des tables. Jane n'est pas encore là. Il est content qu'elle ne soit pas là. Il veut la voir entrer. Une heure plus tard, il a lu le journal ou a essayé de le lire. Obama gagne du terrain dans le nord de la Virginie. *Change.* Le temps du changement est venu. *Yes we can.*

John commande des œufs pochés, qui arrivent accompagnés d'asperges grillées, deux tiges entrecroisées pour former un X sur l'assiette blanche, ainsi que d'une tomate rôtie à laquelle il ne touche pas. Les asperges puent. Il a horreur de cette odeur blette qui lui soulève le cœur. Il coupe l'œuf du tranchant de sa fourchette, le jaune se répand partout sur l'assiette blanche et il dépose sa fourchette. L'œil crevé de l'œuf le regarde. Il n'a pas faim. Une minute plus tôt il avait l'estomac dans les talons et maintenant il est incapable de toucher à la nourriture.

Une femme est debout près de lui, grosse comme une maison, il manque renverser sa chaise en se levant et sa serviette de table tombe sur la moquette.

Je me suis endormie, dit Jane. Je suis désolée. Je tombe tout le temps endormie. Assise sur une chaise, parfois. Je dors des heures et des heures. Hier, je me suis endormie dans la position du lotus. Ce n'est pas moi qui décide. À poings fermés. Le réveil sonnait quand je me suis réveillée.

Tu es tellement grosse, dit John.

Toujours est-il que je suis en retard, dit-elle. Je suis désolée.

Belle, je veux dire, dit John. Mais il n'est pas sûr du tout. Il sait qu'il y a un bébé qui s'en vient, mais il n'avait pas imaginé le corps de Jane. Il n'avait pas imaginé ce ballon de plage qui la fait se dandiner, et la douceur de son visage. Il se penche pour ramasser sa serviette et Jane doit penser qu'il va l'embrasser car elle s'approche et ils se cognent le front. Puis il s'efforce de faire comme s'il avait effectivement voulu l'embrasser, mais c'est trop tard. Deux femmes en tailleur à la table voisine le regardent.

Puis on dirait que Jane entend quelque chose. Elle paraît distraite et absorbée.

Oh, dit-elle. Oh. Elle attrape John par le poignet et pose sa main sur son ventre.

John sent une ondulation, un coup assourdi.

As-tu senti quelque chose, demande Jane. Son visage s'est illuminé. Elle déplace sa main d'environ un pouce. Le sens-tu ?

*　*　*

Chute libre, décembre 2008

Helen met la deuxième boucle d'oreille. Elle se rend à un concert. Il y aura des cantiques de Noël, une trapéziste et des hommes costumés en soldats de plomb, et cinquante adolescentes en habit de père Noël de Lycra taillé de façon à révéler leurs fesses.

Elle ajuste son collier en pierres du Rhin et attrape son reflet dans la glace. Du bout du doigt, elle touche la peau sous un œil. Comment cela est-il arrivé ? Des décennies ont passé. Des siècles.

Le grésil tambourine à la fenêtre de la chambre ; elle vaporise du parfum sur son poignet, frotte ses poignets l'un contre l'autre.

Il faut que j'aille chercher mon petit-fils, avait dit Barry cet après-midi-là. Ainsi, c'était son petit-fils. Ce n'était pas une épouse ou une petite amie. Ce n'était pas une amoureuse. Elle s'était senti le cœur léger. Le portable avait sonné et il avait dit : Je serai là, Henry.

Mon petit-fils, avait-il dit à Helen. D'un petit geste du poignet, il avait fermé le téléphone et soudainement était resté tout à fait immobile. Puis, dans la mangeoire dans la fenêtre : un geai bleu. D'où venait-il ? Comme il était bleu. Et il s'était envolé.

Il lui avait laissé savoir, comme si c'était de ses affaires. Pas une autre femme ; un petit-fils.

Ce soir, une fille de vingt-deux ans, une trapéziste, grimpera sur deux fluides bandes de tissu blanc suspendues au plafond du théâtre. Un tissu avec du mouvement et de l'élasticité. Une main après l'autre, la fille se hissera jusqu'à ce qu'elle soit suspendue dans la lumière d'un projecteur. Helen se couvrira les yeux et se tortillera dans son siège. C'est trop haut. Le collier en pierres du Rhin reçu à son cinquième anniversaire de mariage ; elle a l'air hagard dans le miroir.

La vie défile à toute vitesse ; elle a disparu. Quelque chose passe en trombe. La porte de devant claque et puis une porte claque à l'arrière ; quelque chose brûle sur la cuisinière ; anniversaires, mariées, cercueils ; bébés, faillite, incroyables coups de chance, les arbres couverts de glace ; disparus. Elle touche son collier. Tous disparus. Elle agrippe l'accoudoir de son fauteuil. Éteint la lampe et regarde une voiture descendre la colline. Les phares percent le rideau de dentelle. Motif sur le mur. Une pause pour le stop, puis la voiture tourne le coin et l'ombre du rideau fait le tour de la pièce entière ; sa coiffeuse, sa veste de laine sur le crochet, le miroir, et le visage et les mains d'Helen.

Le spectacle de Noël a été organisé au bénéfice des familles des soldats en Afghanistan et son petit-fils est un ange au deuxième acte. Timmy est un ange.

Sur la scène, Hélène repère Patience au premier rang, juste devant Timmy. Helen leur a acheté des ailes au magasin à un dollar. Les enfants chantent, pirouettent et se retirent à petits pas.

Puis on réclame impérieusement le silence. Le public retient son souffle. Deux bandes de tissu blanc se déroulent du plafond. Une machine à brouillard se met en marche et les ballerines traversent la scène sur la pointe des pieds pour gagner les coulisses. Une aurore boréale se dessine sur la toile de fond, des étoiles descendent des cintres, et il n'y a pas de filet, mesdames et messieurs. Regardez bien. Il n'y a pas de filet.

La jeune fille habillée de blanc, en paillettes flamboyantes, a grimpé aux bandes de tissu. Elle est trop haut. La fille s'est enroulée dans le tissu et elle ne se tient pas. Ses bras forment un arc au-dessus de sa tête.

Les applaudissements arrivent en salves, grimpent, redescendent et s'apaisent.

Si je demandais à Barry de rester à souper, songe Helen. Elle a mis la main sur ses yeux ; elle est incapable de regarder cette jeune fille dix mètres au-dessus d'eux. En lieu et place,

Helen se voit en train de disposer une chandelle sur la table de la salle à manger. Elle voit les couverts des grands jours.

Elle ne peut pas lui demander.

La fille balance une jambe de sorte que le tissu entoure sa cuisse une fois, deux fois. Elle balance l'autre jambe afin que celle-ci soit aussi enveloppée de tissu.

Je ne peux pas mettre de chandelles, songe Helen. Ça fait trop guindé, trop rempli d'attentes. Elle est déconcertée. Des chandelles ? Des chandelles, c'est romantique, c'est intime, et elle ne mettra pas de chandelles, au contraire elle poussera le gradateur au maximum. Elle éclairera le repas comme un centre commercial.

Barry enlèvera-t-il sa casquette de baseball ?

Il a dit que la pièce prenait forme. Qu'en penses-tu, a-t-il dit. Ils étaient dans la pièce vide.

J'ai presque fini, Helen, a-t-il dit.

Ça a fière allure.

Je dois avouer, a-t-il opiné. Il a hoché la tête en direction du plafond.

La fille tombe d'un coup, la fille chute jusque sur la scène, culbute, se déroule, se renverse, fait le saut périlleux vers la scène, et il n'y a pas de filet, et le public crie, et elle s'arrête brusquement à mi-chemin. Helen étend un bras, horrifiée, et frappe Louise, assise dans le siège voisin. Un coup à la poitrine.

La fille se laisse pendre dans les airs, triomphante. Des applaudissements enthousiastes qui éclatent comme des vagues.

Louise agrippe le poignet d'Helen. Ça fait partie du numéro, chuchote-t-elle.

Helen va inviter Barry à souper. Elle va risquer des chandelles. Et puis merde. Elle va risquer des chandelles si elle a le goût des chandelles.

La nouvelle année

Feux d'artifice, janvier 2009

On a déplacé les feux d'artifice du port au lac Quidi Vidi parce que quelqu'un s'est avisé qu'il fallait être prudent avec les réservoirs de pétrole de South Side. Barry a dit qu'ils pouvaient garer le camion dans les White Hills.

Je vais venir te chercher, a-t-il dit.

Ça m'a l'air d'une bonne idée, a dit Helen.

Tu sais, près de l'école, l'édifice, le truc qu'il y a en haut.

L'édifice en haut, a dit Helen.

La vue est bonne, a dit Barry.

Je dirais que c'est l'endroit parfait, d'accord, a dit Helen.

Vers vingt-trois heures trente, alors.

Barry avait terminé les rénovations trois semaines plus tôt. Il avait laissé ses outils et dit qu'il reviendrait les chercher. Quelques jours plus tard, ses affaires avaient disparu et la clef de la maison d'Helen luisait sur le tapis d'entrée aux poils hérissés.

Imagine si une étincelle de ces feux d'artifice atterrissait sur ces réservoirs, dit Barry. Helen parlait au téléphone et regardait par la fenêtre de sa chambre. De longs glaçons menaçants pendaient partout sur les falaises irrégulières des collines de South Side. Plus haut, le roc lisse et nu était strié de neige. Les cinq réservoirs blancs, massifs et implacables contre le ciel bleu.

Et si je nous préparais à souper, a dit Helen. Elle n'avait pas prévu dire cela. Elle entendit quelque chose qu'on écrase. Ce devait être une cannette de boisson gazeuse vide. Barry avait écrasé une cannette dans son poing.

Je ne veux pas que tu te mettes en frais, a-t-il dit.

Si tu es trop occupé, a-t-elle dit.

À quelle heure, a-t-il dit.

Tout le monde en ville avait eu la même idée. Helen et Barry ne purent approcher des White Hills à cause de la circulation. Ils se garèrent, il neigeait faiblement et le sol craquait à cause de la nouvelle neige. Ils descendirent au lac. Il y avait de longues files de voitures et la neige tombait entre les voitures roulant au pas et brillait dans les doux éventails des phares jaunes.

Il y avait des adolescents autour d'une camionnette dans le terrain de stationnement d'Emploi et Immigration. Les portières de la camionnette étaient ouvertes et la musique résonnait sourdement dans l'air froid. Les gamins avaient dans leurs verres de faux glaçons où clignotaient des lumières. Les filles poussaient des cris stridents. Une blonde titubant dans un blouson d'aviateur en fourrure de lapin cria Bonne année à Helen et leva son verre de sorte que de la bière gicla et les éclairs venant des faux glaçons fusèrent entre ses doigts.

Plus tôt, Helen avait répondu à la porte après le coup de sonnette, et elle était sur son trente et un et Barry n'était pas sur son trente et un. Il portait un jean taché de peinture et une chemise à carreaux. Ils s'étaient assis pour manger presque aussitôt parce qu'il n'y avait rien à dire. Le risotto était collant et froid. Le bœuf était gris. Helen venait à peine de se servir et elle avait tiré sa chaise, qui avait grincé sur le bois franc. Barry avait levé les yeux, étonné, l'air coupable. Il était en train d'essuyer son assiette vide avec un bout de pain avant même qu'elle n'ait commencé.

Un trou s'est ouvert au milieu de la salle à manger, et toutes les choses que peuvent se dire un homme et une femme ont glissé dans ce trou, qui s'est refermé, et le plancher de bois franc neuf luisait, muet. C'était un silence lourd de ce qu'ils attendaient, et ce qu'ils attendaient était poussé au maximum, c'était sexuel, plein de désir, et c'était trop beau pour être vrai. La sécheuse tournait à l'arrière de la maison et Barry et elle écoutaient les vêtements culbuter. Quelque chose qui était muni de boutons-pression grattait le métal, et cela recommençait sans cesse.

Puis Barry aborda le sujet de son ex-femme. Il effleura le sujet. Il mit la main sur le bord de la table et poussa sa chaise et passa son autre main sur le devant de sa chemise, et des miettes de pain tombèrent sur le plancher, et à ce moment, d'un ton désinvolte, il mentionna son ex-femme.

Elle est partie avec mon meilleur ami, dit-il. Vieille histoire. Ça fait longtemps. Ils collectionnent les météores au Nevada.

L'assiette d'Helen était intacte, et elle n'avait pas envie d'y toucher, mais elle ne pouvait pas la laisser là. La sauce s'était figée sous un vernis craquelé.

Tu veux dire comme des queues de comète, dit-elle. Elle empala un morceau de brocoli incolore, puis le secoua pour le faire tomber de sa fourchette.

Ils valent leur pesant d'or, dit Barry. Des morceaux gros comme ta tête. Tous les deux, là-bas, à pelleter du sable. Ils ont une maison presque complètement faite en verre. Ce n'est pas comme ça qu'ils gagnent leur vie, dit-il. C'est ce qu'ils font pour s'amuser.

Et c'était là une déclaration finale et nostalgique à propos de son ex-femme. La mère de son fils. Il n'en voulait pas à son ex-femme pour les étoiles filantes.

Helen se rappela tout à coup de mettre de la musique. Quelque chose de pervers ou de décadent la poussa à choisir Frank Zappa. Barry leur versa un deuxième verre de vin.

Je suis sérieux, Helen, dit-il. C'est un excellent repas.

Helen avait la bouche pleine. Elle mâcha, avala et fit un geste en direction de la cuisine en secouant sa serviette blanche.

Vas-y, dit-elle. Sers-toi.

Si ça ne te fait rien, dit-il.

269

Elle posa la main à plat sur sa poitrine, déglutit et prit une gorgée de vin. Fais comme chez toi, dit-elle.

Barry revint avec une pleine assiettée et il parlait du journaliste qui avait lancé une chaussure à Bush. As-tu vu ça sur Internet ? Puis il parla de la mairesse qui avait vomi dans son sac à main des années plus tôt. Il avait fait ses planchers aussi. C'était tout un numéro, dit Barry. Et puis le nouveau maire avait demandé qu'un conseiller lui apporte du D.D.T. dans un bol à céréales avec une cuillère et il avait mangé tout le truc pour déjeuner. Parce que le D.D.T. était parfaitement inoffensif. Ça ne ferait pas de mal à une mouche, avait dit ce maire aux caméras de télévision.

Helen dit : Tais-toi. Assez. Elle riait. Barry avait glissé la main dans sa poche, il en sortit un briquet et alluma les chandelles. Il alla à l'interrupteur mural et tamisa les lumières tout en parlant.

Helen leva la main, serrant sa serviette, et leva un doigt dans sa direction. Il faut que je te montre, dit-elle.

Quoi ?

Elle était déjà au sommet de l'escalier et il la suivait en montant les marches deux par deux.

Il faut que tu voies, dit-elle. Helen avança d'un pas incertain dans le noir et alluma la lampe en col de cygne sur sa coiffeuse. La robe de mariage à laquelle elle avait travaillé était posée sur le bras d'un fauteuil. Elle était terminée.

C'est vraiment quelque chose, dit Barry.

Et la fille qui va la porter, dit Helen.

C'est magnifique, dit Barry.

Helen avait mis une ampoule de cent watts dans cette lampe, la lumière frappait le satin blanc et la robe était d'un blanc éblouissant. Perles et paillettes étincelaient, la lumière coulait le long des plis comme du mercure et se dispersait dans tous les sens.

Puis Helen fut frappée par la pensée qu'ils étaient dans sa

chambre, et le vin cogna aussi. Son lit était repoussant. Les oreillers étaient repoussants et les objets personnels sur la coiffeuse étaient repoussants : son déodorant ; une paire de bas nylon qui conservaient la forme de son talon, luisant de saleté, et le reste qui ressemblait à une peau de reptile chiffonnée, légèrement brillante et obscène ; un sac à main de soirée en cuir verni noir, dont une courroie était brisée. Elle était entrée dans sa chambre en oubliant que c'était sa chambre. Elle était entrée par accident. Elle éteignit pour que le lit disparaisse, et Barry dit : Helen.

Et puis ils étaient dans le noir. Simplement debout dans le noir, et Barry n'était pas sûr de ce qu'il fallait faire. Helen chercha la lumière à tâtons et ralluma. C'était une lumière impitoyable. Barry regarda sa montre.

C'est l'heure de descendre au lac, dit-il. Sinon on va manquer les feux d'artifice.

Et maintenant Helen et Barry étaient au lac, entourés par la foule. Un *bang* retentit contre les collines basses et ils se retournèrent tous les deux. On aurait dit que l'explosion de lumière traversait les ténèbres dans leur direction. Elle venait vers eux rapidement. Un silence suivit le *bang*, devint plus profond, puis insondable. La lumière inonda leurs visages aussi silencieusement qu'au fond de l'océan. Helen recula d'un pas. La neige craqua sous ses bottes. Puis les explosions se chevauchèrent. Les feux d'artifice ressemblaient à des plantes sous-marines. Étoiles de mer, fleurs phosphorescentes, avec des étamines, des pétales et du pollen. Elles jaillissaient de l'obscurité qui les éteignait avant qu'elles ne puissent la toucher ou même s'approcher d'Helen.

Une famille de canards sur un étang glacé tenta de s'enfuir, les uns collés aux autres, se dandinant à toute vitesse, et puis s'arrêta. Restant immobile. Ils attendirent et, à l'explosion suivante, les canards firent demi-tour et retournèrent là d'où ils venaient. Helen aurait été assez proche pour les entendre, mais ils ne faisaient pas le moindre bruit. Une fontaine rouge fit gicler un geyser de spirales blanches. D'autres fleurs au-dessus de leurs têtes, qui laissaient tomber leurs pétales.

Une fille quelques mètres derrière eux faisait le compte à rebours avec son petit ami. Cinq, quatre, trois, deux, un. Et puis la fille cria Bonne année, en sautant sur place. *Boum, crac, boum, crac, boum,* et Barry attira Helen dans ses bras et posa sa bouche sur la sienne et les bouches se pressèrent durement l'une contre l'autre, et sa langue et la force ferme de son corps et sa main sous le manteau d'Helen dans le dos de son chandail de cachemire. Ils s'embrassèrent un long moment.

Quand ils se séparèrent, il y avait des nuages de fumée dans le ciel noir et la foule avait commencé à se retirer de la colline, et Helen dit : Voudrais-tu venir prendre un café ou un whisky ou quelque chose à la maison. Et Barry dit : Oui, je le veux.

Dans la cuisine, Helen vissa la cafetière à espresso et la posa sur le feu. Elle avait de la crème fouettée au réfrigérateur et une bouteille de Baileys, et elle les sortit. Barry était assis sur le canapé du salon et Helen émergea de la cuisine et se laissa tomber à côté de lui et c'était ordinaire. Ils étaient amis, il était minuit passé et elle avait les cuisses froides.

Puis la main de Barry était sur son entrejambe, et elle levait les hanches vers sa main. Il la regardait dans les yeux. Ce n'était pas ordinaire. Elle s'était trompée. Son pouce sur la couture de son jean, qui frottait avec application. Le reflet du cadran de sa montre, un disque de lumière, dansait sur le tissu passé à fleurs roses du divan. C'était une danse frénétique, forcenée.

La cafetière à espresso se mit à bouillonner. Helen n'avait pas vissé le contenant du haut assez serré. De la vapeur s'échappait. Le contenant de métal émit un sifflement, et puis il se mit à souffler comme une locomotive. Puis il reprit son cri strident. Helen se pressa durement contre la main de Barry et enfonça son visage dans le canapé.

Je vais jouir, dit-elle. Elle ne s'adressait pas à Barry, et il ne répondit pas. L'ovale dansant de sa montre voletait sur une fleur imprimée près de la bouche d'Helen. Elle enfouit son visage dans le canapé pour ne pas qu'il la voie. Elle sortit la langue pour toucher le disque de lumière. Elle sentait la texture du canapé traité au Scotchgard. Le goût du bran de scie.

Puis Barry lui arracha son jean. Il était un peu brutal. Helen tint le cul de Barry dans ses mains et leurs pieds s'emboîtèrent. Il portait des chaussettes en nylon glissantes. Il grimaça pendant l'orgasme comme elle l'avait déjà vu grimacer en élevant un panneau de contreplaqué et en le maintenant en place, le soutenant de l'épaule tout en cherchant un clou dans son tablier de menuisier. Et il grogna. C'était un son qui exprimait un tel abandon, si profond, qu'il la fit frissonner. Il dit : Dieu tout-puissant. Un frisson courut tout le long de son corps comme une coulée d'eau glacée. Puis il dit : Bon Dieu. Bon Dieu. Il ferma les yeux, prit une profonde inspiration et embrassa la clavicule d'Helen.

Quelqu'un devrait s'occuper du café, dit Helen. Mais la cafetière à espresso continua à siffler. Enfin, Barry se leva, remonta son jean et boucla sa ceinture de cuir. Il alla à la fenêtre et écarta les rideaux. Des gens marchaient, revenant du centre-ville. Une voiture de police passa, gyrophare allumé, et quelques coups de sirène.

Helen entra dans la cuisine, et le fond de la cafetière rougeoyait, orange, comme si elle allait fondre.

*   *   *

Qu'a-t-il dit

Il y avait beaucoup d'hommes dans l'eau. Ça n'a pas duré très longtemps, Helen. On essayait de les atteindre.

Qu'a dit Cal ? A-t-il dit quelque chose ? Helen voulait entendre que Cal avait prononcé son nom. Elle voulait entendre qu'il savait qu'elle l'aimait. Elle voulait entendre : dites à Helen ceci ou cela.

Ce n'était pas obligé d'être qu'il l'aimait.

Ce n'était pas obligé d'être son nom.

Juste un cri pour montrer qu'il savait ce qu'il laissait derrière. Un cri pour reconnaître qu'elle devrait désormais élever quatre enfants seule. Qu'il lui faudrait s'en sortir sans amour. Qu'elle était enceinte. Elle aimerait croire qu'une part de Cal savait, ou avait deviné, ou qu'une force paranormale l'avait mis au courant, qu'elle attendait un bébé.

Helen aimerait croire que Cal comprenait à quel point le reste de l'hiver serait sombre, et comment le fœtus dans son sein la rouait de coups de pied et lui donnait la nausée, et comment le bébé aurait le cordon enroulé autour du cou et serait bleu, bleuâtre, comme aucun des autres ne l'avait été, et la terreur d'Helen qu'elle perde le bébé à ce moment-là, et à quel point elle ne pouvait pas le perdre.

Avant le décès de Cal, Helen ne croyait pas en une vie après la mort, et elle n'y songeait toujours pas. Mais elle avait cherché à entendre Cal après sa mort. Elle avait cherché à entendre son pas dans l'escalier ; elle avait cherché à entendre ses conseils. Elle avait cherché à l'entendre verser des céréales, le cliquètement de sa cuillère ; elle avait cherché à entendre les griffes du chien sur le bois franc quand Cal déposait sa nourriture sur la véranda. Elle avait cherché à entendre sa respiration pendant la nuit. Si elle était absorbée dans sa couture et que la bouilloire sifflait, elle s'attendait à ce que Cal la retire du feu. Elle lui demandait ce qu'il pensait des filles.

Et puis un murmure, un soupir collectif, et il s'était avéré que le bébé, une fille, allait bien, tout à fait bien, quelle grosse fille, et Helen s'était prise à songer : Regarde, Cal, regarde. Elle aurait aimé qu'il lui dise certaines choses, et elle sait exactement quoi :

Je n'ai pas peur.

Dites merci à Helen.

Dites aux enfants que je les aime.

Dites à Helen ; dites à Helen.

Et les hommes criaient. *On a dû couper les câbles là où ils étaient couverts de glace.* Les câbles étaient si froids. Les hommes étaient incapables de s'y cramponner.

Ce qu'Helen ne peut ni concevoir ni pardonner : Nous sommes seuls dans la mort. Bien sûr, nous sommes seuls. C'est une solitude si aiguë que nous ne pouvons l'éprouver quand nous sommes vivants ; elle est trop raréfiée, trop puissante. C'est une drogue, cette solitude, une dépendance immédiate. Un égoïsme profond, si plein de soi que c'est une immolation de tout ce qui l'avait précédé. Cal était seul dans ce froid. Absolument seul, et là résidait la mort. Là résidait, finalement, la mort.

Helen veut se jeter dans l'océan au milieu de la nuit quand il neige juste pour voir ce qu'on ressent.

Quelquefois, comme cette nuit, il lui arrive d'être si éveillée qu'elle a l'impression qu'elle ne connaîtra plus jamais le sommeil. Elle a une conscience aiguë de l'existence ininterrompue de la théière. La théière continue, la chaussure de sport dorée qui appartient à sa petite-fille reste une chaussure de sport dorée, le téléphone continue d'être un téléphone.

Il fait très froid et très noir, et Helen voudrait qu'il y ait quelque mouvement dans le noir, un taxi qui passe. Dehors, dans la rue, l'asphalte est si solidement lui-même. Il sera toujours lui-même. La maison de l'autre côté de la rue est la maison de l'autre côté de la rue avec sa lumière nue à la fenêtre du troisième étage. Et Helen est là. Mais Helen n'est pas certaine d'être elle-même.

Elle soulève le masque qu'elle porte pour dormir et le mobilier vibre et elle sent des aiguilles dans ses pieds et une vague de terreur qui monte ; elle est solidement seule. Elle est seule, elle a froid, et elle est d'une insensibilité opiniâtre comme l'arbre dans sa cour, comme le pare-chocs d'une voiture sous le lampadaire, comme la pomme dans le bol sur la table de cuisine, comme l'église de l'autre côté de la rue, comme le clocher dont un côté est couvert de neige ; elle n'est pas Helen, et qui est Helen ? Un lambeau de rêve, effiloché — et le téléphone sonne, il retentit dans la pièce, il sonne et sonne encore. Il y a un corps dans le lit avec elle et elle se glace d'effroi. C'est Cal. Cal est revenu, mais il est mort.

Mais ce n'est pas Cal. Ce n'est pas Cal.

Barry allume. Il est homme à porter des pantoufles et à traîner les pieds. Elle peut l'entendre pisser dans la cuvette au bout du couloir. Et elle décroche le téléphone et son cœur fait un bond dans sa poitrine. Ce qu'il faudrait devenir. C'est John. Quelle heure est-il, trois heures ? Trois heures du matin ?

Maman, dit John. Il pleure.

Maman, dit John. On a un petit bébé, une fille.

* * *

Helen voit

Elle pense de nouveau au hublot. Il était doté d'un contre-hublot en métal qui pouvait être abaissé par-dessus les deux panneaux de verre, mais personne n'a abaissé le contre-hublot. Si ce contre-hublot de métal avait été abaissé, l'eau n'aurait pas recouvert le tableau de contrôle.

Helen a mémorisé les *si* et peut les réciter comme on égrène un rosaire. Si les hommes avaient eu l'information nécessaire, s'ils avaient abaissé le contre-hublot, si l'eau n'avait pas provoqué un court-circuit du tableau de commande, si Cal avait eu un autre quart de travail, si Cal n'avait jamais décroché ce boulot, s'ils n'étaient pas tombés amoureux. S'ils n'avaient pas eu les enfants. Si.

Elle veut croire que Cal a eu le temps de jouer une partie de cartes.

Helen sait que Cal aimait jouer une partie de cent-vingt après le souper quand il n'était pas de garde, et il y a eu du temps pour tout cela. Le poing de l'océan avait frappé, oui, mais les enregistrements récupérés donnent à croire que personne n'était trop inquiet.

Helen voulait savoir exactement ce qui s'était produit parce qu'elle est incapable de supporter de ne pas savoir. Elle veut être aux côtés de Cal quand la plateforme sombre.

Le système d'interphone avait subi un court-circuit et peut-être y avait-il une subtile absence de bruit que les hommes auraient remarquée. Peut-être Cal était-il en train de donner les cartes et il aurait remarqué un silence semblable à celui que laisse un réfrigérateur qui se tait. Ce qu'elle ne veut pas, c'est qu'il soit endormi. Elle ne veut pas qu'il ait été éveillé par la panique. Si seulement quelqu'un avait pu dire à Helen où il se trouvait.

Quelqu'un dans la salle de contrôle a dit : Il faut éponger l'eau.

Ou : Faites venir un homme pour ramasser la vitre brisée.

Quelqu'un a dit : Il y a eu de l'eau sur le tableau de commande.

Quelqu'un a dit : Les valves s'ouvrent toutes seules.

Et une voix a dit : Je suis en train de m'en occuper.

Ils ont retrouvé ces enregistrements plus tard, et les hommes ne semblaient pas le moins du monde inquiets.

Descendez pour nettoyer tout ça, a dit quelqu'un.

Voici ce qui est drôle. L'eau de mer a frappé le tableau de commande et forcé le courant de cent quinze volts à rebrousser chemin. Le courant devait circuler dans un sens, mais il s'est braqué ; il a fait volte-face.

Le courant électrique est-il si différent d'une pensée ou d'une émotion, se demande Helen. Une tempête de sentiments. Une vertigineuse bouffée d'indécision. Un filament dans l'une de ces ampoules fut parcouru par un trait de lumière orange qui vira au bleu avant de se changer en cendres. Le filament a conservé sa forme un instant, puis l'a perdue. Et cela constitue le premier *si* d'une série de *si* sacrés avec lesquels Helen se torture chaque fois qu'elle s'assoupit ou qu'elle est toute seule dans la voiture ou qu'elle se prend à regarder dans le vide : Si le courant n'était pas devenu fou.

Il y a peut-être eu de la fumée, peut-être pas. Peut-être quelques étincelles bleues semblables à des lucioles flottant au-dessus du tableau pendant une seconde avant qu'on ne les éteigne. Helen n'imagine pas de fumée, mais elle entend le crépitement à l'intérieur des lampes minuscules, comme un papier d'aluminium qu'on froisse contre un plombage, un son qui relève davantage du tact que de l'ouïe. Elle entend ce son infime, ou le ressent, profondément à l'intérieur de sa tête.

L'énergie nerveuse du courant a cédé à la panique et fait éclater tous les délicats filaments dans son sillage, et les lampes témoins se sont éteintes sur le tableau de commande.

Ou elles ont clignoté.

Le système d'interphone est mort. L'un des gars dans la salle de contrôle a peut-être demandé de l'aide, mais le système d'interphone ne fonctionnait pas à cause de l'eau répandue partout sur le tableau de contrôle.

Si vous écoutez les voix enregistrées dans la salle de contrôle, les hommes ont l'air détendus, et il y a toutes les raisons de croire que Cal est en train de ramasser une poignée de monnaie sur la table à cartes, sans la moindre idée de ce qui va bientôt arriver. Helen le veut ainsi, innocent de tout.

Un walkie-talkie a intercepté des sons égarés entre des plateformes voisines sur l'océan. Une réplique ou deux sont parvenues aux hommes du *Seaforth Highlander,* qui ont noté ce qu'ils entendaient. Ce que les hommes de l'*Ocean Ranger* connaissaient, c'étaient les conditions météo. Ils savaient que les vagues étaient hautes de douze mètres et que le vent avait atteint quatre-vingts ou quatre-vingt-dix nœuds. Ou bien les vagues étaient hautes de trente mètres et les vents prenaient de la vitesse.

Sur l'une des autres plateformes, le vent avait emporté une cabane de métal boulonnée sur le derrick.

On va avoir besoin de tous leurs hélicoptères, a dit quelqu'un à bord de l'*Ocean Ranger*. C'est la réplique qu'on a interceptée. Songez à l'espoir qu'elle exprime.

Ou bien la réplique qu'on a interceptée était : Dites-leur d'envoyer tous les hélicoptères dont ils disposent.

Ils ont dit : Envoyez tout ce que vous avez. Une personne qui écoutait fit remarquer combien ils étaient calmes. C'était une voix calme qui disait avoir besoin d'hélicoptères. Bien sûr, il n'y avait pas d'hélicoptères parce que du givre s'était formé dans les nuages, parce que le plafond nuageux était bas, parce que les hélicoptères ne pouvaient voler par ce temps, et les hommes le savaient sans doute.

Les hommes de l'*Ocean Ranger* ont envoyé un appel de détresse. *Nous donnons de la bande et nous sommes incapables de nous redresser.* Ils fournissaient les coordonnées. Ils disaient : *A.S.A.P.* Ils disaient quatre-vingt-quatre hommes.

Les hommes du *Seaforth Highlander* ont capté l'appel de détresse et ont mis toute la gomme. Plein régime. Ils avançaient à huit ou neuf nœuds. Ils étaient à treize kilomètres de là. Ils sont arrivés à la plateforme dans le temps de le dire. Ils ne voyaient rien, et puis ils ont vu, il y avait un canot de sauvetage et — ils voyaient dans les ténèbres — des faisceaux de lumière. Les hommes écopaient. Le truc était en train de sombrer, mais il y avait des hommes à bord et ils écopaient.

Quelqu'un dit : Ne les remorquez pas.

Quelqu'un avait déjà vécu une situation semblable et savait qu'on ferait chavirer un tel canot en tentant de le remorquer. Ils avaient étendu un filet sur le pont du *Seaforth Highlander* et le filet avait disparu en un clin d'œil. Emporté par une vague.

Tout ce que les hommes faisaient se couvrait de glace, et ils brisaient la glace. Les câbles étaient couverts de glace, et les visages des hommes. Chaque grimace, chaque geste émergeait du masque de glace de l'appel ou du cri qui l'avait précédé. Joues, cils et bouches, et tous les plis de leurs manteaux et chaque nouveau geste faisait craquer la carapace de glace du geste précédent, se libérait pour être de nouveau figé par la glace. C'était comme dans un film qu'on tourne une image à la fois.

Mais il y avait des hommes, toujours vivants, dans un canot de sauvetage, et certains d'entre eux étaient légèrement vêtus. Ces hommes écopaient parce que leur canot devait avoir subi des dégâts importants, ils avaient mis au point un système et ils faisaient ce qu'il fallait faire. Ils bougeaient lentement, avec méthode. La méthode consistait à rester à flot à tout prix. Et ils ont chaviré.

Il y avait des hommes à la mer, et les hommes à bord du *Seaforth Highlander* durent se détacher pour étendre leur portée, et ils risquaient de tomber à l'eau eux aussi, et ils lancèrent les câbles, mais les hommes du canot de sauvetage étaient incapables de lever les bras. Des bouées de sauvetage flottaient à portée de la main, mais ces hommes étaient incapables de les atteindre.

L'équipage du *Seaforth Highlander* dut couper les moteurs parce que les hommes à la mer risquaient d'être entraînés par l'hélice et taillés en lambeaux. Mais sans hélice, c'était une question de minutes avant que le navire ne dérive. Et c'est la fin, songe Helen. Il est parti.

Mais ce n'est pas un compte rendu fidèle de ce qu'affronte Cal, et Helen le sait. Il vaut mieux s'en tenir à l'histoire véritable, sans quoi celle-ci devra être racontée de nouveau jusqu'à ce qu'Helen arrive à en livrer un récit exact. Elle s'efforce d'affronter l'histoire véritable.

Une crevasse se forme dans la falaise d'eau qui se métamorphose, comme il arrive que les choses se métamorphosent, en béton. Est-ce du béton ou est-ce du verre ? C'est muet et plein de vacarme, en colère et apaisé.

Cela ressemble à ce que c'est et à rien d'autre. Cela ne ressemble pas à une grande roue ou à un chien qui gémit dans son sommeil ou à du maïs soufflé au four à micro-ondes ou à votre amoureux que vous regardez pendant qu'il jouit, le pied enroulé autour d'un mollet, ou à un carré de soleil sur le plancher de bois franc. Vieillir. Cela ne ressemble à rien de tout cela. Pas le moins du monde.

Ou tenter de se cramponner à un garde-fou glacé tandis que le monstrueux tas de métal s'incline à la verticale. Cela n'a rien à voir.

Ce mur d'eau a toujours été. Il ne s'est pas conçu, n'est pas venu d'ailleurs et ne s'est pas formé. Il n'y a jamais eu de formation. Il est, c'est tout.

Il est immobile, se consume lui-même. Affamé et engorgé d'amour. Plein de mystère, plein de vide.

Plein de Dieu. Agenouillez-vous devant cette créature. C'est le centre du dehors.

Cette vague, c'est la mort. Quand on parle de la mort, on évoque quelque chose qu'on ne peut nommer. La vague — parce qu'elle n'est rien d'autre que de l'eau, après tout, qu'une puissance brute, une force —, la vague est un reflet de la mort, non pas la mort elle-même ; mais il est préférable de ne pas regarder de ce côté. Évitez le miroir si vous le pouvez. Affectez un air préoccupé. Sortez.

La mort aimerait qu'on la présente. Elle est prête à se montrer polie. Il n'y aura pas de précipitation. Quand le mur se refermera sur Cal, il sera comme une mouche dans de l'ambre, une énigme du temps, une pièce de musée. Il perdra le désir de fuir. À ce moment, l'obsession de vivre lui semblera une passade. Elle fera place à l'immobilité.

L'océan se nourrit de son propre effondrement, son destin est de s'annihiler perpétuellement, mais pendant un court instant il se lève tout droit. Il prend la pose d'une chose qui peut durer.

Depuis la nuit des temps, cette vague se prépare à broyer et à avaler le monde. *Crounch. Crounch.* Qu'est-ce que le monde, après tout ? Qu'est-ce que la lumière du soleil et l'amour et la naissance d'un enfant et toutes les petites passions qui éclosent et flambent et sont si importantes ?

Un vaste engloutissement de soi, telle est la mort, ou quelque autre appellation qu'on puisse donner à la fin de la vie pour l'évoquer, l'exprimer. Mais nous ne savons pas comment la nommer parce qu'elle est inconnaissable.

Sauf que ces hommes la connaissent.

Cal la connaît. C'est une chose étincelante, grosse et belle comme une boule disco, et Cal a quitté Helen pour elle.

Voici ce qu'Helen en est venue à penser : Il doit y avoir quelque promesse dans la mort.

Quand elle est d'humeur à espérer, elle arrive parfois à croire qu'il y a autre chose que la putréfaction. Parfois elle croit qu'il y a une promesse. Une promesse qui ne se réduit pas au sol froid et à un crâne et à de l'eau bénite sur un cercueil et aux soutanes brodées d'or du prêtre et à une volée de pigeons et à la rue qui luit après la pluie et à des bancs de neige si clairs dans la pénombre du soir après l'église obscure qu'ils font mal aux yeux.

Elle a entendu Cal dans la salle de bains ce soir-là, qui se brossait les dents. Il lui a parlé, mais il n'était pas là.

Il ne faisait que passer. Il est venu à elle, croit Helen. Regarde par la fenêtre, a-t-il dit. Ou quelque chose de semblable. Regarde par la fenêtre. La plateforme s'incline, l'eau coule du pont et les hommes serrent la rambarde. Ils tiennent bon.

Elle s'incline et s'incline encore, la table à cartes glisse de côté et toutes les pièces d'argent rebondissent sur le sol, cinq cents, vingt-cinq cents et dix cents, et maintenant, enfin, elle est avec lui.

Helen est dans la peau de Cal. Elle est Cal et elle revit cela tous les soirs, ou parfois en un instant pendant qu'elle lave la vaisselle, et la réalité de la chose est sur le visage de ses enfants. Elle est dans la sonnerie de la porte et la chaleur du four quand elle en sort le plat mijoté, c'est l'odeur du ketchup et le bruit que fait le ketchup en sortant de la bouteille en plastique, c'est le chuintement à l'intérieur du lave-vaisselle, c'est un effroi absolu auquel elle s'éveille toutes les nuits. Un effroi qui s'est infiltré dans les microfibres de son être, dans chaque fil et particule de pensée. Que sera-t-elle sans lui ?

Elle est là. Helen est là avec lui.

Mais elle n'est pas là, parce que personne ne peut être là.

Les pièces de dix cents roulent et les cartes glissent en bas de la table et la table tombe sur le côté. Cal se fraie un chemin jusque sur le pont. Il monte l'escalier en se hissant, une main à la fois, à l'aide de la rampe. Il y a une crevasse monstrueuse dans l'océan de béton et elle inspire une terreur qui est pleine de calme.

Ils le savaient depuis le début. C'était décidé.

Une extrémité de la plateforme s'incline et elle s'enfonce sans résistance. La plateforme est là, puis elle n'est pas là.

La Commission royale d'enquête a dit qu'il y avait eu une chaîne fatale d'événements qui auraient pu être évités si le personnel avait reçu une formation suffisante, si on avait mis à sa disposition les manuels et l'information technique. Et c'est ça, la vraie histoire. C'est la faute de la compagnie.

Mais il y a aussi le mur d'eau opiniâtre, et à cause de lui Helen va finalement abandonner sa récitation minutieuse de la chaîne fatale d'événements.

Cal est sur le pont et il est presque parti. S'il te plaît, va-t'en, songe-t-elle. S'il te plaît, pars, que ce soit fini.

Parce que, la panique de Cal, Helen l'a dans la peau, tout

comme il lui a fait l'amour, et tout comme elle a eu ses quatre enfants, et tout comme elle l'a regardé dormir et a préparé ses repas et s'est fait une idée de ce qu'était l'amour et qu'elle est allée jusqu'au bout.

Elle a décidé que l'amour pouvait ressembler un peu à cela : un croquis, un machin, un plan. Elle l'a imaginé et puis elle lui a donné corps. Lui a insufflé la vie.

Cal et elle ont veillé tard dans la nuit et ils ont dit : Ça doit ressembler à ça. Ils se sont mis d'accord et ils ont tenu bon.

S'ils se sont trompés, personne ne l'a jamais relevé. Helen connaissait les humeurs de Cal, ensemble ils potinaient, inventaient des histoires, se serraient dans les bras l'un de l'autre, se chamaillaient et faisaient attention à ce qu'ils disaient, même sous le coup de la colère. Et la panique de Cal en elle. La panique de se trouver face à la mort.

Cela doit faire partie de ce dont ils ont convenu : si Cal mourait là-bas sur la plateforme, Helen ne l'oublierait jamais. Telle était la promesse. Elle ne l'oubliera jamais.

* * *

Une éclipse de lune de miel, février 2009

Le Soleil est une constante. Le Soleil ne bouge pas. Ça va durer quinze minutes. Éclipse totale.

Tout le monde murmure le mot *totale*. Tout le monde est d'accord. C'est à un coin de rue à Puerto Vallarta. Un homme dans le groupe a un cure-dent. Ils rentrent tous à leurs condos après avoir pris quelques verres dans les cafés. Quelques margaritas. Des gens du troisième âge. Ce sont des Américains propriétaires à temps partagé, ou il y en a quelques-uns qui viennent du Québec.

Il faudra attendre trente ans, dit une femme. Il faut la voir maintenant. On sera morts, la prochaine fois.

Enterrés depuis longtemps, dit l'homme au cure-dent. Il laisse le cure-dent pendouiller et remonter.

Dernière chance, dit quelqu'un. Tout le monde glousse. La dernière chance était plutôt une drôle d'idée.

On projette une ombre, dit un homme.

C'est tout, dit quelqu'un. Une ombre.

Un homme lève les deux poings, un poing tournoie lentement autour de l'autre, et il fait un signe de tête pour indiquer où se trouve le Soleil, un peu de côté.

C'est la Terre qui passe entre le Soleil et la Lune.

Ou la Lune entre la Terre et le Soleil, dit une femme.

Elle va être totale, ils sont tous d'accord.

Ils ont les bras croisés sur la poitrine et le visage levé vers le ciel, et les taxis qui sillonnent les rues klaxonnent quand le groupe met distraitement le pied sur la chaussée. Là où l'ombre a déjà quitté la surface de la Lune, il y a une lueur couleur de miel foncé.

Helen a épousé Barry chez elle, dans son salon. John lui a servi de père ; Lulu sanglotait comme une folle. Gabrielle, venue en avion de Nouvelle-Écosse, était arrivée quinze minutes avant la cérémonie. Cathy et son mari, Mark, et Claire. Timmy avec les alliances sur un coussin en satin. Helen avait invité Patience et sa mère. On avait donné à Patience une corbeille en rotin pleine de pétales de rose en lui demandant de les répandre. À cause de l'importance considérable de cette tâche, elle s'est tenue raide, les yeux fixés au sol, pendant toute la cérémonie. Puis elle a lancé de grosses poignées de pétales froissés, en faisant d'abord un moulinet du bras digne d'un joueur de baseball. Les filles d'Helen étaient heureuses pour leur mère, ou elles ont gardé leurs émotions pour elles. Ce fut une cérémonie brève.

Tant que l'amour durera, se sont dit Helen et Barry. Cathy avait écrit les vœux. Gabrielle avait dessiné les alliances, qui avaient été réalisées par un joaillier du coin. Helen portait de la soie bleue, juste sous le genou et sans falbalas parce que Lulu avait dit : Simple.

Après, John a essayé d'expliquer à Helen comment changer une couche. Tu ne t'y prends pas comme il faut, a-t-il dit d'un ton sec. Puis il l'a poussée pour la déloger.

Écoute bien, mon gars, a dit Helen. Ne me dis pas comment on change une couche.

Jane tenait un sac de pois surgelés sur son sein gauche pendant toute la cérémonie. Elle avait un canal bouché. On est tous les deux épuisés, a dit Jane.

Le bébé ne dort jamais, a dit John. Ils avaient tous deux déménagé à Saint John's, chacun dans son appartement, mais John dormait sur le canapé de Jane la plupart des nuits pour lui donner un coup de main avec les premiers boires du matin.

John voulait qu'ils regardent la vidéo de l'accouchement.

Jésus-Christ, pas maintenant, a dit Cathy.

John a installé son ordinateur et ils se sont rassemblés tous autour, à l'exception de Jane, qui s'était endormie dans la chambre d'amis, et de Barry, qui ne voulait pas regarder.

John a glissé le DVD dans la fente, l'écran noir a viré au bleu et il a appuyé sur Play. Une tache verte floue est soudain apparue, et on a entendu le rugissement des bruits parasites et une respiration haletante et John disait : O.K., O.K., c'est ça, c'est ça, maintenant, maintenant, et puis il criait. Et il y a eu du ciel bleu, un nuage, une plongée et une remontée et ses mains qui allaient d'avant en arrière en périphérie du cadre. Il a appuyé sur Pause.

Qu'est-ce que c'était que ce truc, a demandé Lulu.

Mauvais DVD, a dit John. C'était le parcours de tyrolienne qu'il avait fait en Tasmanie.

Après la cérémonie, toute la famille a mangé des *fish and chips* de Che's, et puis Helen et Barry se sont hâtés pour attraper un vol dans la soirée.

Barry avait proposé le Mexique parce qu'il n'y était jamais

allé et Helen non plus. Ils voulaient un endroit qui serait nouveau pour tous les deux.

Au Mexique, ils ont pris un taxi à l'aéroport. La brise par la fenêtre, la circulation, les klaxons et la pollution. L'hôtel était bien. Helen a arraché les couvertures et les draps étaient propres, et Barry et elle ont fait l'amour et pris une douche. Barry a étendu de la crème sur le dos d'Helen et ses bras et l'arrière de ses cuisses, et elle a fait la même chose pour lui. La circulation était bruyante à l'extérieur de l'hôtel et il faisait très chaud, et ils se sont dirigés vers la plage même si l'après-midi était déjà avancé.

Je vais y aller, a dit Barry.

Fais une saucette, a dit Helen. Je vais regarder. L'océan était vert, sauf près du rivage, où il avait la couleur du thé au lait à cause du sable remué. Plus au large, l'eau était semblable à du nickel, pleine de paillettes. Après, ils se sont assis à une table de café sur le trottoir et quelqu'un a mentionné l'éclipse. Quelqu'un a dit : Regardez.

On aura disparu la prochaine fois que ça se produira, tout le monde sur le trottoir est d'accord. Les femmes portent des capris blancs, des blouses brodées et des bijoux turquoise et argent achetés sur la plage l'après-midi même. Les hommes sont vêtus de shorts — à carreaux ou bleu marine — qui leur arrivent aux genoux, et ils sont chaussés de mocassins.

Il y a aussi des hommes gay très baraqués, tatoués, le crâne luisant et l'air vaguement éclopé, qui tiennent près de leur torse des chiens de poche munis de colliers cloutés ou de boucles. Ou bien ce sont de jeunes hommes d'affaires gay qui respirent la santé, vêtus de chemises soigneusement repassées, de shorts cargos et de sandales dernier cri. Et il y a des enfants qui jouent aux billes sur le trottoir.

Une femme âgée et hâlée avec une queue de cheval décolorée fume, et le bout de la cigarette brasille, orange.

C'est ennuyeux de rester debout à regarder la Lune. Un

événement morne et majestueux. Il y a une femme sculpturale suivie de son mari, et il tient la main d'un petit garçon trisomique qui semble être leur fils. Au coin se trouve une bijouterie éclairée comme un aquarium, et la fille derrière le comptoir est en train de lire le journal.

Ça fait quarante minutes que ça dure, dit un homme d'une voix traînante.

Je ne pense pas qu'elle est totale, dit quelqu'un. Puis, enfin, la Lune est disparue. Effacée. Tout le monde applaudit. Ils applaudissent spontanément. Une salve brève, embarrassée.

Totalement disparue, dit quelqu'un.

Mais elle revient, dit Barry. Il est debout derrière Helen, elle se penche en arrière et il l'attire contre lui.

Elle revient.

Plus tôt dans l'après-midi, Barry a avancé dans l'eau jusqu'à ce qu'il flotte. Il montait et redescendait, porté par l'eau, et une vague a éclaté sur ses épaules. Ici et là, des gens flottaient près de lui, et ils avaient tous l'air de silhouettes. L'océan était maintenant d'un bleu marine profond, étincelait partout d'une lumière éblouissante. Chaque vague coiffée d'argent. C'était comme du métal martelé, grêlé d'étincelles.

Helen a soudain senti une ombre fondre sur elle, accompagnée d'un froid. C'était une ombre très nette qui a recouvert sa serviette ; elle était juste au-dessus de sa tête, et le froid était troublant et elle a songé à Cal. Quatre hommes se baladaient ensemble et ils s'étaient arrêtés devant elle, tous ensemble, et chacun a levé une main au-dessus de ses yeux pour regarder le ciel au-dessus de la tête d'Helen. Elle a entendu un sifflet strident et c'était un parapentiste, un homme dans un harnais avec un parachute, qui s'apprêtait à atterrir et il était suspendu exactement au-dessus d'elle. Un groupe de Mexicains couraient vers lui, mimant et lui criant de tirer sur la corde, ce qu'a fait le gars, et il est tombé vers le sol à trois mètres de l'endroit où

288

Helen était assise, et les Mexicains ont attrapé l'homme dans leurs bras levés, l'ont déposé sur la plage et ont plié le parachute à mesure qu'il se dégonflait. Et Helen a tourné les yeux vers l'océan et elle ne voyait pas Barry.

Elle ne le voyait pas.

Elle a regardé l'endroit où il s'était trouvé et il n'était pas là.

Puis la vague s'est retirée avec un rugissement, et il est apparu. Il était debout, de nouveau sombre contre le soleil, sauf pour un éclat luisant sur son bras et dans ses cheveux, et il a secoué la tête et les gouttes se sont envolées comme une poignée d'argent, et il a replongé sous l'eau, a avancé contre le ressac en direction du rivage et a remonté la plage jusqu'à elle.

Remerciements

Merci à Steve Crocker, comme toujours, pour tout. Merci à Eva Crocker et Theo Crocker et Emily Pickard, pour la même chose.

Lynn Henry chez Anansi est une éditrice d'une sagesse et d'une générosité sans bornes. Je suis profondément reconnaissante d'avoir eu la chance de travailler ce roman avec elle, pour sa clairvoyance, ses encouragements et sa pure intelligence.

Merci à Sarah MacLachlan pour son amitié et son dévouement pour l'édition. Merci à Matt Williams et à Julie Wilson, aussi chez Anansi. Merci à Ingrid Paulson pour la maquette de la couverture.

Merci à mon agente, Anne McDermid, pour son enthousiasme et son charisme et pour n'avoir pas ménagé ses énergies.

Nan Love et Claire Wilkshire et Lynn Moore m'ont poussée et aiguillonnée, ont cajolé et affirmé. J'ai emprunté leurs yeux de lynx. Mercis tout particuliers.

Ce livre a pu compter sur des premiers lecteurs, des conseillers et des amis à qui j'adresse un énorme merci : Bill Coultas, Dede Crane, Eva Crocker, Rosemary Crocker, Steve Crocker, Libby Creelman, Ramona Dearing, Susan Dodd, Barbara Doran, Jack Eastwood, Mark Ferguson, Jessica Grant, Mike Heffernan, Holly Hogan, Mary Lewis, le Dr John Lewis, Nan Love, Elizabeth Moore, Christine Pountney, Lawrence Mathews, Sarah MacLachlan, Beth Ryan, Bob Wakem, Claire Wilkshire, Michael Winter. Je dois beaucoup à ces personnes.

Je ne pourrais pas passer sous silence le rapport de la Commission royale sur le désastre marin de l'*Ocean Ranger* rédigé par l'Honorable T. Alex Hickman, O.C., Q.C. Le recueil d'histoires rassemblées par Douglas House, *Who Cares Now: The Tragedy of the Ocean Ranger,* a constitué une ressource de grande valeur. *Rig: The Story of the Ocean Ranger* de Mike Heffernan, ouvrage important, offre un compte rendu touchant du désastre, et j'en sais gré à l'auteur. La sociologue Susan Dodd, qui écrit elle aussi sur l'*Ocean Ranger,* m'a fourni une aide précieuse. Je remercie respectueusement les auteurs de ces livres.

Je tiens enfin à rappeler la mémoire des hommes pleins de courage qui ont perdu la vie sur l'*Ocean Ranger,* et des courageuses familles de ces hommes.

CRÉDITS ET REMERCIEMENTS

La traduction de cet ouvrage a été rendue possible grâce à une aide financière du Conseil des arts du Canada.

Nous remercions le gouvernement du Canada de son soutien financier pour nos activités de traduction dans le cadre du Programme national de traduction pour l'édition du livre.

Les Éditions du Boréal reconnaissent l'aide financière du gouvernement du Canada par l'entremise du Fonds du livre du Canada (FLC).

Les Éditions du Boréal sont inscrites au programme d'aide aux entreprises du livre et de l'édition spécialisée de la SODEC et bénéficient du programme de crédit d'impôt pour l'édition de livres du gouvernement du Québec.

Couverture : Alyssa Monks, *Lips,* Hespe Gallery.

MISE EN PAGES ET TYPOGRAPHIE :
LES ÉDITIONS DU BORÉAL

ACHEVÉ D'IMPRIMER EN AVRIL 2013
SUR LES PRESSES DE MARQUIS IMPRIMEUR
À MONTMAGNY (QUÉBEC).